KB162993

[글]
아사토 아사토

[일러스트]
시라비

[메카닉 디자인] I-IV

EIGHTY SIX Ep.3

—Run through the battlefront—<下>

ASATO ASATO PRESENTS

The number is the land
which isn't
admitted in the country.
And they're also boys and
girls from the land.

신과 레나——
서로 생사를 모르는 채로
두 사람의 각자의 전장에 선다.
그리고 싸운다.

소녀는 밀려드는 적을 노려보고,
소년은 자기가 사는 의미를 묻는다.

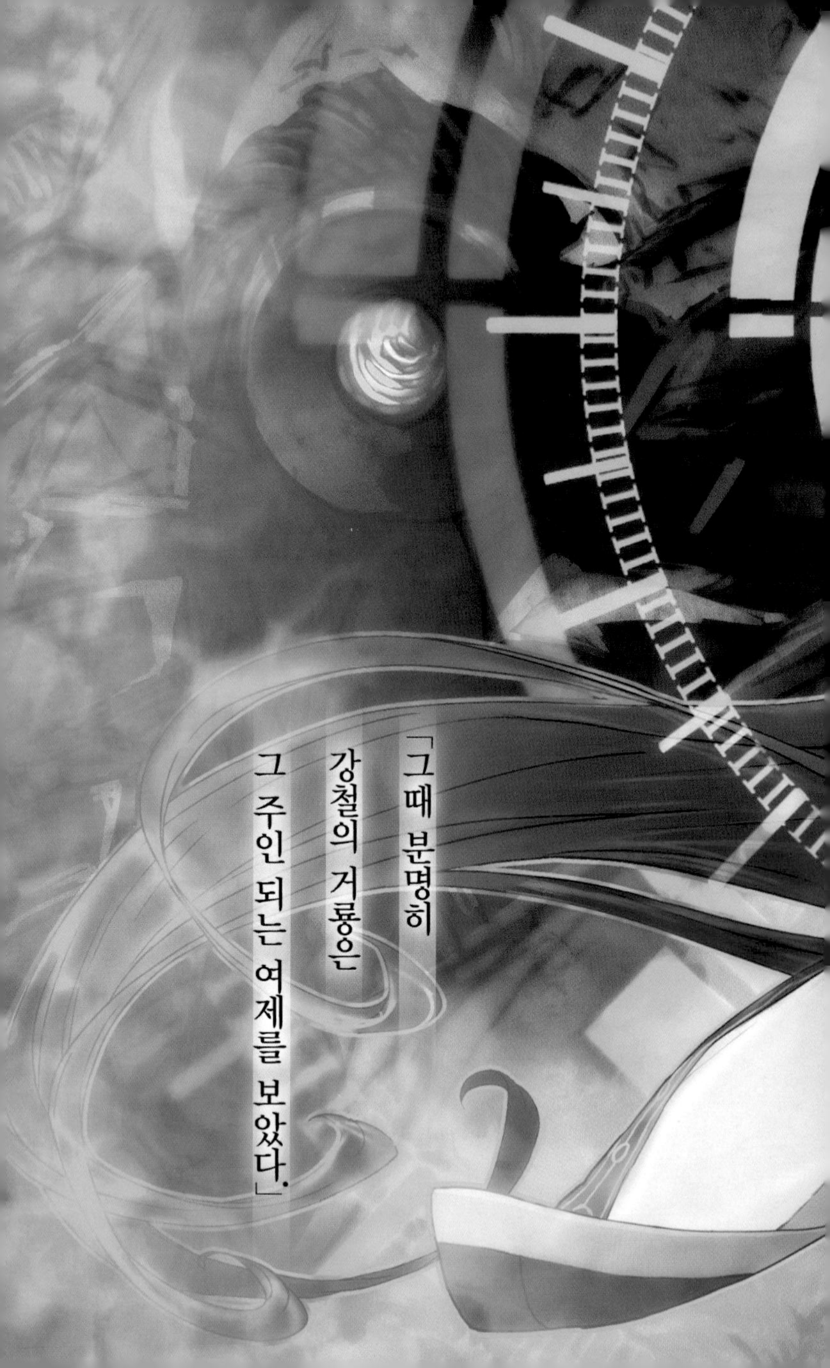
「그때 분명히
강철의 거룡은
그 주인 되는 여제를 보았다.」

그리고 아직 어린 소녀도 총을 쥔다,
한때 사랑했던 자에게 작별을 고하기 위해.

86 EIGHTY SIX

CHARACTERS

기아데 연방군 〈노르트리히트 전대〉

신

산마그놀리아 공화국에서 인간이 아닌 존재――〈에이티식스〉의 낙인이 찍혔던 소년. 레기온의 [목소리]가 들리는 이능력을 지녔으며, 탁월한 조종 스킬도 있어서 수많은 전장에서 살아남았다.

프레데리카

〈레기온〉을 개발한 옛 기아데 제국 황실의 핏줄. 기사이자 오빠 같은 존재였던 키리야――지금은 〈레기온〉이 되었다――를 쓰러뜨리기 위해, 신 일행에게 협력을 의뢰한다. '눈으로 본 자의 과거와 현재를 엿보는' 이능력을 지녔다.

라이덴

신과 함께 연방으로 도망친 〈에이티식스〉 소년. [이능력] 때문에 고립되기 일쑤인 신을 도와준 오랜 인연.

크레나

〈에이티식스〉 소녀. 저격 실력이 탁월하다. 신에게 어렴풋한 연심을 보내지만, 과연――.

세오

〈에이티식스〉 소년. 쿨하고 다소 입이 험한 야유꾼. 와이어를 구사한 기동전투에 능하다.

앙쥬

〈에이티식스〉 소녀. 다소곳하지만 전투에서는 과격한 일면도. 미사일을 사용한 면 제압이 특기.

그레테

계급은 중령. 신 일행의 노르트리히트 전대가 소속된 [제1028시험부대]를 통괄한다. 신형 펠드레스 〈레긴레이브〉를 개발했다.

베르노르트

노르트리히트 전대 선임 부사관. 자기보다 어린 신을 지휘관으로 따르며, 용병(바르구스)으로 구성된 소대를 이끈다.

등장인물 소개

Why, everyone asked. Without knowing that it is insult.

The number is the land which isn't admitted in the country. And they're also boys and girls from the land.

기아데 연방군 〈제8기갑군단〉

유진

신의 사관학교 동기. 종군 이후로도 교류가 있었던 친구. 〈레기온〉의 공격으로 심각한 중상을 입어, 그 자리에 있던 신이 숨을 끊어 주었다.

마르셀

유진의 친구. 유진을 구해주지 못한 신에게 따지고 들었지만, 상관에게 만류당했다.

기아데 연방 정부

에른스트

기아데 연방정부 잠정 대통령. 산마그놀리아 공화국에서 넘어온 신 일행 〈에이티식스〉들을 양자로 맞았다. 온화한 성품이지만, 정치에서는 그 수완을 여실히 발휘한다.

구 기아데 제국

키리야

신의 먼 친척이자 프레데리카의 근위기사였던 남자. 오랜 싸움 속에서 제정신을 잃고, 프레데리카를 몰아붙이는 연방 체제에 증오를 품은 채로 〈레기온〉에 흡수됐다.

산마그놀리아 공화국

레나

과거에 신 일행 〈에이티식스〉와 함께 싸웠던 지휘관제관(핸들러) 소녀. 특별정찰임무에 나서는 신 일행을 지원하고자 병기를 무단 사용해 소령에서 대위로 강등당했다. 레기온의 대공세에 맞서서 의연하게 지휘를 맡는다.

아네트

레나의 친구이자 〈지각동조(파라레이드)〉 시스템 연구주임을 맡은 기술대위. 에이티식스로 찍혀 85구 밖으로 추방당한 신과는 사실 소꿉친구였다.

시덴

〈에이티식스〉. 신 일행이 떠난 뒤 레나의 부하가 되었다. 뛰어난 전투 스킬을 가졌다. 퍼스널네임은 〈키클롭스〉.

칼슈타르

레나의 아버지의 친구. 계급은 준장. 공화국의 문제점을 알면서도 아무것도 하지 않는 그에게 절망한 레나는 자신의 길을 걷기로 결의하게 되었다.

MAP

《 기아데 연방 》서부전선 전역도

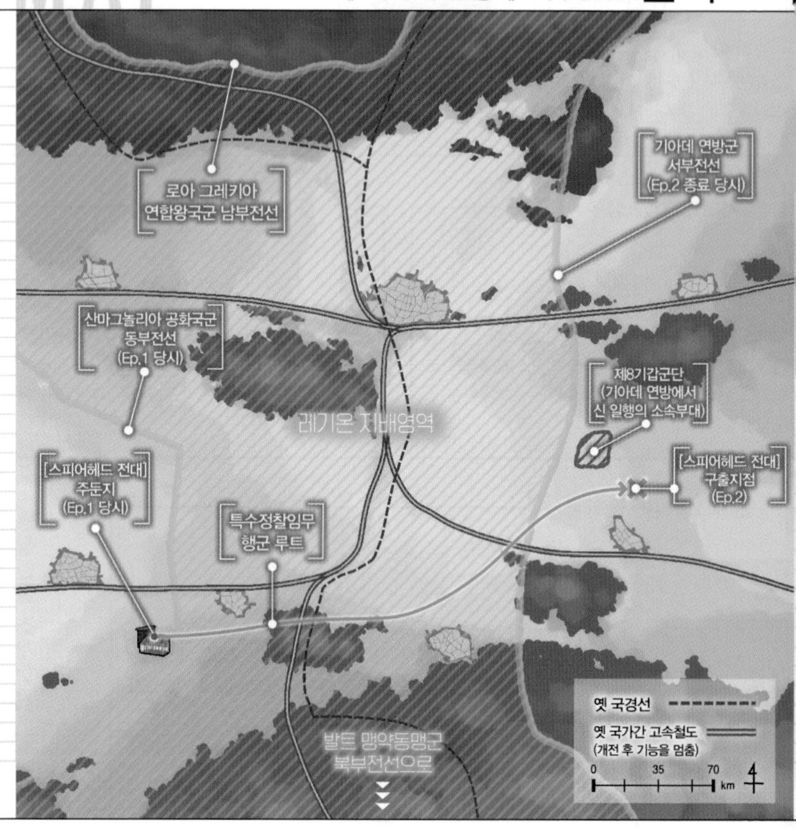

[개략]

기아데 연방 서부전선은 바다가 없고 평지와 삼림이 주체인 전장이다. 한랭지인 옛 국경 북부에는 [로아 그레키아 연합왕국]이, 온난한 남부에는 [발트 맹약동맹]이 존재하며, 양국은 산지와 삼림을 이용해 레기온의 침공을 막고 있다. 현재 기아데 연방의 전선부터 더 서쪽에 있는 [산마그놀리아 공화국]까지는 완전한 〈레기온〉의 세력권 안이지만, [에이티식스]라고 불리며 공화국에서 추방당한 소년 소녀들이 그곳을 돌파해 연방을 찾아왔다.

《전자가속포탑재형 레기온》의 출현

근래 서부전선 상황이 호전되기 시작했지만, 레기온의 대공세 및 [전자가속포]를 이용한 수백 킬로미터에 걸친 초장거리 공격으로 정세는 단숨에 악화되었다. 적 병기의 사거리는 위 지도의 거의 전역에 달하고, 옛 국가간 철도망 위를 이동하여서 각국의 중추부를 직접 공격할 수 있다고 추정된다. 이 적을 격파하지 않는 한 인류에 미래는 없다.

[map design] 쿠르스 타츠

Ep.3

— Run through the battlefront — 〈下〉

[글]

아사토 아사토

[일러스트]

시라비

[메카닉 디자인] I-IV

86

—에이티식스—

Why, everyone asked.
Without knowing that it is insult.

[EIGHTY SIX]

ASATO ASATO PRESENTS

The number is the land which isn't
admitted in the country.
And they're also boys and girls
from the land.

그것이 긍지라고 그들은 말했다.
그것 말고는 아직 아무것도 모르는 채로.

—— 프레데리카 로젠폴트 『전야추상』

전장 전체에 흐드러지게 핀 양귀비의 붉은 빛깔은 하늘을 불태우는 노을 밑에, 그야말로 광기처럼 아름다웠다.

대륙의 북쪽에 있는 공화국 86구의 전장은 해 질 무렵에 갑자기 추워진다. 황혼의 바람이 오랜 시간에 걸친 전투의 열기를 빼앗아가는 것을 느끼면서 신은 해가 저무는 하늘을 그저 올려다보았다.

공화국의 '유인탑승식' 무인병기――〈저거노트〉의 프로세서로서 전장에 나온 지 1년 남짓. 완전히 익숙해진 정적이었다.

적도 우군도 평등하게 전멸한 전투 후.

어느 전대에 배치되더라도 마지막에 기다리는 것은 항상 똑같다. 동료들이 모두 전사한 이 고독한 정적이다. 1년이나 반복되면 슬슬 익숙해진다.

화약 냄새와 포성을 두려워하며 새나 동물도 울지 않고 날벌레 하나 날지 않는 세계는 시뻘겋고 고요하게 얼어붙었다. 끊임없이 귀에 속삭이는 망령의 목소리는 여전하지만, 그것도 지금은 멀다. 〈레기온〉들은 그들의 지배영역에 숨어서 오늘은 더 이상 나오지 않을 모양이다.

그렇다고 해도 전장에 의미도 없이 홀로 남는 것도 몹시 무모한 짓이지만, 조금은 더 가만히 있고 싶었다. 전쟁에 익숙하다고 해도 이제 막 열두 살이 된, 아직 키도 다 자라지 않은 미완성된 아이의 몸이다. 〈레기온〉들과의 격전, 그것도 도중부터는 동료 하나 없는 전투라서 아무래도 지쳤다.

——언더테이커. 귀관 외에 몇 명이나.

본인이 공화국(하얀 돼지) 시민이라는 사실을 모르는, 착한 척하는 핸들러의 목소리가 갑자기 되살아나서 눈을 가늘게 떴다.

본래 물을 것도 없는 질문이다.

전사자 0의 이 전장에서 프로세서가 죽는 건 당연한 일이다.

에이티식스가 죽는 것은 당연하다.

요새벽과 지뢰밭으로 퇴로가 끊긴 이 전장에서 인간 대신 싸우고 죽으라고, 혹시 살아남더라도 마지막에는 반드시 무의미하게 죽으라고. 에이티식스에게 그렇게 강요하는 것은 바로 그들 공화국 시민이니까.

부모나 형제자매는 일찍 죽고, 본래 있어야 할 비호도 없이 자랐고, 전사하기를 기대받으며 가혹한 전장과 공화국 병사들의 노골적인 악의를 받으며—— 유언무언을 불문하고 죽으라는 기대를 받아 온 프로세서는 빠르면 한순간, 늦어도 5년 뒤에 기다리는 불가피한 죽음을 직시하는 데 익숙하다.

익숙해질 수밖에 없었다.

——뭐, 어차피 죽을 거면 우리 저승사자의 인도를 받아 죽는 것도 나쁘지 않지.

그렇게 말하며 모두가.

먼저.

아아.

그럴지도 모른다. ──하늘과 땅을 물들이는 색채와 마찬가지로 핏빛을 띤 두 눈동자를 가늘게 떴다.

처음에 배속된 전대는 신 혼자 남기고 전멸했다.

다음 전대도, 그다음도, 지금 배속된 이 전대도, 항상 살아남는 건 그 혼자뿐이었다.

망령의 목소리를 듣고 인간의 죽음을 부르는 괴물이라고 두려움을 사는 일에도 익숙해졌다.

아마 사실일 테니까.

──너 때문이다.

과거에 형이 한 말이 맞다.

그렇게 말했던 주제에.

떠올리는 것은 마지막에 보았던, 돌아보지도 않고 떠나가는 뒷모습.

해는 저물고, 닿지 않을 것을 알면서도 어두운 하늘을 향해 손을 뻗었다.

형.

왜, 나를.

—에이티식스—

Why, everyone asked.
Without knowing that it is insult.

[Ep.3]

—Run through the battlefront—〈下〉

EIGHTY SIX

The number is the land which isn't
admitted in the country.
And they're also boys and girls
from the land.

ASATO ASATO PRESENTS
[글] 아사토 아사토

ILLUSTRATION/SHIRABII
[일러스트] 시라비

MECHANICALDESIGN／I-IV
[메카닉 디자인] I-IV

DESIGN／AFTERGLOW

막간 Get your guns

등화관제가 걸리고, 전선도 야간초계 부대를 제외하면 조용해질 시간임에도 살아남은 모든 전대와 지각동조(파라레이드)는 연결됐다.

그 사실에 레나는 엷게 칠한 입술을 꾹 깨물었다.

그들은 진즉에 대비하고 있었다.

언젠가 올 이때를. 밀려드는 파멸을 알지도 못하고 한가롭게 단잠에 취한 공화국을 저버리고, 밀려드는 〈레기온〉의 대공세를 당할 수 없더라도 하다못해 끝까지 대항하기 위하여.

과거 동부전선에 있었던 〈저승사자〉의 예언에 따라서, 혹은 적군과 대치한 소속감으로. 긍지 높은 에이티식스들은 반드시 찾아올 자신들의 멸망의 날을 알면서도 오늘까지 싸웠다.

아무튼 각 부대에 협력을——85구 안으로 집결과 응원을 요청하고 나서 각자의 응답도 듣지 않은 채로 지각동조를 끊고 관제실로 서둘렀다. 대답을 듣지 않더라도 협력할 생각이 있으면 85구 안으로 온다. 그 전에 에이티식스들과 공화국을 가로막는 지뢰밭을 처리하고, 그랑 뮬의 게이트를 개방해야 하는데.

검게 물든 군복의 가슴팍, 안주머니가 있는 곳을 슬쩍 눌렀다.

그래, 그들은 마지막에 그것을 바랬으니까.

지나친 복도 뒤쪽에 누군가가 섰다.

"——무슨 짓을 할 생각이지, 블라디레나 밀리제 대위."

동시에 팔을 붙잡혔기에 레나는 돌아보았다.

서 있던 인물에게 낮게 으르렁거렸다.

"칼슈타르 준장님……!"

붙잡는 팔을 쳐내고 머리 하나는 더 큰 상대를 정면에서 노려보았다.

여기가 중요하다. ——공화국이, 에이티식스들과 레나가 살아남느냐 아니냐의 순간이다.

이렇게 어설픈 절망에 푹 잠긴 치졸한 남자에게 방해받을 수는 없다.

"지뢰밭을 열고 그랑 뮬의 개방을. ……전선의 각 전대를 그랑 뮬 안으로 불러들이고 전력을 집중시켜서 〈레기온〉을 요격합니다. 그러면 아직 살아남을 길은……."

"그만둬라. 에이티식스를 불러들일 거면 이대로 〈레기온〉에게 멸망하는 편이 공화국 시민들에게는 차라리 낫다."

"당신은 이런 때인데도 아직——."

백계종(알바)만이 인간이고 85구 안은 백계종에게만 허락된 낙원이라는, 스스로도 믿지 않는 말에 집착하여 조국의 멸망을 좌시하겠단 소린가.

"에이티식스는 공화국을 위해 싸운 게 아니다."

그가 내뱉은 말에 뺨을 얻어맞은 기분이 됐다.

"공화국에게 박해받고 버림받고 학대당한 그들이다. 이제 와서 우리를 지켜달라고 애원해도, 에이티식스에게는 그 말을 들을 의리나 이유가 없다. ……기껏해야 꼴좋다고 비웃는 게 고작이겠지."

레나는 이를 악물었다.

그런 건 알고 있다.

도와달라고, 지켜달라고, 그런 뻔뻔한 소리는 입이 찢어져도 할 수 없다.

하지만.

"의리는 없지만 이유라면 있습니다. 우리는 아직 그들이 가지지 않은 발전 플랜트와 생산 플랜트를 가지고 있지요. 여태까지 전장에서 살아남은 그들이라면 살기 위해서, 싸우기 위해서 그것들이 필요하다고 판단해 줄 겁니다."

칼슈타르는 흉터가 남은 얼굴을 찌푸렸다.

뭔가 참기 어려운 것을 본 사람처럼.

"그렇게 잘 될까? ……그렇군, 처음에는 얌전히 따를지도 모르지. 하지만 그들은 곧 깨달을 거다. 도움도 안 되고 불평만 하는 시민들을 지키며 싸울 바에야―― 자기들끼리 〈레기온〉과 맞서는 편이 훨씬 편하다고."

"크……."

"그때 무슨 일이 일어날까? 단순한 학살이라면 차라리 낫지. 하지만 그리 미적지근할 리가 없다는 사실은 역사를 배웠으면 너도 알겠지. 너라면…… 젊은 여성인 너라면 특히나."

그 말이 시사하는 생생한 말로에 레나는 몸서리쳤다.

생각하지 않았던 건 아니다.

전투 지휘를 하면서 지금 전대의 프로세서들에게 다소 신뢰를 얻었을지도 모른다. 하지만 그것도 그들이 보자면 안전한 후방에 있는 하얀 돼지가 하는 짓이다.

불러들인 순간 살해될지도 모른다고―― 생각하지 않은 것은 아니다.

그 이상의 폭력도.

그래도.

군복 안주머니…… 언제 〈레기온〉의 대공세가 시작되어도 이것만큼은 떼어놓지 않으려고 방수 커버에 담아서 항상 가지고 다니는 편지와 사진의 위치에서 손을 떼었다.

그들이 마지막에 남겨 준 말과 마음.

"그래도…… 처음부터 모든 걸 포기하고 죽기만을 멍하니 기다리는 건 싫습니다. 설령 힘이 부족하여 죽게 되더라도…… 그때까지 싸우고 싶습니다."

그러지 않으면, 그렇게 살다 스러진 그들을. 레나도 그렇게 살 거라고 믿어준 신과 그 동료들을 볼 낯이 없다.

두 쌍의 백은색 눈동자가 잠시 부딪치고―― 갑자기 칼슈타르가 눈을 돌렸다.

"그럼 멋대로 해라."

그대로 몸을 돌려 복도 반대방향으로 걸어갔다. 그 넓은 등에 걸린 어설트 라이플이 무겁게 흔들렸다. 공화국 제식인 7.62mm 구경. 잘 손질됐지만, 한 세대 전인 단발, 3점사 사양인 소총.

이를테면 칼슈타르가 아직 젊었을 무렵에 썼을 듯한 사양.
군의 라이플은 병사에게 각각 전용 총기가 주어지고, 훈련도 전투도 그것만을 사용한다. 공산품인 어설트 라이플이라고 해도 총마다 세세한 특징이 있다. 그런 특징도 포함하여 자기 것으로 만들기 위해서.
아직 젊었던 칼슈타르가 받았고, 10년 전에는 〈레기온〉과 싸웠고, 지금 이때까지 그와 함께했던 그의 라이플.
"준장님——?"
"꿈을 꾸는 건 아이의 특권이다, 밀리제 대위. 그리고 아이가 꿈에서 깨어나서 무자비한 현실을 깨닫고 몸서리칠 때까지 그 꿈을 지키는 것이…… 어른이 할 일이다."
한 손으로 넥타이를 풀어서 내버렸다. 장성의 중후한 군복 아래로 보이는 발에 신은 것이 그 옷에 어울리지 않게 실용적인 야전용 군화라는 사실을 이제야 깨달았다.
처음부터 이럴 작정으로……?
"어디 한 번 단단히 깨닫도록 해라, 레나. 네가 원하던 얄팍한 꿈이 현실 앞에서 깨지듯이."
"잠깐만요——."
'아저씨'의 등을 향해 손을 뻗으려다가…… 레나는 입술을 꾹 다물고 그 손을 움켜쥐었다.
뚜벅뚜벅, 군화 소리를 울리며 걸어가는, 돌아보지도 않는 그 뒷모습을 향해 경례를 보냈다.
"예, 무운을 빌겠습니다. ——칼슈타르 준장님."

입 안으로만 그렇게 말하고 레나는 다시금 국군 본부 깊숙한 곳의 복도를 걸어갔다.

마음속으로 굳게 생각하는 것은 그가 마지막에 남겨 준 말. 몇 번이나 읽으며 뇌리에 새긴, 어둠 속에서 앞길을 밝히는 별 같은 그 말이다.

언젠가 우리가 도달한 장소까지 오거든.

그래, 신.

당신이 도달하여 잠든 그 장소까지.

나는 반드시 가고 말겠어.

†

밀려드는 〈레기온〉 대군의 거센 물결과도 같은 포격과 공격의 틈새에서. 신은 갑자기 현실로 끌려온 것처럼 정신을 차렸다.

누군가의 목소리가 들린 듯했다.

대공세를 상대로 요격에 나선 사투 도중이다. 그 감각은 전투에 몰입하면서 순식간에 쓸려가고 잊혀서 사라졌다.

그것이 마지막으로 듣는 '그녀' 의 목소리일지 모른다고는 생각도 하지 않고.

제6장 Over there

TV의 '보도 방송' 은 오빠가 있는 '서부전선' 에서 '전투 상황' 을 설명했고, 거기에 따르면 공격해 오는 수많은 〈레기온〉을 '연방군' 이 도로 밀어낼 수 있었다는 모양이다.

집 앞에 차가 멈추는 소리가 나서 여섯 살인 니나 란츠는 고개를 들었다.

붉은색과 검정색의 쌍두 독수리 마크를 단 연방군의 공용차였다. 종군 중인 오빠 유진이 보내는 편지를 가져다주는 강철색 세단.

응대하는 숙모에게 전달된 것도 연방군의 쌍두 독수리 마크가 보이는 봉투로, 오빠가 보낸 편지구나 싶어서 니나는 서둘러 달려갔다. 반년 전에 특별사관학교에 입학한 뒤로 손꼽을 정도밖에 만나지 못했고, 한 달 반 전의 정식 배속 후로는 한 번도 못 만난 오빠. 열 살 연상인 강하고 다정한, 니나가 좋아하는 오빠.

아주머니, 라고 말하려다가 니나는 평소와 다른 숙모의 분위기를 깨닫고 멈춰 섰다.

봉투를 받은 숙모의 얼굴은 새파랗고, 집안일과 직장 때문에 거칠어진 손이 바들바들 떨리고 있었다.

편지를 건넨 군인은 평소 보던 쇳빛 군복 위에 검은 띠를 비스듬하게 두르고 입술을 굳게 다물고 있었다.

왜 저러지?

오빠한테, 무슨 일이 있었나?

TV의 보도 방송, 서부전선의 전진기지에서 보내는 중계 영상이, 그때 격렬한 섬광과 침묵의 굉음으로 뒤덮였다.

†

몸을 움직이자, 부서진 유리 조각이 떨어져서 자각자각 소리가 났다.

프레데리카를 감싸고 쓰러진 자세에서 신은 몸을 일으켰다. 유리창은 죄다 깨져서 날아갔고, 격진으로 쏟아진 먼지가 희미한 햇살 속에서 날리는 사단본부 기지 복도.

유리 조각이 스쳤는지 왼쪽 관자놀이에서 피가 주르륵 흐르는 감촉이 있어서 대충 손등으로 닦았다. 쓰러진 신의 몸 위로 유리를 깨뜨리고 지나간 충격파 때문에 귓속이 심하게 아팠다.

망가져서 떨어져나가려는 창틀 너머를 보며 눈을 가늘게 떴다.

비틀비틀 프레데리카가 일어섰다.

"으으…… 멎었나. 신에이, 피해 상황은……."

"보지 마."

대답도 듣지 않고 그의 명치 높이에 겨우 닿는 작은 머리를 한쪽 팔로 감싸서 시야를 빼앗았다.

창밖, 사령부 기지에서 대략 10킬로미터 전방. 가까스로 육안으로 보이는 범위 안에 있던 전진기지(FOB) 14가—— 1개 연대 5천여 명의 주둔지가 소멸했다.

붕괴나 괴멸도 아니다. 소멸이다. 지평선에 흐릿하게 보일 건물의 잿빛 실루엣이 깨끗하게 사라졌다. 광범위에 걸쳐 흐릿하게 피어오르는 흙먼지만이 포격으로 사라진 무언가가 거기에 있었음을 말하고 있었다.

눈을 돌려보니 이 사령부 기지도 멀쩡하진 않다. 조금 떨어진 격납고 하나가 조준에서 벗어난 탄에 통째로 박살나고 무참하게 파여서 크레이터로 변했다. 유도 없이 날리는 초장거리 포격은 평균오차반경이 넓다. ——포격 명중률은 그리 높지 않다.

일그러지고 찢겨나간 병영과 〈바나르간드〉의 잔해, 흩어진 거대 포탄의 파편이 뒤섞여 굴러다니고 쌓여서, 도무지 본 적도 없을 정도로 무참한 파괴의 흔적.

저 안에 있던 사람들은—— 전멸했겠지.

같은 포격의 집중포화를 받은 FOB14도 마찬가지일 것이다.

지근거리 충격파로 날아가서 나뒹군 장갑차에라도 휘말렸을까, 도움을 청하는 누군가의 목소리가 멀리서 가늘게 들렸다.

그 소리를 들은 프레데리카의 작은 몸이 움찔 경직했다. 억지로 고개를 틀어서 한쪽 눈으로 창밖을 보다가 그 붉은 눈동자가 크게 뜨이고 얼어붙었다.

"이……런……."

"프레데리카."

"키리……가, 이런 짓을 했나."

"프레데리카. 방에 돌아가. 밖은 보지 마."

갑자기 프레데리카가 이쪽을 올려다보았다.

당장에라도 울음을 터뜨리려는, 힘없는 눈동자였다.

"그대는."

"……뭐?"

"그대는 이렇게 되지 않겠지. 키리와 똑같이는——."

"당연하잖아. 〈레기온〉이 되고 싶지는 않아."

죽은 뒤에 이 세계에 남을 미련은 없다.

사령관 집무실의 문이 소리를 내며 열렸다.

"노우젠 중위, 무사해?!"

"예."

핏빛은 보였지만, 이런 상황에서 긁힌 상처 한둘은 상처 축에도 들어가지 않는다. 그레테는 긴박한 느낌으로 붉은 입술을 다물며 시선으로 집무실 안을 가리켰다.

"지금 포격, 어디서 날아온 건지 들었어?——반격해야지. 위치를 특정해야 해."

"예. ……하지만."

프레데리카를 떼어놓고 방으로 돌아가라고 등을 밀어주면서 신은 힘없이 고개를 내저었다.

"특정해도 공격할 수단이? ……포격 위치는 아마도 수백 킬로미터 저편입니다."

†

성립 직후부터 〈레기온〉과의 전쟁에 국력의 태반을 빼앗겨 법 정비도 여의치 않은 상태로 [현장의 판단]으로 고비를 넘기는 일이 잦은 연방이지만, 그렇기에 관계자나 관계 부서의 행동은 재빠르다.

군과 국정에 절대적인 권한을 가진 대통령이라면 더더욱.

"――문제의 초장거리포를 신형 〈레기온〉으로 인정. 앞으로 '모르포' 라고 호칭합니다."

기아데 연방 대통령 관저, '독수리 둥지(아들러 호르스트)'.

제정 시대에는 황제의 거처, 독재정권에서는 독재자들의 관저였던, 근엄하며 위압적인 말기 제정 양식인 궁전의 회의장은 지금 군사와 관련된 고관과 관리가 모여서 국방회의 중이었다.

동심원형으로 좌석이 늘어선 회의장의 제일 앞줄 중앙 자리에서 에른스트는 회의장 중앙의 허공에 투영된 홀로그램, 서부전선의 3차원 모델을 올려다보았다.

"탄착은 제1사가 제8기갑군단 전투구역의 FOB14에 55발. 72분 뒤 FOB13에 45발. 15시간 뒤, 제5보병군단의 FOB28, 30에 각각 50발."

〈레기온〉 지배영역 안의 총 네 곳의 포격 위치에서 부채꼴이 퍼져서 전진기지 아이콘에 도달. 3차원 모델 위쪽에 네 개의 서브 스크린이 전개되고 포격 후의 각 기지의 영상이 투영됐다.

그 영상에 있어야 할 기지가 흔적도 없다. 구조물은 죄다 분쇄되고, 크레이터 몇 개만 남은 황야로 변한 포격흔의 영상.

“각 FOB는 이 포격으로 소멸. 각각의 기지를 본거지로 삼던 4개 연대, 총 2만여 명이 섬멸됐습니다.”

하루도 안 되는 시간에 네 개의 전진기지가. 2만여 명의 전투요원과 기간요원과 함께.

괜한 감정을 드러내지 않고 읽을 수 있도록 훈련받은 분석관의 목소리도 긴박한 빛을 띠며 딱딱했다.

“지금 시점에서 추정되는 스펙은 주포 구경이 800밀리미터, 최대 사거리 400킬로미터. 포격의 사출 속도는 초속(初速) 8000m/s. ……전자가속포(레일건)로 추정됩니다.”

에른스트는 눈을 가늘게 떴다.

레일건.

두 개의 레일 사이에 탄체를 넣고, 전자유도로 가속하여 사출하는 투사병기다.

막대한 전력이 필요하고 소형화가 어려운 면도 있지만, 고작해야 초속 2000m/s가 한계인 화포와 비교해서 엄청나게 빠르게 포탄을 사출할 수 있는 이점을 갖는다. 질량탄의 파괴력―― 운동에너지는 탄두중량에 속도의 2승을 곱한 것이다.

착탄시에 감쇄된다고 해도 초속 8000m/s라는 사출 속도에 800밀리미터의 구경―― 몇 톤에 달할 탄두 중량. 그것이 갖는 막대한 파괴력에 걸리면 아무리 견고한 요새기지라고 해도 모래성이나 마찬가지다. 하물며 임시로 지어 놓은 전진기지는 더 말할 것도 없다.

"——보호했을 때 그들이 보고한 내용에도 있었지."

"예. 대항 수단의 개발은 늦었습니다만."

〈레기온〉의 개발모체인 황립 종합군사연구소의 연구원은 대부분이 구체제파의 군문에 들어갔고, 그 거점과 함께 〈레기온〉에 흡수됐다. 그때 그 지식, 혹은 뇌 자체가 〈레기온〉에 흡수됐겠지.

그리고 제국의 최첨단 기술을 뒷받침한 그들이 없는 지금의 연방에 같은 시기에 동등한 병기를 개발할 기술력은 없다.

"제2, 제3사 사이의 15시간은 포신 교환 시간으로 추정됩니다. 구경이 800밀리쯤 되면 포신의 마모도 심할 테니까요. ——그사이 서방방면군은 보유한 모든 순항 미사일의 준비를 완료, 제4사 직후에 모든 미사일로 포화공격을 실시. 착탄관측이 불가능하기 때문에 정식 손해평가는 없습니다만, 상응하는 손해를 준 모양입니다."

경합구역 심층부부터 〈레기온〉 지배영역에는 방전교란형(아인탁스플리게)의 전자방해와 전자간섭이 모든 유도를 무력화한다. 수십 킬로미터 정도의 단거리에서 전장 전체를 목표로 한다면 몰라도, 100킬로미터 너머에 있는 빌딩 사이즈의 목표를 콕 집어서 착탄시키는 것은 불가능하다.

그래도 반드시 명중하려면 숫자로 메우는 수밖에 없다. 안 그래도 바닥이 보이는 순항 미사일을 단숨에 다 쓸 정도로.

그리고 어차피 〈레기온〉과의 전쟁에서 쓸 수 없다는 이유로, 정신이 아득할 정도로 비싼 순항 미사일의 재생산이나 GPS용 인공위성 발사는 이미 오랫동안 하지 않았다.

"그 이후로 전자가속포(모르포)형이 포격, 이동 모두 정지한 것이 그것을 뒷받침합니다. 다만 관측하는 이능력자의 말로는, 격파에 이르지는 못한 모양입니다."

참고로 이능력자란 신을 말하는 것이다. 에른스트도 처음으로 듣는 이야기였다.

그렇다고 해도 이야기해 주지 않은 것은 어쩔 수 없다. 조국에서 인권을 박탈당하고 인간 형태의 병기 취급을 받은 것이 그들 에이티식스다. 구실만 있으면 어떤 무자비한 일도 서슴지 않는 것이 인간 사회라고, 그들은 누구보다도 잘 안다. 편리한 경보장치로서, 그것을 강요하기 위한 인질로, 그렇게 이용당하다가 죽는 게 싫었겠지. 어쩌면 더 무참한 말로를 피하려고 했거나.

실제로…… 이런 상황이 아니었으면 그들이 걱정한 대로 됐을 것이다. 안 좋게도 신의 능력은 감지 범위가 매우 넓다. 그들이 바라는 대로 다시금 전장에 서지도 못하고, 안전한 수도 근교의 군 시설이나 연구소에서 새장 속 새처럼 아주 소중히 다뤄졌겠지.

보고서에 참고자료로 첨부된 신의 인사 파일에 클립으로 꽂힌 얼굴 사진을 내려다보며 입술을 깨물었다.

그렇게까지 경계해서 비밀로 했는데. 노출될 리스크를 범하면서까지 서부전선 전체에 경보를 내렸어야만 하는 상황. ——그 정도의 위기를 목전에 두면서도 '보호자'에게 도움을 청하지 않았다니, 미덥지 않은 '보호자'인 자기 자신에게 분노를 느꼈다.

5년에 걸친 〈레기온〉과의 사투에서 살아남은 그가 이제 와서 두려움을 품었는지는 알 수 없다.

하지만 누구에게도 도움을 청하지 않는 채로, 그만한 대군이 밀려드는 것을 혼자 계속 지켜봐야만 하는 것은…… 괴로울 텐데.

회의장 제일 앞줄, 해상도가 낮아서 인간의 실루엣으로만 보이는 홀로그램 하나가 천천히 움직였다.

[—— 손해평가에 대해서는 침투시킨 우리 연합왕국의 자동기계가 전자가속포형의 관측에 성공했다. 직격은 하지 않았지만, 틀림없이 대파로 몰아넣은 모양이야.]

로아 그레키아 연합왕국 왕세자, 자파르 이디나로크.

〈레기온〉 본대의 철수로 방전교란형이 지배영역으로 물러나면서 가까스로 연결된 회선을 통해 참가한, 로아 그레키아 연합왕국 측의 대표자다.

연합왕국이 〈레기온〉과 대치하는 최전선인 남방전선 사령관으로 있는 동생 왕자가 아닌, 바로 왕세자 본인. 국왕 다음가는 통수권을 가진 자, 연합왕국군 전군의 차석 사령관이다. 연합왕국으로서도 전자가속포형은 그 정도의 위협인 모양이다.

마른 체격에 훤칠한 키, 노령의 여성 장교인 듯한 발트 맹약동맹의 장성—— 정확하게는 그 홀로그램 영상이 입을 열었다.

동맹 북방수비군 사령관, 벨 아이기스 중장. 성립 당초부터 모든 국민이 곧 병사라는 국시에 따라서 남녀를 가리지 않는 징병제도를 펼쳤던, 역사 깊은 무장중립국가는 아직도 변질되지 않은 모양이다.

[그 정도로 가깝게 접근할 수 있다면 귀국의 자동기계로 전자가속포형의 제거도 가능하지 않겠습니까?]

왕세자는 우아하게 웃은 듯했다.

[애석하게도 그게 가능할 적재중량(페일로드)이 아니어서. 비교적 가까운 지역이라고 해도 〈레기온〉 지배영역 침투에 성공한 것을 봐도 알 듯이 〈레기온〉과 비교하면 극히 소형 기체요. 그렇군…… 가녀린 소녀가 들 수 있는 정도의 무장이라고 생각해 주면 되겠군. 게다가 그 기체 하나를 침투시키기 위해 상당한 숫자가 희생됐고, 마음고생도 상당했던 모양이라서. 형으로서 동생에게 더 이상 무리를 시키고 싶지 않군.]

동생이 나오지 않은 것은 그런 사정도 있는 모양이다.

눈치로 보자면 정찰, 관측기 정도의 소형기, 관제관이 원격 조작하는 무인자동기계. 아무리 그래도 왕족인 왕자가 직접 관제에 달라붙었다면 뭔가 조작하는 사람을 가리는 이유라도 있을까.

벨 중장이 코웃음을 쳤다.

[그것도 참…… 꽤나 성대한 대접이로군요.]

정찰을 위한 희생, 그리고 일부러 자국군이 보유한 카드도 보여 준다.

[앞으로는 합동작전을 취하려는 상대요. 숨길 필요가 없겠지. 신뢰야말로 인간들, 국가들 사이의 가장 강인한 유대요.]

아마 거짓말이겠지.

자국의 전력을 과시하고 지불한 희생을 강조, 제공 가능한 카드의 제시. 요구에 견제. 앞으로 취하게 될 합동작전 때 조금이라도 자국에게 유리한 조건을 끌어내기 위한 줄다리기 현장이다.

양쪽 끝에서 서로 온화하게 눈씨름을 벌이는 양국의 대표를 시야 좌우로 놓고서, 반원을 그리는 자리 제일 앞줄에서 에른스트는 희미하게 웃었다.

10년 동안 부자연스럽게 갈라졌지만.

이것이 국교. 이것이 국가들이 취하는 모습이다.

벨 중장은 차갑게 웃은 듯했다.

[정말 멋진 마음가짐이로군요, 왕세자 전하. ……그러거든 〈레기온〉들의 전략, 전술 알고리즘에 대해서도 꼭 견해를 들려주셨으면 합니다. '마리아나 모델' ── 〈레기온〉의 토대가 된 인공지능 모델을 개발하신 귀국의 견해를.]

왕세자는 우아하게 웃었다.

[물론 괜찮소, 중장. ……무한궤도에 비해 속도가 뒤처졌던 다각형 기갑병기를 고기동화하고 최초로 실전에 투입한 귀국이── 그 흐름을 따라 만들어진 〈레기온〉의 성능 분석을 해준다면 말이지만.]

미묘한 침묵이 양국 대표자 사이에 깔렸다.

에른스트가 탄식하고 입을 열었다. 나라들 사이의 올바른 모습이라고 해도 지금은 그런 이야기를 하고 있을 때가 아니고, 그런 추궁이 들어오면 연방으로서도 찔리는 데가 있다.

아무튼 지금 여기에 있는 삼국을 포함해 대륙 전체를 석권하고 유린하는 〈레기온〉을 개발, 운용한 것은 연방의 전신인 기아데 제국이니까.

"지금은 전자가속포형── 그리고 해당 개체를 포함하여 확인된, 우리 인류와 동등한 지성을 가진 〈레기온〉과 그 대책을 생각해야 하지 않겠습니까?”

[지성화된 지휘관형 〈레기온〉—— 우리 맹약동맹에서도 확인됐습니다. ……그게 나온 뒤로 방어선 전투가 격화됐지요.]

[〈레기온〉의 약점은 숫자와 성능만 믿고 전술이 단순했다는 거니까. 그것을 없애는 지휘관형의 등장은 이쪽에서도 두통거리요.]

벨 중장은 등받이에 몸을 맡기고 하늘을 올려다보는 듯했다.

[……저번 대규모 공세도 어쩌면 〈레기온〉들이 전선에 보다 많은 장병을 끌어들여 붙들고 있기 위한 양동이었을지도 모릅니다. 약삭빠른 고철들이 정말 증오스럽군요.]

[전사자의 유해 회수도 안 하고 일부러 지배영역 깊숙한 곳으로 우수한 병사들을 보내어 그런 귀찮은 적기를 늘리는 짓을 한 저 공화국은 좀 반성했으면 싶군. 물론 아직 살아남았다면 말이지만.]

왕세자는 살짝 고개를 내저었다. 에이티식스를 보호해 전자가 속포형 시작기의 정보를 얻은 사정과 그들이 공화국에서 쫓겨난 경위는 양국에도 전달했다.

[뭐, 애초부터 민주공화제, 만민평등 같은 으스스한 이상을 말하면서 자기들 이외의 각 민족을 ‘유색종(콜로라타)’이라고 총칭하여 구분하는 것을 이상하다고 생각하지도 않는 놈들이니까. 구별이 차별로, 차별이 박해로 바뀌는 것은 놀랍지도 않아. ……학살당한 우리 동포와 동포는 아니더라도 같은 처지인 에이티식스들에게는 동정을 금하지 않겠지만.]

왕세자는 침묵을 지키는 분석관에게 탄식과 함께 시선을 보냈다. 손짓 하나에 이르기까지 잘 가다듬은, 우아하기 짝이 없는 동작으로 한쪽 손을 흔들었다.

[실례했군. 보고 도중이었지. 계속해 주시오.]

"옙."

그렇다고 해도 분석관은 타국의 왕족에게 경의를 표할지언정 무조건 따를 필요는 없다. 힐끗 이쪽을 바라보는 시선에 에른스트는 살짝 고개를 끄덕였고, 그것을 받아들여서 분석관은 입을 열었다.

"그럼 계속하겠습니다. ——이동 속도 및 발사 위치로 보아 전자가속포형은 옛 고속철도 노선을 이용한 열차포로 추정됩니다. 현재 위치는 옛 국경 부근, 크로이츠벡 시(市)의 철도 터미널. 여기서도 연방 서부전선의 모든 기지, 연합왕국의 대도시 히테 빌치, 맹약동맹 제2수도 에스트호른, 공화국 대도시 샤리테가 사거리에 들어갑니다. 또한 〈레기온〉 지배영역 및 경합구역 안에 잔존한다고 추정되는 고속철도 노선을 이동 범위로 가정할 경우."

3차원 모델의 전역도가 2차원 조감도로 바뀌고 축척이 확대되어 광역 표시로 변경. 과거에 존재했던 고속철도 노선이 조악한 바둑판 모양의 지도상에 표시되고, 거기에 400킬로미터라는 전자가속포형의 사거리가 그려졌다.

노회한 양국 대표를 포함하여 회의장에 모인 군과 정부 고관들이 살짝 숨을 삼켰다.

"연방 수도 장크트 예데르, 연합왕국 왕도 아르크스 스티리에,

동맹 본부 카펠라, 산마그놀리아 공화국의 85행정구 전역이 사거리에 들어갑니다."

〈레기온〉에 석권된 이 대륙에서 가까스로 생존이 확인된——인류의 마지막일지도 모르는 생존권의 모든 수도 기능이.

뱀부터 시작해서 국가에 이르기까지 공통된 파괴법은 하나다.

머리를 부수면 뱀은 죽는다.

"자동공장형(바이젤)의 추정 생산력을 볼 때 수복 완료, 재가동까지의 유예는 짧으면 8주. 그동안에 뭔가 대책을 내놓지 않으면…… 우리의 패배입니다."

에른스트는 조용히 입을 열었다.

"확실한 대항 수단은?"

분석관은 입술을 다물었다.

"서부전선의 지휘관들은 다른 견해였으면 합니다만, 분석실의 결론으로는——."

"——이 초고속, 초장거리 포격에 유효한 대처방법은 없다."

10년 전까지는 귀족의 별장이었던 고성을 접수한 서방방면군 통합사령부의 상황실(브리핑룸)은 창문 없는 두꺼운 돌벽으로 둘러싸여서 어둡다.

원탁 위에 전개된 홀로스크린의 빛에 서방방면군, 즉응예비군의 각 군단장과 부장, 배후에 선 부관들의 실루엣이 유령처럼 떠올랐다.

"포탄을 격추하려고 해도 대공포로는 속도도 탄막 밀도도 부족하다. 애초에 탄두가 몇 톤은 된다. 고작 40mm 기관포탄을 명중시켜봤자 어떻게 안 된다."

주위에 홀로디스플레이를 전개하고, 그것들을 거의 보지도 않으며 설명하는 참모장은 아직 젊고, 제국 귀종 특유의 단정한 외모였다.

이 고성의 옛 소유자이고 지금은 중공업에 큰 영향력을 가진 옛 대귀족의 자제지만, 혈통만으로 그 지위를 차지한 무능한 자도 아니다. 과거 제국에서 대귀족의 자제는 어렸을 적부터 일족의 전문분야나 전투지휘의 영재교육만을 주입받으며 자랐다. 어지간한 전문가보다도 그 분야에 관한 조예나 경험이 있다.

〈레기온〉처럼 시대를 잘못 태어난 듯한 고성능 자율전투기계가 생겨난 것도 제국의 이 관습이 이유 중 하나다.

"다른 전선에서 순항 미사일을 긁어모았지만, 이것도 확실하다곤 할 수 없지. 유도는 불가능하고 탄속이 느린 만큼 대공포병형(슈타첼슈바인)의 요격도 받기 쉽다. 전자가속포형 자신도 강력한 대공병기를 갖추고 있는 모양이다."

홀로스크린이 잠시 어두워지고 해상도가 조악한 비디오 영상이 시작됐다. 연합왕국에서 제공받은 무인기의 관측영상이다.

도시의 폐허와 구름 낀 하늘이 멀리 보인다. 시점은 꽤나 낮아서 아마 인간의 키 정도다. 화면 구석에 뭔가가 빛나고, 그 직후에 공중에서 연속되는 폭발. 가까스로 목표까지 도달한 소수의 미사일이 격추된다.

영상은 대공포화를 빠져나간 미사일 한 기가 목표 수색 장치를 가동, 폐허 너머의 거대한 뭔가로 돌진하여 대공포를 맞으면서도 근처에 작렬하는 순간 갑작스럽게 끝났다.

"아마도 이것의 재탕이 된다. ……그렇다고 해서 화포로 반격하자면 사거리가 절대적으로 부족하다. 방전교란형과 대공포병형에 제공권을 빼앗긴 이상, 항공병력으로 대지공격을 시도하기도 어렵다."

〈레기온〉은 대공포병형 외에도 고공에 전개한 방전교란형이 대공방어 임무를 담당한다. 본래 역할인 전자방해 외에도 항공병기의 진로상에 운집하여 공기주입구로 돌진하는 공격행동을 취하는 기계 나비는 제트기의 천적이다. 어떤 의미로 제일 고약한 〈레기온〉이다.

"—— 애초에."

옛 제국공군에서 전임한 의족의 준장이 입을 열었다.

"후방에서 임무를 맡는 수송기의 파일럿이라면 모를까, 전투기나 공격기, 폭격기 파일럿은 모두 〈바나르간드〉의 파일럿으로 옮겼고…… 10년 동안 대부분이 전사했습니다. 살아남은 이도 이제 와서 하늘을 날 수 없습니다."

"그럼 역시."

군단장들의 시선이 서방방면군 사령관에게 모였다. 그 시선에 사령관은 무겁게 끄덕였다.

"—— 지상병력으로 직접 배제할 수밖에 없다."

무거운 침묵이 회의실을 채웠다.

의자에 몸을 기댄 즉응예비군 군단장이 불만스럽게 신음했다.

"〈레기온〉 지배영역으로 서부전선의 모든 군대를 동원한 돌격작전. ……〈레기온〉들이 득실대는 한복판을 직선거리로 100킬로미터 돌파라."

10년 동안 질적, 양적 모두 훨씬 우세인 적을 상대로 계속 싸워온 연방 군인으로서는 도저히 제정신으로 할 짓이 아니라고 느끼는, 압도적 열세 속의 돌격작전이었다.

참가하는 장병의 생환률은 지극히 낮을 것이다.

하지만 성공시키지 않으면 서부전선이, 나아가서 연방 그 자체가 와해되는 이상, 책상 위에서의 성공 확률이 0이라고 해도 성공시키는 것 외에 살아남을 길이 없다.

"……서부전선의 전력은 증원, 즉응예비를 더해도 지난번 공세로 26퍼센트 감퇴. 다른 전선의 방어부대는 아무래도 움직일 수 없는 이상, 이 전력만으로 작전을 실시할 수밖에 없다."

"〈레기온〉 통상병력도 비슷하게 줄였지만……."

"애초에 모수도, 재생산력도 다르다. 관측 결과, 놈들의 전력은 서부전선과 대치하는 것만으로도 5개 군단 규모. 당연하지만 지배영역 심층부의 자동공장형은 상처 하나 없어서, 앞으로 두 달 뒤면 더욱 늘어나리라는 전망이다. ……파멸밖에 예언할 수 없는 이능력자란 참으로 편리하군."

코웃음을 치는 제5보병군단의 부사령관이 첨부자료 중 하나인 아주 얇은 종이다발을 손가락으로 튕겼다.

인사 파일 형식이었지만 거기 있어야 할 사진은 첨부되지 않았고, 그 이유는 여기에 있는 모두가 이해했다. 잠시 뜸을 들여서 부사령관은 다소 침통하게 중얼거렸다.

"배제에 임하는 부대는…… 어느 부대를 택하더라도 희생되겠지."

"음. ……그러니까 가장 확실하고."

누구의 마음도 아프지 않고.

"아깝지 않은 이를 골라야 한다."

"크……."

무심코 흘러나온 희미한 목소리를── 맞은편에 앉은 정보분석실 실장은 귀밝게도 들은 모양이다.

"왜 그러지, 노우젠 중위?"

냉엄함을 그림으로 그린 듯한 영관, 의심보다는 배려가 담긴 질문에 신은 즉각 대답할 수 없었다. 질문하는 목소리 자체가 지금은 멀었다.

평소에는 귓속에서 울리는 기계망령들의 한탄의 소리.

그── 위치가.

"중위."

거듭 부르는 목소리에 정신을 차렸다. 제177사단 본부 기지, 정보분석실. 작전 입안을 위해 적의 숫자 파악에 '협력'을 요청받아서 며칠에 걸쳐 적을 찾는 도중이었다.

맞은편 외에는 표시 내용이 보이지 않도록 설정된 홀로그램의 전자서류를 한 손으로 손짓하여 없애고 영관은 사냥개가 그러듯이 고개를 갸웃거렸다.

"잠시 쉴까. 아침부터 계속했으니. 아무리 항상 〈레기온〉들의 목소리가 들린다고 해도 오랫동안 귀를 기울이는 것은 또 다른 이야기겠지."

"아니요, 괜찮습니다."

그렇게 말하며 고개를 흔들자, 영관은 한숨을 내쉬며 일어섰다.

"……과연. 정말로 너희는── 너는 일회용 병기의 부품이었던 모양이군."

비웃는 것과도, 놀리는 것과도 다른, 그저 평범하고 담담한 목소리였다.

등이 널찍한 뒷모습을 보이면서 방 안쪽의 캐비닛으로 향했다. 개인물품인 듯한 티 세트를 꺼내고 보온용 덮개를 씌운 티포트를 꺼냈다. 연방에서는 보기 드문 홍차 애호가인 모양인데, 대륙 동부에서 나는 홍차도 지금은 생산 플랜트의 합성품밖에 없다. 합성 홍차 특유의 희미한 약품 냄새 섞인 향기가 희미하게 퍼졌다.

"얼마든지 교체가 가능하지만, 망가질 때까지 교환용 부품도 오지 않는다. 그러니 마모를 모르는 척한다. 망가지면 그 고통을 잊는다. 완전히 부서져 움직일 수 없게 될 때까지. 지치고 힘들고 두렵더라도 그걸 억누르고 싸운다. 그야말로 〈레기온〉과 대치하는 인간형 병기라고 해야겠지."

영관은 들고 돌아온 두 개의 찻잔 중 하나를 신의 앞에 두더니, 자기는 앉지도 않고 선 채로 한 모금 마시며 말했다.

"안색이 안 좋아. 여기는 너희가 있던 전사자 0의 전장이 아니다. 인간이 살고 인간이 싸우는 전장이다. 둔해지는 편이 더 문제가 커. ……그동안은 그들이 적을 찾겠지."

뒤쪽에 있는 유리창 너머의 사무실을 눈짓했다. 바쁘게 오가는 이들, 나이도 성별도 제각각이지만 똑같이 염홍종(파이로프)의 붉은 머리칼과 눈동자를 가진, 쇳빛의 군복을 입은 사관들.

귀종(貴種) 중에는 이능력을 이어받은 혈통이 있고, 적계종(루벨라)의 귀종인 염홍종 중에는 정신감응계 혈통이 많다. 그 이능력을 살려서 정찰요원이나 심문요원으로 종군하는 일도 많다나.

"기억해 둬. 대신할 수 없는 인간은 없어. 인간 세상에는 말이지. ……좋든 나쁘든."

†

지난번 대공세에서 나온 수많은 부상자는 전선의 부담을 줄이기 위해 신속하게 후송됐다. 하지만 전선과 거리가 먼 연방 수도의 군병원조차도 조용히 밀려드는 절망에 숨이 막힐 듯했다.

커다란 병실의 무거운 침묵이 숨 막혀서 엘윈 마르셀 소위는 간신히 익숙해진 목발을 짚고 부러진 오른다리를 감싸면서 병동 밖으로 나갔다.

같은 병원 안에 지인은 없다. 지난번 대공세로 전멸한 같은 중대의 동료는 물론이고, 특별사관학교의 동기도. 태반은 아직 서부 전선에서 싸우고 있고, 일부는 이미 어디에도 없다.

중등학교 때 같은 반이었고 특별사관학교에서 동기, 서부전선에서도 같은 부대였다가…… 얼마 전에 죽은 유진처럼.

신형 〈레기온〉의 등장과 그 추정 성능, 피해 예측은 시민들에게도 보도됐으며, 병원 부지 안에서 보이는 장크트 예데르의 시내도 지금은 고요하다. 폭풍을 앞둔 겁 많은 동물들이 숨죽이고 둥지에 숨어서 언제 이변이 일어날지 귀를 기울이며 경계하는 듯한, 잔뜩 불안한 정적이다.

자유 보도는 근대 민주주의의 기본이고, 최초로 날아간 FOB14에서 생중계 중이었으니까 숨길 수도 없다. 섣불리 보도를 통제했다가 그릇된 정보나 헛소문으로 폭동이 일어나느니 차라리 정확한 정보를 계속 보도하는 편이 낫다고 정부는 판단했겠지.

그 판단이 옳았을까, 연방 각지에서 소규모의 패닉이나 혼란이 산발적으로 일어났지만, 연방 시민들은 대개 평정을 지키는 모양이다. 서부전선이 후퇴, 혹은 함락되면 전자가속포형의 사거리에 들어가는 이곳 연방 수도에서 도망치는 자도 있는 모양이지만, 태반의 이들은 평소 같은 생활을 계속하고 있다.

하지만 그것도 그들이 마음속으로는 알고 있기 때문이지.

과거의 국토 중 태반을 유지한다고 해도 〈레기온〉에게 완전히 포위된 연방에서 도망칠 장소는 어디에도 없다는 사실을.

"……음."

군 시설인 연방의 군병원은 재해 등의 긴급시를 제외하면 일반 시민의 출입이 허가되지 않는다. 초병 말고는 인적이 없는 게이트 앞이지만, 잘 보니 조그만 사람이 서 있었다.

그걸 바라보다가 마르셀은 다가갔다.
아는 아이였다.
같은 반 친구 집에 놀러갔을 때 만난 적 있는, 그 녀석의 여동생이다.
그래.
유진의.
"꼬맹이, 무슨 일이야. 뭐 하는 거야?"
말을 걸자, 꼬마는 흠칫 어깨를 떨며 돌아보았다.
소심하고 낯을 가린다고 이전에 유진이 쓴웃음을 지으며 말했다. 유진 자신은 붙임성 있는 성격이었으니까 대체 누구를 닮은 거냐고 농담으로.
……그러니까.
다른 나라에서 쫓겨난 저승사자에게도 다가갔고.
커다란 백은색 눈동자가 마르셀을 올려다보더니 아는 상대라고 깨닫고서 껌뻑거렸다. 그녀는 출입금지인 게이트 안에서 나오더니 이쪽으로 다가왔다.
"오빠를 찾으러 왔어. ……하지만 통과시켜 주질 않아서."
슬쩍 보니, 몇 살 연상인 듯한 초병이 어깨에 어설트 라이플을 메고 부동자세로 슬쩍 시선만 피했다.
뭐, 심술을 부린 건 아니다. 아직 어린 소녀라고 해도 규칙은 규칙이다.
마르셀은 입술을 다물었다.
조금 고생하면서 무릎을 굽히고 어린 소녀와 눈높이를 맞췄다.

"……오빠는 돌아왔잖아."

연방 군인은 함께 싸운 전우를, 그것이 유해라고 해도 저버리지 않는다. 반드시 데리고 돌아와서 가족의 품으로 보낸다.

유진도 전투 후에 바로 회수되어서 대공세가 시작되기 직전에 수많은 관들과 함께 수송열차로 후송됐을 것이다.

그것이 설령 그녀가 원했던 것과는 다른, 말없는 귀가였다고 해도.

니나는 설레설레 작은 고개를 내저었다.

꼼꼼하게 땋은 두 갈래 머리가 날아드는 반딧불 불빛처럼 그 동작의 궤도를 채색했다.

"안 왔어. 온 건, 상자뿐…… 오빠가 아냐."

"……."

마르셀은 입술을 깨물었다.

전사자의 유해는.

그것이 유족에게도 보이기 어려울 만큼 무참한 경우는 관 뚜껑에 못질을 해서 대면시키지 않은 채로 매장된다.

유진도 그랬겠지.

몸 절반을 잃고, 남아 있던 얼굴도 총탄으로 훼손된 유해는 특히나 나이 어린 동생에게 보여줄 수 없다고 판단됐을지도 모른다.

하지만 아직 인간의 죽음을 이해하지 못하는 나이 어린 니나에게…… 연방의 국기로 장식된, 열리지 않는 관이 유진이라고는, 그것이 그의 죽음이라고는 아무리 설명해도 실감할 수 없었겠지.

마르셀은 입술을 세게 깨물었다.

떠오르는 것은 서부전선의 깊은 숲속 전장. 이 세상이 아닌 듯한 녹색 안개 속에서 기갑탑승복을 붉게 물들인 채 전우의 목숨을 거둔 권총을 한 손에 들고 아무렇게나 서 있던, 흉흉하기 그지없는 소년병의 모습.

괴롭지 않도록 죽여주는 것은 전장에서는 자비겠지.

머리를——뇌를 파괴했으니까 그 유해는 끔찍한 〈머리사냥꾼〉이나 회수수송형(타우젠트휘슬러)에게 끌려가서 〈레기온〉으로 변하지 않았던 걸지도 모른다.

하지만——하지만.

그 탓에 니나는 유진과 마지막으로 만날 수 없었고, 돌아왔는데도 그 귀환도, 그 죽음조차도 받아들일 수 없다니. 너는 그때 정말로 그럴지도 모른다는 사실을 알고 있었을까.

이봐.

노우젠.

저승사자처럼 아무렇지도 않게, 안색 하나 변하지 않고 전우였던 유진의 목숨을 빼앗은——에이티식스인 너는.

"……오빠, 어디 있어?"

티 없는 백은색 눈동자로 올려다보는 니나를 견딜 수 없어서 마르셀은 눈을 돌렸다.

니나에게 그럴 생각은 털끝만치도 없겠지만, 그를 책망하는 듯한 기분마저 들었다.

왜 오빠를.

구해줄 수 없었냐고.

그건 내가 아니다.

그때.

녀석이.

구해주지 않았다.

지켜주지 않았다.

옆에 있어주지 않았다.

버디였으면서도, 유진보다도 목 없는 죽음을 알리는 처녀(레긴레이브)를 택해서, 유진을 버렸다.

내 탓이 아니다.

책망받아야 할 것은.

그때, 유진을 죽인.

그 녀석이.

갑자기 이해가 가는 것 같았다.

산마그놀리아 공화국의 시민이 에이티식스를 상대로 했던 차별과 박해. 어떻게 같은 인간을 상대로 그런 못된 짓을 할 수 있냐고 여태까지 얕보았던 만행을, 그 이유를. 마르셀은 처음으로 알 것 같았다.

인간은 갑자기 들이닥친 부조리를.

어떻게 할 수 없는 스스로의 무력함을.

누군가의 탓으로 돌리고 괴롭히고 싶은 것이다.

"……유진은."

말과 함께 흘러나온 웃음을, 그 팽팽한 악의를, 마르셀 본인은 볼 수 없다.

†

"역시나 언제 지배영역 저편에서 일방적인 저격을 받아서 기지와 함께 날아갈지 모른다고 하니, 다들 신경이 날카롭네."

한가한 고양이처럼 주위를 둘러보더니 그 말과 달리 대수롭지 않다는 투로 말하며 크레나는 스크램블 에그를 입에 넣었다.

제177사단 사령부 기지의 사관식당, 즉응예비요원과 재편성 인원을 받아들여서 정족수보다 숫자가 불어났음에도 아침 식사 시간다운 소란함보다도 어딘가 무거운 긴장이 짙었다.

종이컵의 대용 커피를 우아하게 마시며 앙쥬가 말했다.

"그 신형── 전자가속포형이랬나? 완전 수복까지는 앞으로 두 달은 걸리고, 그때까지는 공격이 없을 거란 전망이었을 텐데."

"그 전망의 근거가 10년이나 연락이 불가능했던 외국의 관측 영상, 그것도 도중에 전자방해를 받아서 송신이 중단된 5초짜리 영상, 그리고 원리도 잘 모르는 에이티식스의 '이능력' 뿐이라면 어쩔 수 없잖아. 공화국에서도 처음에는 같은 프로세서라도 실제로 듣기 전까지는 안 믿었잖아."

연방의 특산물인 소시지를 찌른 포크를 버릇없게 입에 문 채로 세오가 말하자, 앙쥬도 수긍하며 탄식했다.

오히려 현실주의를 그림으로 그린 듯한 군대라는 조직, 그것도 그 상층부가 신의 이능력을 의외로 쉽사리 받아들인 것이 그들로서는 의외였다.

"그래도 눈에 띄는 혼란 하나 일어나지 않으니까, 연방군의 훈련도도 대단해."

"그래. 공화국의 하얀 돼지들이었으면 지금쯤 핸들러가 제일 먼저 도망쳤을걸."

입가에 비웃음을 띠다가 세오는 문득 웃음을 지웠다.

"……혹시 그렇다면. 소령, 살아있을까?"

"세오 군."

그런 나무람에 세오는 아차 하는 얼굴로 입을 다물었다.

왠지 줄줄이 그를 바라보는 바람에 신은 살짝 눈썹을 찌푸렸다.

"뭐지?"

"아니. 뭐긴 뭐겠어. 설마 자각이 없다고 말하는 건 아니겠지?"

놀란 얼굴로 질문이 날아들었다.

그래서 뭔데?

기막히다는 듯이 한숨을 내쉬면서 라이덴이 말했다.

"……전자가속포형 운운보다도 그런 위험한 상황이 되면서 연방 놈들도 의식하게 됐다는 느낌이군. 자기가 내일 손도 못 쓰고 죽을지도 모른다는 걸."

애초부터 전장이란 그런 장소지만, 모두가 그걸 의식하는 건 아니다. 자기 생존을 제일로 생각하는 생물의 본능에 이만큼 이상한 환경도 달리 없다.

크레나가 조금 자랑스러운 듯이 흐흥 소리 내어 코웃음을 쳤다.

"우리에게 그런 건 당연하지만."

내일도 모르는 전장에 살며.

그 복무기간 중에 반드시 목숨을 잃는 운명의 에이티식스였으니까.

다만.

신은 조용히 생각에 잠겼다.

곁에 있는 죽음을 두려워하지 않는 것.

내일 죽는 것을 당연한 운명이라고 받아들이는 것.

그것은 공화국의 전장에서 살아남는데 필요한 적응이었고…… 자랑스러워할 일도 아닐 것 같다.

곁에 있는 죽음을 두려워하지 않는 것은. 내일 죽어도 괜찮다고 생각할 수 있는 것은 오히려…….

어느 틈에 옆에서 프레데리카가 얼굴을 들여다보고 있었다.

"신에이? 왜 그러느냐?"

의아한 투의 질문에 신은 자기가 아무래도 꽤나 오랫동안 침묵에 잠겨있었다는 것을 깨달았다.

"……별로."

포크를 든 채로 세오가 턱을 짚었다.

"어쩌면 아직 피로가 남은 거 아냐? 저번 요격전은 〈레기온〉이 엄청나게 많았으니까 신에게는 시끄러웠겠고…… 마지막에는 좀 위험했잖아."

"주위 상황이 거의 안 보였겠지. 〈레기온〉이 철수하는 징조를 놓치다니, 신 군도 처음 아냐?"

"……."

듣고 보니 그랬을지도 모른다.

"동조를 연결했는데, 그대는 응답도 하지 않았다. ……역시 그건 평소의 그대가 싸우던 모습과 다르지 않았나?"

"동조?"

"눈치도 못 챘나……."

어린애답지 않게 한숨을 내쉬며 프레데리카는 전원을 둘러보았다. 검은 비단 같은 머리칼이 어깨에서 사르륵 흘러내렸다.

"신에이를 포함하여 그대들은 조금 쉬는 편이 낫지 않나? 전장이라고 해도 공화국과 연방은 다른 점도 많겠지. 지치고 숨이 막힌다고 마음속으로 느끼지 않나?"

제대로 된 지원도 지휘도 없는 만큼 군 조직의 제약도 없다시피 한 것이 86구의 전장이었다. 무인기에게 군율이고 나발이고 없다. 신의 이능력으로 〈레기온〉의 동향을 항상 파악할 수 있으니까 누릴 수 있는 여가였다고 해도 전투가 없는 시간은 나름 즐기며 지낼 수 있었다.

10년에 걸친 전쟁으로 곳곳에서 무리나 문제가 생긴다고 해도, 아직 정상적인 군대 모습을 지키는 연방군에서는 그럴 수도 없다.

그렇다고 해도.

"이 상황에서? 아무래도 그건 힘들겠지."

"병사의 정신건강을 지키는 것도 군대에선 중요하다. 실제로 저번 요격전에서 그대들과 같은 나이의 특별사관들은 전투신경증으로 많이 후송됐다. 하물며 그대들은 에이티식스. 다소 배려를 받을 수 있을 텐데."

크레나가 얼굴을 찌푸렸다.

"그런 건 싫어. 가엾다면서 특별 취급받는 건 절대로 싫어."

식당의 소음 속에서도 소녀의 높은 목소리는 잘 울린다. 시선이 모이더니 다음 순간 얼어붙듯이 그 자리의 공기가 딱딱해졌다.

……에이티식스.

누군가가 내뱉은 목소리가 작게 들렸다.

공화국이 낳은 괴물이.

괴물은 괴물끼리 지배영역에서 마음껏 서로 죽여대면 좋을 것을―― 같은 괴물을 불러들여서.

그 악의에 프레데리카가 숨을 삼켰다. 한편 신을 포함한 에이티식스들은 안색 하나 변하지 않았다.

이제 와서 이 정도야 별것도 아니다.

너희 에이티식스의 이적행위 때문에 공화국은 〈레기온〉에 패배했다고 낙인이 찍혀서 전장으로 쫓겨난 그들이다.

하물며 그중에서도 전쟁을 시작한 제국의 피를 진하게 잇고 이능력을 가진 신은 싸움을 부르고 죽음을 불러들이는 꺼림칙한 저승사자라며 같은 에이티식스 사이에서도 경원시당한 적이 한두 번이 아니다.

세계는 언제나 숫자가 더 적고 '보통'과 다른 이단자에게 차갑다.

라이덴이 조용히 입을 열었다.

"……크레나."

"알고 있어. ……하지만 저런 눈이 훨씬 나아. 익숙하니까."

"……."

"짓밟히더라도 지지 않으면 될 뿐이니까. 하지만 동정받는 건 달라. 지지 않겠다고 생각하는데 이미 진 것처럼 말하잖아. …… 그런 건 싫어."

군의 바쁜 아침 식사 시간이니, 모여들었던 시선은 곧 흩어졌다. 그래도 어딘가 어색한 분위기는 남아서 프레데리카가 불안하게 주위를 둘러보았다.

라이덴이 코웃음을 쳤다.

"……그렇긴 해도 유예는 두 달인가. 그 정도 시간으로 무슨 수를 쓸 수 있을 것 같지 않은데."

"일단 만에 하나가 있을지도 모른다며 작전 개시는 보름 앞당긴다나 봐. ……뭐, 또 제대로 된 작전이 아니겠지."

"결국 연방도 무식하게 힘으로 나가려나. 성능도 머릿수도 정보도 뒤처졌고, 게다가 상대는 어지간한 기책은 먹히지도 않는 〈레기온〉이니 어쩔 수 없지만."

〈레기온〉은 사기가 떨어지지 않지만 공을 세울 생각도 하지 않는다. 목숨을 아까워하지도 않는다. 인간의 군대라면 떨쳐낼 수 없는 그런 약점을 찌를 수도 없고, 애초에 기책이란 것은 도박에 가깝다. 전술적으로는 기피해야만 하는 것이다. 압도적인 전략적 우세 속에 있는 자동기계들은 어지간한 기책 따윈 개의치 않고 그 막대함과 강대함으로 짓밟을 뿐이다.

힘으로── 정공법으로 맞설 수밖에 없다.

"미사일은 부족하고, 중포는 안 닿고, 항공전력은 못 쓴다. ……그렇다면."

"육상부대의 투입, 밖에 없겠지. 돌파인지 침투인지는 모르지만."

그때 식당 입구에 쇳빛 그림자가 나타났다.

"——주목!"

넓은 식당 전체에 쩌렁쩌렁하게 울리도록 뱃속에서 우러난 목소리에 전원이 훈련으로 주입된 일사불란한 동작으로 꼿꼿이 섰다. 한발 늦은 것은 목소리에 놀란 마스코트 소녀들뿐. 군율을 중시하지 않는 에이티식스 다섯 명조차도 그것은 예외가 아니다.

연방군의 강인함을 뒷받침하는 그 높은 훈련도를 늑대처럼 예리한 녹색 눈동자로 바라보며 대령 계급장을 단 그 사관은 고개를 끄덕였다.

"작전이 정해졌다. 중대장 이상 부대 지휘관은 0900에 상황실로 집합하라."

그렇다고 해도 현재는 연방표준시로 0730이다.

거주구역의 복도를 혼자 걸어 자기 방으로 가면서 신은 다시금 생각에 잠겼다.

떠오르는 것은 아까 세오가 별생각 없이 꺼낸 말이다.

——혹시 그렇다면. 소령, 살아있을까?

사실은 혹시고 뭐고 없다.

감지할 수 있는 것은 신 뿐, 이야기할 필요도 없으니까 아무에게도 말하지 않았지만.

공화국은 이미 함락됐다.

〈레기온〉 지배영역 전체의 정찰을 거들던 때 깨달았다. 지배영역도 넘어서 아득히 먼 곳, 연방과 비교하면 아주 사소하지만 분명히 있었을 터인 공화국의 세력권이 기계망령들의 한탄에 짓밟혔음을.

듣기로는 대공세가 시작된 직후에 자연적이지 않은 지진파가 검출됐다고 하니까, 아마 그때 그랑 뮬이 무너졌겠지. 효과적으로 쓰려면 대공세에 맞춰 투입되어야 했을 전자가속포형이 실제로는 대공세가 정리될 즈음에 포격을 시작한 것도 먼저 공화국을 공략했기 때문이라고 한다면 앞뒤가 맞는다.

대공세 개시부터 그랑 뮬 함락까지 고작 1주간.

에이티식스에게 전장을 떠넘기고 현실에서 눈을 돌린 채 비좁고 달콤한 꿈에 갇힌 끝에 스스로를 지킬 방법도 잃어버린 그 나라는―― 고작 그 정도 시일조차도 버티지 못했다.

조국이라는 의식도 없는, 어렸을 적의 희미한 기억, 흐릿한 배경에 불과한 나라다. 유린당하든 멸망하든 아무런 감개도 없다.

다만.

――공화국이 멸망하기 전에 도움이 올지도 모릅니다.

――그러니까 소령은 그때까지 살아남아 주세요.

늦어버리고 말았다고.

아직 유리 조각이 살짝 깔린 복도에 탄식이 한차례 흘러내렸다.

——소령님은 우리도 잊지 않아 주시겠습니까?

우리가 죽고, 그 뒤 아주 잠깐만이라도.

그렇게 부탁했을 텐데…… 아무래도 이번에는 반대로 잊지 않는 쪽이 된 모양이다.

순서를 빼앗기고 말았다고 생각했다.

86구의 전장에서 살고 죽은 전우들과. 말을 주고받은 이와. 관계를 가진 상대와. 그 죽음으로 나뉘게 된 것이 너무나도 많다고 생각한다.

함께 싸우고 먼저 죽은 그들의 이름과 기억을 알루미늄 묘비에 묻는 저승사자. 그것을 괴롭게 생각한 적은 없을 텐데.

——두고 가지 말아요.

그런 부탁을 받은 건 이쪽이었을 텐데.

그녀조차도 먼저.

"——음."

자기 방 문틈에 얇은 봉투가 꽂힌 것을 보고 신은 발을 멈췄다.

또인가. 그렇게 생각한 것은 그렇게 받을 이유도 뭣도 없는 편지를 일방적으로 보내는 '선의의 시민' 이 성가셨기 때문이고, 이런 때도—— 어쩌면 이런 때이기에 '가엾은 에이티식스' 에게 기호품을 보내는 동정심을 즐기려는 태도에 무심코 한숨이 나왔다.

내용물을 보지도 않고 버리려던 때 문득 깨달았다.

개봉되지 않았다.

연방군에서는 기밀 보호를 위해서 군인, 군속이 주고받는 편지는 모두 개봉하여 검열된다. 그 개봉 흔적이 없다.

애초에 그런 화물은 모두 연방 수도의 국군 본부에서 막고 있고, 지금은 서부전선을 재편하는 도중이다. 편지 같은 걸 보낼 만큼 여유로운 수송 라인도 없다.

거듭 봉투 겉면을 보니 보낸 이도 주소도 없고 소인조차 찍히지 않았다. 제대로 된 우편 수속을 거쳐서 온 것이 아니다.

"……."

살짝 눈을 찌푸리며 봉투를 뒤집었다.

예상과 달리 발신인의 이름은 있었다.

어린 아이의 삐뚤거리고 힘없는, 읽기 어려운 연필 글씨로.

니나 란츠.

란츠.

한순간 눈썹을 찌푸리고 멀티툴을 꺼내서 나이프로 봉투를 뜯었다. 정말이지 어린애가 가지고 있을 만한 싸구려 편지 세트는 투명할 만큼 종이가 얇아서, 두께도 얇은 종이 한 장 넣을 수 있을 정도다. 무슨 술수 같은 것도 없다.

두 번 접은 얇은 편지지를 한 손으로 펼쳤다.

거기 적힌 것은 단 두 줄.

왜 오빠를 죽였어

오빠를 돌려줘

후우.

흘러나온 것은 차갑고 희미한 웃음이었다.

누구인지 모르지만——신과 유진 양쪽을 알고, 유진의 최후를 아는 이상 상상은 가지만——이런 상황에서 참 한가하다.

그러고 보면 지난번 대공세에서 못 봤는데, 편지를 보낸 걸 보니 죽지는 않았던 모양이다. 특별사관학교 동기도 아직 서방방면군 전체에 남아있을 테니까, 정규 수속을 통하지 않고도 편지를 전달하는 건 그리 어렵지 않다. 아무튼 한가한 짓이지만.

아니면 이런 상황이기 때문일까.

어린 소녀의 비난이라는 뻔뻔한 정의를 방패로 삼아서 살인자라고 자기가 욕하고 싶을 뿐인.

"……그렇지."

왜, 오빠를.

죽였어.

버렸어.

도와주지 않았어.

몇 번이나 들은 말이다.

86구의 전장에 처음 나간 뒤로 여태까지 몇 번이고 들은 말이다.

〈레기온〉의 목소리가 들리면서. 강하면서. 네임드면서. 너는 그렇게 살아남았으면서.

왜.

그 녀석은 죽었는데, 네가.

왜 항상 너만.

질릴 만큼 들어서 익숙해진 비난이다. 그리고 사실 완전히 틀린 규탄이었다. 자기 목숨은 결국 스스로가 책임져야 한다. 자기 몸도 지키지 못할 만큼 약한 게 잘못이라고 말할 만큼 냉혈하진 않지만, 지켜주지 않았다며 남에게 책임을 묻는 건 틀린 말이다.

여태까지와 다른 것은 딱 하나.

기다리고 있었는데.

들리는 듯한 규탄은 동기 소년의 그것이기도, 딱 한 번 마주쳤지만 얼굴도 기억 못 하는 어린 소녀의 그것이기도 하고, 왜인지 유진 자신의 목소리 같기도 했다.

돌아오는 것을, 기다리고 있었는데.

기다리는 것을, 알고 있었으면서.

왜.

기다리는 사람도 없는 네가.

돌아와 봤자 아무것도 없는 네가.

그 녀석 대신.

네가 죽었으면.

"……그래."

그럴지도 모른다. 혼자 중얼거린 그 말은 인기척 없는 복도에서 누구의 귀에도 들어가지 않았다.

내심과 달리 구겨버린 얇은 편지지가 손안에서 와직 소리를 냈다.

급하게 지은 막사의 계단을 올라온 라이덴이 자기 방 앞에 서 있는 신의 모습에 발을 멈췄다.

"뭐야, 돌아와 있었네, 신. ……왜 그래?"

돌아보는 핏빛 눈동자에 라이덴은 희미한 전율을 느꼈다.
제1전투구역의 어느 날 밤. 그 초장거리포에 동료 넷이 날아간 날 밤. 형의 망령과의 피할 수 없는 대치를 안 그날 밤과.
똑같은 눈을 하고 있었다.
"——아무것도 아니야."
무슨 일이냐고 묻는 담담한 목소리는 희미하게 음산함을 띠었지만, 신 자신은 아마도 그걸 알지 못했다.
전율과 의심을 삼키며 라이덴은 말했다.
"명령 변경이야. 집합이 0900인 건 변함이 없지만, 집합 장소는 사단장 집무실이래. 노르트리히트 전대 전대장과 제1028시험부대 부대장…… 너랑 중령뿐."
그게 갖는 의미에 핏빛 눈동자는 냉철한 느낌으로 가늘어졌다.

집무실에 일개 부대장과 그 예하 전대장만 불러들여서 설명하는 시점에서, 정상적인 명령이 아닐 거라고는 짐작했다.
그래도 너무나도 기막힌 내용에 그레테는 연지를 칠한 입술을 떨었다.
"최우선 작전목표는 제177사단 전투구역에서 북서쪽으로 120킬로미터, 〈레기온〉 지배영역 안의 옛 고속철도 터미널에 잠복한 전자가속포형의 배제다."
홀로스크린에 표시되는 상황도는 폭, 종심 40킬로미터인 사단용 전역도보다도 훨씬 넓고, 배치된 부대기호는 군단용. 서부전선 전역 및 남북에 있는 로아 그레키아 연합왕국, 발트 맹약동맹의 방어선도 포함한 상황도다.

서부전선에서도 손꼽히는 격파수를 자랑한다고 해도, 기껏해야 1개 중대 규모—— 그것도 저번 대공세로 그것마저도 채우지 못하는 부대에 제시되는 작전도가 아니다.

"제2목표는 옛 서부국경지대, 통칭 '가도회랑'의 탈환."

전황도 위에서 해당 지역이 느릿느릿 깜빡였다. 서부전선에서 서쪽으로 수십 킬로미터 정도, 옛 국경선을 따라가는 띠 형태의 범위다.

가도회랑은 그 이름처럼 세 나라 사이의 가도, 그리고 옛 고속철도 레일이 대부분 포함된다. 초장거리포 탑재 열차포라는 귀찮은 병기를 다시금 운용시키지 않기 위한 대책이다.

다른 장소에 레일이 깔릴 가능성은 남지만, 가도든 철도 노선이든 대부분의 경우는 거기를 지나는 게 가장 간단하기 때문에 깔리는 법이다. 선인들이 피한 장소를 억지로 통과하려고 하면 그만큼 〈레기온〉의 공병부대에 부담이 간다.

"참가병력은 서방방면군, 즉응예비군의 잔존병력 전군, 그리고 연합왕국 남방방면군 및 근위군단, 맹약동맹 북방수비군과 중앙즉응군단. ……두 나라 모두 지금 시점에서 부수도가 사거리에 들어간다. 방패만 믿고 틀어박혀 있을 수 없어진 모양이다."

연합왕국과 연방 사이에는 천연의 험지, 용해산맥이 있고, 맹약동맹은 대영봉 브룸네스트 산을 중심으로 험준한 산악지대를 영토로 가진 소국들의 연합이다. 어느 쪽도 그 천연의 요해를 절대 방어선으로 삼아서 〈레기온〉과 대치하며 조국방어를 이루었다.

하지만 그 절대적인 방패도 고공을 날아오는 초장거리 포격에는 아무런 도움도 되지 않는다.

“작전 개요 말인데, 이건 지극히 단순하다. 삼국 합동군은 전자가속포형 배제 작전의 양동으로, 그 전군을 동원하여 〈레기온〉 지배영역에 침공, 적 주력부대를 각 전선으로 유인, 붙들어 놓는다. 그렇게 해서 허술해진 지배영역 심층부에 특별공격부대가 공수 진출, 전자가속포형을 배제한다.”

단순한 것을 넘어서 난폭하기 그지없는 작전이었다.

신을 정찰에 넣으면서 판명된 〈레기온〉의 숫자는 서부전선에서 대치하는 것만으로도 실로 5개 군단 규모. 수십만 기를 넘는다. 하물며 수송과 병참 이외의 후방요원이 존재하지 않고 순수한 전투용품밖에 필요하지 않는 〈레기온〉은 전체 숫자에 비해 전투부대의 비율이 지극히 높다. 숫자에서 뒤지는 각국 군대가 정면에서 파고들어 몸이 성할 리가 없고, 그 안쪽 깊숙한 곳에 내던져지는 특공부대는 버틸 수 없을 것이다.

그걸 모를 리 없는데도 소장은 어디까지나 담담하게 설명했다. 내려다보는 녹색 눈동자를 딱딱하게 튕겨내는 검은색 외눈.

“격파 후에는 연방군 본대 도착까지 해당 지점을 사수하고, 합류하여 귀환. ——이 특공부대에.”

외눈이 그레테를 떠나 뒤에 있는 신에게 차갑게 방향을 돌렸다.

“신에이 노우젠 중위 이하, 노르트리히트 전대원 15명을 임명한다.”

MAP

〈 공격작전개요 〉

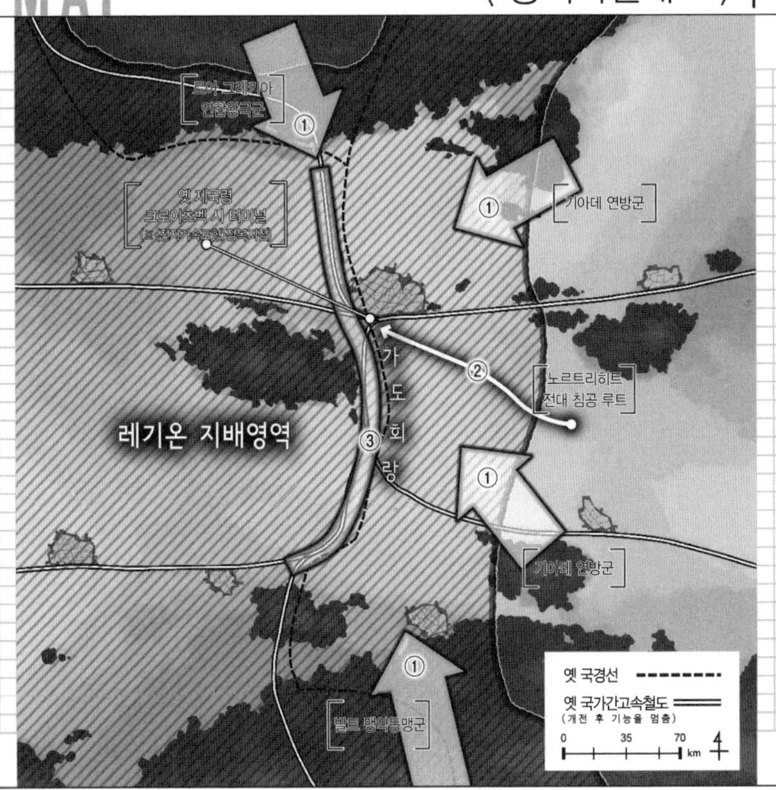

본 작전은 기아데 연방, 로아 그레키아 연합왕국, 발트 맹약동맹, 이상 3개국이 참가하는 합동군사 작전이다. 〈전자가속포형(모르포)〉가 휴면 중인 지금이 우리가 승리할 마지막 기회이다.

○제1목표 : 옛 제국령 크로이츠벡 시, 철도 터미널에 잠복 중인 〈전자가속포형〉 토벌.
○제2목표 : 옛 제국령과 각국 국경선 부근에 위치한 지상교통의 요충지인 '가도회랑'의 확보.

〈작전 제1단계〉 3국 합동군은 각 전선에서 레기온 지배영역으로 전력 진출. 적 주력부대를 각 전선에 유인하고, 이를 고정한다. (①)
〈작전 제2단계〉 전력이 줄어든 후방에 '특별공격부대'가 돌격. 이로써 〈전자가폭포형〉을 배제한다. 이 부대는 신에이 노우젠 중위 이하 노르트리히트 전대 15명으로 삼는다.(②)
〈작전 제3단계〉 (②)를 통한 〈전자가속포형〉 토벌이 확인된 후, 적 후방부대의 혼란을 틈타 전선을 밀어서 '가도회랑'(③)을 확보. 동시에 선행하는 노르트리히트 전대와 합류한다.

이상. 제군의 건투를 기대한다.

신의 표정은 변하지 않았다.

살짝 숙인 채라서 시선이 마주치지도 않는 조용한 핏빛 눈동자를 지켜보며 소장은 말했다.

"사상 최대의 합동작전, 그 최선봉—— 너희가 〈레기온〉의 철벽을 깨뜨리는 창끝, 스피어헤드다. 명심하고 임하라."

그 이름을 가졌던 그의 옛 소속부대가 무엇을 위해 설립된 부대인지 생각하면 이건 웃기지도 않는 일이다.

아니면 그걸 알면서 던지는…… 더러운 야유인 걸까.

분노를 억누르며 삐걱대듯이 낮은 목소리로 그레테는 말했다.

"질문해도 되겠습니까, 소장님?"

"뭔가, 벤체르 중령."

"왜—— 우리 노르트리히트 전대를?"

소장은 한심한 이야기라는 듯이 코웃음을 쳤다.

"특공부대에 요구되는 조건은 지극히 까다롭다. 〈바나르간드〉는 속도가 느리고 공수하기엔 너무 무겁다. 장갑보병으로는 화력이 부족하지. 즉응성 낮은 중포는 논외. 높은 기동성과 화력, 공수 진출 가능한 기체 중량. 더불어서 사령부와의 교신 두절 상황에서의 작전 행동의 경험치, 압도적 열세에서의 생존성. 전자가속포형의 소재를 정확하게 탐지하는 능력. 이 모든 것을 만족하는 것은 중령, 자네의 〈레긴레이브〉와 거기 있는 노우젠 중위뿐이다."

그레테는 연지를 칠한 입술을 깨물었다.

“잘도, 뻔뻔한 소릴……! 연방에 가족이나 지기가 없는 에이티식스니까——죽어도 불평이 나올 곳이 없는 아이니까 죽더라도 아깝지 않다고, 그렇게 말씀하시는 겁니까?!”

“말조심하게, 중령.”

“아니요, 계속 말하겠습니다. 그건 결사대 아닙니까! 중위와 대원들이 실패하더라도 〈레기온〉의, 전자가속포형의 주의를 끌 수만 있으면——그동안 본대가 전진할 수 있으면 미사일 공격 가능성이 높아진다. 일이 잘 풀려서 근접방어의 소모에만 성공하면, 그런 계산 아닙니까?”

평균오차반경이 넓다고 해도 거리가 가까워지면 그만큼 오차는 줄어든다. 최전선을 밀어올려서 접근하고 비슷한 밀도로 포화공격을 감행하면, 어쩌면 이번에는 직격을 기대할 수 있을지도 모른다.

“포화공격 준비는 하겠지만, 만에 하나의 보험일 뿐이다. 돌아오지 말라는 소리가 아니다. 우리는 공화국과 다르다.”

“같은 소립니다! 이번 작전에서 노르트리히트 전대의 생환률이 어느 정도인지를——?!”

레이더, 대공포화를 모두 피하기 쉬운 저공을 안정비행 가능한 반면, 항공기에 비해 속도가 느리고 적재중량이 적은 것이 수송헬기다. 하물며 경량이라고 해도 십 톤을 넘는 〈레긴레이브〉라면 하나 싣는 게 한계——열다섯 기 편대가 연주하는 로터의 폭음이 고성능 광학, 청음 센서를 가진 척후형(아마이저)에게 들키지 않을 리가 없다.

그리고 항공병기의 상식으로, 수송 헬기는 두꺼운 장갑을 갖추지 않는다.

일단 태반이 격추되겠지.

고작 열다섯 기, 중대 규모의 전력에서 또 소모된 상태로 전자가속포형과 그 호위에 도전하면—— 어떻게 될지는 빤하다.

그러한 작전.

그러한 결사대다.

소장은 짜증내듯이 탄식했다.

"그 이상은 항명으로 간주한다. 아니라고 말할 거면 대안을 내놔 봐라."

그레테는 할 말을 잃었다.

소장은 살짝 고개를 내저었다.

"누군가가 해야만 하는 일이다. 그 점에서——."

다시금 소장은 신에게 시선을 주었다.

조용한 핏빛 눈동자는 역시 살짝 숙인 상태, 흔들림도 자그마한 파도도 없다. 자신과 동료의 생명이 도마 위에 올라간 것을 눈앞에서 보면서도.

그것이 광기에 속하는 것이라고 그는—— 에이티식스들은 이해하고 있는 걸까.

"중위는 〈레기온〉 지배영역 돌파의 경험자다. 한 번 했으면 두 번 할 수도 있겠지. 그게 아니더라도 자네들 에이티식스는 꽤나 싸움을 좋아하는 모양이니까."

한순간 소장의 외눈을 스친 감정을 뭐라고 형용해야 할까.

심한 동정 같고, 시키면 두려움 같고. 주워온 강아지에게 무심코 손을 물려서 짜증 내는 것 같고, 자기가 도망치기 위해 어린애를 늑대 무리에 던지는 자의 죄악감 같기도 했다.

동정이고 두려움이고, 일방적이면 몰이해와 같다. 동정하며 내려다보든, 두려움으로 올려다보든, 그것은 상대를 자신과 같은 높이에 두지 않고, 똑바로 보지 않으려 하는 태도다.

그리고 기대했던 각본대로 움직이지 않는 자를 인간은 싫어하는 법이라서, 죄악감을 지워버리기 위해 서로의 차이를 변명으로 삼는 것은 흔한 이야기다.

저것은 우리와 '다르니까'――라고.

"우리 연방은 자네들을 전장에서 구했다. 돌아갈 집을 주고, 살 장소를 주었다. 그래도 전장으로 다시 돌아왔다면―― 이것도 각오했겠지. 전투야말로 전사의―― 군인의 역할. 싸우다 죽는 것도 그 역할이다."

그레테가 신과 함께 나가고, 집무실의 문이 무례하고 난폭하게 닫히는 동시에 집무실과 이어진 개인실의 문이 열렸다.

들어온 것은 서방방면군의 참모장이었다.

긴박한 이 최전선에서 주름 하나 없이 빳빳한 군복을 입고 살짝 향수 냄새마저 풍기지만, 유능한 부관에게 안색이나 복장을 통해 상황의 긴박함을 들키는 것을 삼갔을 뿐이다. 실제로는 밀려드는 대량의 정보를 상대로 잘 시간도 없다는 게 상상이 갔다.

"미안하군, 소장. 더러운 역할을 떠맡겨서."

"괜찮아. 이것도 사단장의 당연한 책무다."

누군가의 부모에게, 형제에게, 자녀에게. 그게 아니면 미래도 앞날도 있는 젊은이에게. 죽으라고 명령하는 것이 지휘관의 역할이다. 정확하게는 죽어도 되니까 적과 싸우라고.

그래도 이 정도까지, 진짜로 죽으라고 말하는 거나 마찬가지인 명령을 내리는 일은 좀처럼 없어서 소장은 음울하게 탄식했다.

"——귀환할 수 있다고 생각하나?"

그들은, 단 한 명이라도.

참모장은 어깨를 으쓱였다.

야흑종(오닉스) 순혈의 칠흑색 머리칼과 눈을 가진 그 또한 육군 대학의 나이 어린 동기로, 그레테와는 동갑이다.

그럼에도 한쪽이 방면군의 참모장에 장성, 다른 한쪽이 일개 시험부대의 부대장에 영관인 것은 과거에 제국 국정에 관여한 대귀족의 직계와 대기업이라고 해도 일개 상인의 딸이라는 차이도 있지만, 역시 결정적인 것은 자질의 차이였다.

예하 병력을 하나의 말로 다루며, 목적 달성을 위해서라면 버리는 것도 개의치 않는 지휘관의 냉혹함.

영민을 사람이 아닌 재산으로 간주하는 귀족 계급의 가치관과도 통하는 그 냉혹함이—— 그레테에게는 부족하다.

"참모본부의 분석으로는 노르트리히트 전대의 생환 확률은 거의 0이지만, 그건 즉 0은 아니라는 소리다. ……뭐, 궤변이지만."

소수점 이하로 0이 주르륵 이어진 끝에 간신히 보이는 1과 완전한 0은 숫자로는 전혀 다른 것이지만, 그것을 가지고 '생존 가능성이 있다.' 라고 말할 순 없다.

그걸 알면서 참모장은 희미하게 웃었다.

"그런 작전이 전우에게 떨어지면 병사들은 분개하기도 하겠지만, 공화국이 만든 광전사(괴물)라면 받아들이겠지. 에이티식스에게는 어울리는 임무라고 하면서."

지난번 대공세에서 〈레기온〉을 요격한 에이티식스들의 싸움은 같은 전장에서 싸운 수많은 장병들이 목격했고, 소문으로 퍼져서 서부전선의 많은 장병들이 들었다.

〈레기온〉이라는 그 이름과도 같은 대군을 상대로 한 발짝도 물러나지 않고, 자기 목숨도 아까워하는 기색 없이 피에 취한 것처럼 싸우는 처절함. 그들 뒤에는 지켜야 할 것이 하나도 없는데.

그것은 목숨을 아까워하면서도 물러나면 가족과 동포를 잃기 때문에 두려움을 억누르며 싸우는 이들에게는 견디기 힘든 광기로만 보인다.

"괴물을 쓰러뜨리는 자는 스스로도 괴물이 될 것이다. ——그래, 괴물에 비견하는 자는 이미 그 자체가 괴물이다. 하물며 그것은 '진홍의 마녀' 마이카와 '칠흑의 기병' 노우젠의—— 옛 제국군 괴물들의 피를 이은 저주받은 자식. 기계(레기온) 괴물들과 대치시키기에는 오히려 안성맞춤이겠지."

집무실의 무거운 떡갈나무 문을 닫고 그레테는 탄식했다.

"……실망했으려나, 중위. 간신히 도착한 곳이── 세계가 결국은 이런 꼴이라서."

필요하니까. 가족이 없으니까. 이분자니까. 그런 이유로 아이를 죽이는 것을 쉽사리 긍정한다. ──힘겹게 도달한 곳조차도 그런 세계에 불과해서.

"……지금 상황에서는 타당한 판단이라고 생각합니다. 무리를 해서라도 전자가속포형을 배제하지 않으면 연방이 전선을 유지하기 어렵겠죠. 게다가."

무관심하게 집무실 문을 바라보며 신은 어깨를 으쓱였다.

"전선기지가 사거리에 들어갔는데도 도망치지 않는다면 충분합니다. 불만스럽게 생각하지 않습니다."

"음……. 공화국은 그러지도 않았던 거네……."

그레테는 허탈한 웃음을 흘렸다. 국가와 동포를 지키는 방패인 군인이 적 앞에 서지 않는다. 그것을 긍정한 공화국이 미쳤을 뿐인데.

미친 세계에서 살 수밖에 없었던 그들은 거기서 도망쳐서도 미쳐버린 가치관에 사로잡혀 있다.

웃음을 지우고 돌아보았다.

"요구되는 것은 〈레긴레이브〉의 기체 특성과 당신의 이능력. 하지만 그렇다고 해서 당신 자신이 갈 필요는 없어."

원칙적으로 군에서 절대시되는 것은 달성해야 할 목표뿐이다. 그걸 위한 수단에 관해서는 명령을 받은 자의 재량에 일임된다. 불확정 요소가 너무나도 많고 상황의 유동성이 큰 전장에서 수단까지 강제하면 오히려 족쇄가 될지도 모른다.

"돌격작전에는 용병(바르구스)들만 보내겠어. ……당신들은 남아."

그때 신이 두 주먹을 움켜쥔 것을, 그레테는 그와 마주보고 있지 않았기 때문에 알아차리지 못했다.

"그리고 이게 끝나거든 퇴역해버려. 당신들은 당신들을 지키기 않는 조국을 위해 충분히 싸웠어. 그러니까 더 이상——."

"——그러니까."

갑자기 말허리를 잘려서 그레테는 허를 찔린 듯이 신을 바라보았다.

그리고 숨을 삼켰다.

"당신들의 정의감과 동정심을 채우기 위해 우리로 있기를 그만둬라. ——그렇게 말씀하십니까."

눈앞의 소년은 반년 전에 연방군이 보호했을 때도, 대공세 때도 보인 적 없는…… 그 나이 또래 소년의 얼굴을 하고 있었으니까.

유일하게 품에 안고 있던 소중한 것을 쉽사리 빼앗기고 눈앞에서 짓밟힌 아이의 얼굴.

고집스러운.

"구해주신 것에는 감사합니다. 하지만 그렇다고 해도 동정받을 이유는 없습니다. 싸우지 말라는 소릴 들을 이유도. ——우리에게는."

이것밖에 없으니까——……!

꾹 참고 있었으면서. 아니다. 그렇기에 그것은 피를 토하는 듯한 말이었다.

왜 싸우는가.

싸우는 이유도 없는데 왜 싸우는가.

에이티식스인 그들에게 이만큼 모욕적인 질문도 없다.

긍지밖에 없으니까.

최후의 순간까지 사는 것을 포기하지 않고 마지막 한순간까지 싸우는 긍지 말고는 아무것도, 모든 것을 빼앗긴 그들에게는 이미 아무것도 남지 않았으니까.

지켜야 할 가족은 모두 죽고, 돌아가야 할 고향은 어디에도 없고. 의지해야 할 역사는 혈통조차도 모르고, 계승해야 할 문화는 어렸을 적에 들은 그림책의 한 구절조차 기억하지 못한다.

조국이었을 터인 나라에서 철저하게 존엄을 짓밟혔고, 그저 죽음만을 요구받았다. 살아남아야 할 이유는 이미 없고, 그래도 삶에 매달리기 위해서.

자기 자신 이외의 그 무엇도 없는 자신의 형태를, 하다못해 지키기 위해서.

긍지밖에 없었다. ——기계망령들의 군세와 박해자의 악의에 묶인 죽음의 전장에서, 운명에서 도망치지 않고, 절망에 굴하지 않고, 계속 싸우기로 결심한 긍지밖에.

무엇을 위해 싸우는가.

그 질문에 그들은 대답할 수 없다.

할 수 있는 대답이 없다.

싸우지 않으면 잃어버릴 것이, 싸워서 지켜야 할 것이, 그들에게는 하나도 없다.

다만 싸우는 것만이 긍지니까, 그 긍지만은 잃기 싫다고—— 그렇기 때문에 외면하고 도망치면 더 살 수 있는 생명을 잃는다 하더라도.

"다른 사람들만 싸우게 하고 전장에서 도망치는 것도, 누군가에게 목이 잡힐 때까지 무시하고 사는 것도, 공화국 놈들과 똑같아. 사는 척만 해선 죽은 거나 똑같아. ——그렇게 타락할 순 없어."

항상 냉철한 이 소년답지 않게 강한 어조로 내뱉은 말이 바로 그가 느낀 강한 거절이었다.

아차 싶어서 연지를 바른 입술을 깨물었다.

자기가 뭘 잘못했는지 깨달았다.

모든 것을 빼앗긴 그들이 유일하게 품고 있던 긍지를. 그것으로 그들이 아주 조금이라도 보내주었던 신뢰를.

그들은 에이티식스.

전장에 버려져 전장에 살고, 절망밖에 없는 그 전장을 그래도 살아남아서—— 그 긍지 말고는 아무것도 없고 기댈 곳도 없는 이들.

이제 더 안 싸워도 된다고, 전장 따윈 잊고 평온하게 살라고. 여태까지 그레테나 다른 사람들이 배려랍시고 해온 말은 그들에게 마지막으로 남은 그 긍지마저도 빼앗으려는 것이었다고.

붉은 두 눈동자가 시선을 내리고, 그것이 다시 이쪽을 향하는 일은 없었다.

"후방에서 지시를 내리면 치명적인 타임랙이 생길지도 모릅니다. ……특공부대는 내가 직접 지휘를 맡겠습니다."

†

돌격작전의 브리핑은 어느 부대고 무겁고 비장한 긴장감으로 가득했다.

작전 목표 자체가 무모하다고 할 수밖에 없다. 그걸 달성하려는 각 부대도 장병의 목숨으로 길을 포장하는 싸움을 할 수밖에 없는 게 틀림없다.

저걸 없애지 않으면 연방을 포함한 세 나라가――아니, 아마도 인류 자체가 패배하는, 사거리 400킬로미터의 전략병기.

서방방면군 전군을 동원한 직선거리 100킬로미터의 돌격작전.

그 급선봉으로 선정된――에이티식스 소년병들.

팽팽한 분위기의 각 부대 상황실의 홀로스크린에, 그 작전도는 냉혹하게 투영됐다.

브리핑이 긴박함을 띤 것은 제1028시험부대와 그 전투부대인 노르트리히트 전대도 마찬가지였다.

전역 제일 깊숙한 곳으로 돌진하는 특공부대다. 돌아오지 못할 확률은 서방방면군 전체를 보아도 가장 높다.

담담하게 설명을 마친 그레테가 상황실을 물러나고, 이어서 지휘통제실 요원이 나갔다. 정비반과 연구반이 서로 의논하면서 뒤를 따르고, 마지막에는 옛 전투속령병(바르구스) 전투원들이 딱딱한 표정으로 자리에서 일어섰다.

상황실에 남은 에이티식스 다섯 명을 전대의 선임부사관인 베르노르트가 나갈 때 돌아보았다.

"대장."

항상 신의 부관으로 행동하던 장년의 중사는 이때만큼은 부하로서가 아니라 무모한 아이를 걱정하는 연장자의 눈을 하고 있었다.

"우리를 저버리지 않아주는 거야, 뭐, 고맙습니다만. ……아무리 우리가 전투속령병이라고 해도 동네나 친척집 애와 나이 차이도 안 나는 꼬맹이가 죽는 걸 태연하게 보고 있을 만큼 잔인하지 않습니다. ……마음이 변했다면 편하게 우리끼리 가라고 명령해 주십시오."

"……."

누구도 대답하지 않았고, 베르노르트도 그 이상 말을 보태지 않고 상황실을 나갔다.

후우우, 라고 누가 길게 숨을 내뱉고, 라이덴이 딱딱한 의자 등받이에서 등을 미끄러뜨리며 천장을 올려다보았다.

"……뭐, 그런 소리를 들을 만큼 제정신인 작전이 아니야."

"전군을 미끼로 삼아서 〈레기온〉을 끌어낸 틈에 돌진해서, 자그마치 백 킬로미터 저편에 있는 목표지점에 도달한 끝에 전자가속포형을 격파하라."

"그리고 본대가 데리러 갈 테니까 믿고 가란 말이지. 본대가 거기까지 올 수 있을지도 알 수 없는데."

"애초에 그건 살아남았을 경우의 이야기잖아. 주위가 죄다 적이고, 원호고 뭐고 없으면 정말 공화국이랑 다를 게 없어."

저마다 말하면서 각자 입가에 희미한 쓴웃음을 지었다. 뭐, 이럴 줄 알았다고 달관한 것이다.

실제로 어쩔 수 없는 일이다.

배제하지 않으면 아무도 살아남을 수 없는 적이 있고, 그것은 적진지 내의 아득히 먼 곳에 있고, 안전하게 배제할 수 있는 수단은 전혀 없다. 그래도 살아남으려면 설령 그것이 장병의 태반이 죽을 만큼 무모한 짓이라도 할 수밖에 없다.

공화국의, 86구의 전장과 마찬가지다.

편하고 확실한 전투 따윈 없었다.

살아 돌아온다는 보증도.

언제나.

유일하게 다른 것은, 지금은 스스로 선택하여 이 전장에 있다는 점이다.

자기가 갈 길을 고를 수 있다는 것.

그것이 얼마나 얻기 힘든지 아는 것은 같은 에이티식스들뿐이고, 그렇기에 임무를 내던질 생각은 하지 않았다.

그걸 알면서 신은 입을 열었다.

"일단 중령님에게는 빠져도 된다는 말을 들었는데."

"농담이겠지. 여기서 도망치면 하얀 돼지랑 똑같잖아."

세오가 그렇게 내뱉고 가볍게 웃었다.

"……신도 중령에게 화냈잖아. 우리도 그건 똑같으니까."

브리핑 중에 그레테는 신과 눈도 맞추지 않았다. 소년병의 희생을 꺼리는 그레테니까, 브리핑 전에 한바탕 했었다고 짐작한 모양이다.

그리고 갑자기 비취색 눈으로 바닥을 봤다.

"뭐, 하지만 제일 위험한 자리에 우리가 뽑힌 건 우리가 에이티식스이기 때문이야. 그것만큼은 좀…… 서글프네."

연방은 결코 나쁜 나라가 아니다.

적어도 공화국과 비교하면 훨씬 제대로 된 나라다.

그런 나라에서 잃어도 가장 아깝지 않은 말로 판단된 것이——조금 서글프다.

"……그렇군."

무엇을 위해 싸우는가. ——무엇을 지키기 위해 싸우는가.

그 질문은 인간이 싸울 때 지켜야 할 뭔가가 있다는 전제를 깔고 성립되는 것이다. 그것이 없는 상태로 전장에 서는 에이티식스는 연방에서 보기에 도무지 정상이 아니다.

돌아갈 고향은 없고, 지킬 가족도 없고, 도달한 곳에서도 받아들여지지 않는다면, 그들이 있을 곳은 전장밖에 없다.

하지만 저들이 원하는 대로 동정받기 위한 애완동물로 사육될 마음은 역시나 들지 않아서.

괴물.

아마도——맞는 말이겠지.

전장에 살고 숨이 넘어가는 그 순간까지 싸우다가 전장에서 스러진다.

그것은 정상적인 인간의 모습이 아니다.

그래도.

무의미하게, 두 손을 세게 움켜쥐었다.

우리에게는 끝까지 싸우는 긍지밖에 없으니까.

†

[──이상의 이유로 에이티식스 5명을 포함한 노르트리히트 전대를 전자가속포형 토벌에 특공부대로 선발했습니다.]

고위도에 위치한 연방 수도 장크트 예데르의 여름은 해가 늦게 저물어서, 관저의 대통령 집무실은 간신히 저문 해의 노을에 물들어서 붉었다.

에른스트가 시선을 주는 곳, 한쪽 벽에 투영된 홀로스크린 속 서방방면군 총사령관은 근엄한 무표정을 유지했다.

[이건 정당한 명령이고, 서방방면군 총사령관인 제 권한의 범주입니다. 아무리 각하의 비호 밑에 있는 아이들이라고 해도, 종군하는 이상 특별시할 수 없습니다. 죄송하지만 각하께도 이 결정을 뒤엎을 정당한 권한은 없습니다.]

"알고 있어. 그들이 종군을 원하고 그걸 허가한 시점에서, 이렇게 될 것도 각오했지. ……연방 군인들이 죽으라는 명령을 받는 것을 묵인하면서 내 아이에게는 허락하지 않는 건 말이 안 되니까."

담담히 대답한 에른스트에게 죄악감이라도 느꼈을까. 사령관인 중장은 다소 서두르는 기색으로 말을 이었다.

[사기 고양책(캠페인)으로서 더 없는 재료라고 봅니다만. 사악한 적국에서 구출된 소년들이 새로운 조국에 충성심을 보이고자 존망의 기로가 되는 작전의 가장 중요한 부대에 지원한다. ……민초가 좋아할 만한 감동적인 에피소드겠지요. 보도에 따라서는 군에 지원하는 사람들도, 각하의 지지율도 오를 거라고 생각합니다만.]

"안 어울리는 정치놀이는 그만두게나, 중장. 자네답지 않아."

고풍스러운 무인의 정서를 가져다놓은 것처럼 근엄하게 각진 얼굴을 바라보며 코웃음 쳤다.

그리고 그대로 계속해서 말했다.

"……중장. 이게 1년을 묵힌 '소독' 은 아니겠지?"

한순간.

침묵이 깔렸다.

"그들을 처음 보호했을 무렵, 자네를 포함한 몇몇 장교가 그런 의견을 냈지. ――〈레기온〉 지배영역에서 도망쳐온 아이라니, 정체를 알 수 없다. 지배영역을 통과했다고는 믿을 수 없다. 뭔가에 오염됐을지도 모르니까, 연방 시민의 안녕을 위해서, 더 큰 것을 위하여 처분해야 한다고."

〈머리사냥꾼〉의 마수에서 구출된 아직 나이 어린 소년병들이 다섯 명. 보호한 사단이나 그 위의 군단 지휘관들의 사이에도 동정적인 견해가 대부분을 차지했다.

함께 회수됐던, 자폭용으로밖에 여겨지지 않는 기체. 과도하게 타인을 경계하는 태도. 몸에 남은 부상의 흔적. 모든 것이 조국에게 박해를 받았다는 그들의 증언을 뒷받침했다.

하지만 그것도 모두 위장하려면 할 수 있는 것이다.

공화국이 어떠한 생각으로 보낸 공작원이 아니라는 증거가 되지 않는다.

생물병기를 운용할 수 없는 〈레기온〉의 금칙사항, 규정대로의 검사, 격리, 생물병기에 오염되지 않았다는 증명, 그 모든 것도 그들 자신이 생물병기가 아니라는 증거가 되지 않는다.

그들이 '청결' 하다는 보증은 '어디에도 없다' .

그래도 동포라면 다소의 리스크를 안아야겠지만, 그들은 이방인이다. 연방이 보호할 의무는 없다.

일부 장교들에게서는 만에 하나를 대비하여 처분해야 한다는 꽤나 강경한 주장이 있었다.

정의를 국시로 삼는 연방에서 그런 수단은 쓸 수 없다고 에른스트는 그것을 물리쳤고, 장교들도 그때는 물러났는데.

"그 주장 자체를 잔인하다고 비난하고 싶은 건 아니야. 구별도 차별도 악의만이 아니라 선의에서도 발생하지. 소중한 것을 지키고 싶으니까 소중하지 않은 것을 배제한다. 그 마음 자체는 부정하지 않아."

그것이 얼마나 잘못됐고 인간의 길을 벗어나는 것으로 이어진다고 해도.

소중한 누군가를 지키고 싶다는 마음 그 자체는 인간다움의 발로다.

"다만 인간이면서 말로 하지 않고, 말로 다하지 않고, 그저 폭력만으로 자기 뜻대로 한다면 그것은 명확하게 잘못이지. 내키지 않더라도 동의해 놓고서 국난을 핑계로 비밀리에 뒤집으려고 했다……. 그런 건 아니겠지?"

[——물론입니다.]

잠시 동안의 침묵은 과연 무엇이었을까.

[하오나 한번 생각해 주십시오. 실제로 그들은 불쌍한 아이들이 아니라 끔찍할 정도의 전투광이었습니다. 그런 괴물들조차도 과연 우리가 사랑하는 조국에 받아들여야 할까. 그것이 정말로 연방이 목표로 하는 모습이었을까를.]

고뇌로 가득한 간언이었지만 에른스트는 일소에 붙였다.

"물론이지, 중장."

적어도 이 중장은 일부러 아이를 죽이려고 하는 미치광이가 아니다.

그걸 알면서도 아무런 주저도 없이 대답했다.

"그것이 나의—— 내가 이끄는 이 나라의 이상적인 모습이야. 애초에 나는."

10년 동안 연방 시민의 과반수가 계속해서 선택한.

"연방 시민의 모든 뜻을 대변하는 자인 셈이니까."

긍지 높고.

고결한.

정의로운.

진심으로 이상을 말하는 대통령의 그 모습이 갑자기 희미한 불길을 뿜는 불길한 화룡으로 보인 듯해서, 중장은 몰래 숨을 삼켰다.

†

귀환할 수 없을 공산이 큰 작전에 앞서서 신변을 정리하는 것은 이것이 두 번째. 정리할 만한 물품도 없는 것이 지난번과 다르다.

유일하게 후방에 보내야 할 짐을 찾아서, 신은 그 방문을 두드렸다.

"프레데리카."

"열려 있다."

가벼운 합판문을 열자, 가구들이 일직선으로 늘어서서 통로처럼 좁은 방의 좁은 침대에 프레데리카는 앉아 있었다. 인형을 껴안고 그 위에 턱을 파묻은 채로 토라진 것처럼 고개를 돌리고 있었다.

"작전."

눈도 맞추지 않은 채로 내뱉은 말에 한쪽 눈썹을 곤두세웠다.

"받아들였겠지. 그토록 무모한, 돌아올 길이 없는 특공작전을."

"레이드 디바이스는 빼놓고 있었을 텐데. ……보고 있었나."

작전 내용은 군사 기밀이다. 레이드 디바이스만이 아니라 통신기기는 지참할 수 없다.

특히나 이번 돌격작전은 외부로 누설되면 혼란과 반발이 따르겠지. 혹시나 〈레기온〉의 귀에 들어가 만에 하나라도 내용이 해석되면 정말 끔찍할 것이다.

하지만 지인의 과거와 현재를 들여다보는 프레데리카가 홀로스크린에 투영된 작전도나 그 움직임을 보고 작전 내용을 추측하기란 어렵지도 않겠지.

"그럼 더 설명할 필요가 없군. ……이 기회에 수도로 돌아가. 작전 준비가 시작되면 후송할 수 있는 여유가 수송 라인에 없어."

"……마스코트는 병사들에 대한 인질이니라. 돌아갈 수 없다는 정도는 알고 있겠지."

전장에서는 걸리적거리기만 하는 마스코트 소녀들에게는 귀환 허가가 나오지 않는다.

병사들이 전장에서 도망치지 못하게 붙잡아 두는, 딸이나 여동생 같은 인질 소녀들.

그 소녀들의 처지는 여러 가지다.

의지할 데 없는 고아. 입을 줄이려고 부모가 팔아버린 아이. 조국에 충성심을 보이려고 적자 대신 보내진 귀족 계급의 서자.

언제 날아갈지도 모르는 기지에 병사들을 붙들기 위해서라도 그녀들에게 전선을 떠날 허가가 나올 리는 없고, 가령 나온다고 해도 돌아갈 장소 따윈 이미 그녀들에게 없다.

마스코트의 직무는 가장 오래가도 12세까지. 임무를 다한 소녀들은 대부분이 유년학교의 문을 두드리고 그대로 군인을 지망한다고 한다.

돌아갈 장소도 없고 전장에 물들어버렸기에 결국 평생 전장에서 벗어날 수 없다.

그렇게, 되기 전에.

"너는, 돌아갈 수 있겠지. 남에게 마음 쓸 때가 아니야."

"그 말단 관리의 강권을 동원하면 가능할지도 모르지만. ……

왜 갑자기 돌아가라는 소리를 하지? 자기가 어떻게 살지 남에게 잔소리 들을 것 없다고 말한 건 그대 아닌가?"

"그럴 필요가 없다면 누군가의 죽음에 엮이지 않는 편이 좋다고도 말했을 텐데."

출정하여 돌아오지 않는 가족도, 〈저거노트〉의 메인스크린 안에서 날아가버린 동료기도, 채 죽지 못해서 죽여달라고 애원하는 동료도, 동조한 청각에 닿는 죽은 이의 한탄에 견디지 못해 자살한 전우도…… 안 볼 수 있다면 안 보는 편이 좋다.

다음 작전에서는 아마도 참가한 장병 중 태반이 죽는다.

아는 이의 현재를 보는 프레데리카가―― 봐도 좋을 지옥이 아니다.

"평소라면 승인이 나올 리 없는, 이쪽이 열세인 돌격작전이야. 도로 밀려날 뿐이라면 차라리 낫지. 반격을 받아서 전선이 붕괴할 가능성도 있어. 그렇게 되면 이 기지도 무사할 수 없어."

그렇게 되면 기지는 고사하고 수도도 무사하지 않겠지만, 그건 말하지 않았다. 그걸 생각하면 어디로 도망치든 의미가 없다. 그런 사태로 만들 생각은 없었다.

"그것의 목소리는 기억해. ……제1구역에서 싸웠을 때는 네 명이 날아갔지. 사실 어디에 있는지 네가 가르쳐 줄 필요도 없어."

키노와 치세, 토마와 크로트. 86구의 마지막 전장에서 함께 싸우고, 전장의 저편에서 날아온 일방적인 공격에 너무나도 어이없이 날아간 네 명의 동료들.

"그거라면 이야기가 반대다! 키리야와 관계있는 건 나인 이상,

그대들이야말로 돌아가야 하지 않나!"

달려든 프레데리카가 매달려서 외쳤다. 내팽개친 인형이 침대를 굴러 바닥에 떨어졌다. 갖고 싶다고 해서 변덕으로 사 주었는데, 대체 어디가 맘에 든 건지 신으로선 알 수 없었던 미묘하게 못생긴 봉제 인형.

"그레테에게는 내가 말하마. 그대들은 이번에는 남아도 된다. 적의 위치를 아는 이능력이라면 모든 〈레기온〉의 움직임을 꿰뚫어 보는 그대 쪽이 연방군에게 유용하지. 간신히 86구의 죽음의 전장을 탈출해 왔지 않나. 이렇게 무모한 작전으로 죽으면 안 된다."

"네 기사 한 명이 보이더라도 다른 게 안 보이면 지배영역을 돌파할 수 없어. 돌입해도 전멸할 뿐이야."

"하지만……!"

"……넌 왜 그렇게 우리가 뒤로 물러나게 하려는 거야?"

자신과 같은 색인 핏빛 눈동자가 겁먹은 것처럼 크게 떠졌다.

유진이 죽은 뒤로── 인간은 죽는 것이라고 깨달았기 때문은 아니다.

생각해 보면 처음부터 프레데리카는 전장에 돌아갈 거면 자신의 기사를 없애달라고 말했지만, 자신의 기사를 없애기 위해 싸우라고는 하지 않았다.

"네 기사를 없애달라고 그랬잖아. 연방군은 전멸하는 한이 있더라도 전자가속포형을 없애야 한다지만, 왜 일부러 가능성을 낮추는 짓을 하지? ……사실은 그걸 없애고 싶지 않은 거 아니야?"

"……."

그때 프레데리카의 눈동자에 스친 것은 틀림없는 공포였다.

신은 내려다보며 탄식했다. 역시 그런가.

"……그럼 더더욱 넌 돌아가. 그리고 잊어버려. 우리처럼 되고 싶지는 않을 거잖아."

"그, 그대야말로, 누구한테 하는 말이냐!"

힘껏 떠밀면서 프레데리카는 외쳤다.

소년이라고 해도 성장기도 끝나가고 전장 생활이 긴 신과 아직 아이인 프레데리카는 애초에 체중이 전혀 다르다. 떠민 것은 좋았지만 신은 꿈쩍도 하지 않고 프레데리카 본인이 비틀거리며 두어 걸음 뒤로 물러난 끝에 멈춰 섰다.

"전장에서 죽은 형을 쫓아 그 망령을 없애는 목적으로 싸운 그대가, 그것을 끝낸 지금 내 기사의 망령을 쫓아야 한다고 내게 말하는 건 왜지?! 목적을 다해야만 한다고 말하는 건 왜냐?! ……그대도 어렴풋이 깨닫고 있었겠지. 목적도 없고, 돌아갈 곳도 없고, 긍지에만 매달려서 산 결말이 저 끔찍한 망령이다. 그것과 똑같이 되고 싶나!"

가냘픈 손이 북서쪽을 가리켰다.

그녀의 기사가 있는 곳을 정확히 가리켰다. 그 최후의 목소리를 들은 신은 그것을 안다.

지금 상태가 어떤지는 목소리만 들을 수밖에 없으니까 잘 모르지만.

"……나는 네 기사가 아니야."

——예전의 나와 똑같으니까.

——글쎄.

언제인가 라이덴과 나눈 대화다.

지금 와서 생각하면 알겠다. 프레데리카와 나는 똑같지 않다.

뭘 희생하더라도, 뭘 버리더라도, 없애야만 했다.

속죄하지 않고는 전진할 수 없었다.

그렇게 쉽사리 포기할 수 있을 만한 상대가 아니었다.

"겹쳐보는 건 네 마음이야. ……하지만 네 후회와 속죄까지 내게 얹어주는 건 사양이야."

"……이 멍텅구리가!"

드디어 짜증을 내며 프레데리카는 소리쳤다. 소녀의 새된 목소리는 좁은 방 안에서 크게 울려서 반사됐다.

"나는 가지 말라고 말했다! 이렇게 말하는데 따르지 않겠단 말이냐, 멍텅구리가!"

작은 두 손을 움켜쥐고 어린애처럼 발을 구르며 소리쳤다. 붉은 눈동자에 금세 눈물이 맺히고 그대로 똑바로 노려보았다.

"그대는 형에게 그렇게 말했던 것을 후회했다. 가지 말아 달라고 생각하면서도 말로 하지 못 해서, 형이 사지에 가서 돌아오지 못한 것을 지금도 후회하고 있다. 그런데 왜 그대 자신은 형과 똑같은 짓을 하려는 것이냐. ——형에게 당하고 괴로워한 짓을, 왜 지금 나에게 똑같이 하려는 것이냐!!"

작은 몸으로 힘껏 소리쳤기 때문에 숨이 막혀서 프레데리카는 헐떡거렸다. 크게 숨을 들이마실 때 눈물이 흐르고, 틀어막고 있었던 감정이 무너진 것처럼 계속해서 흘러내렸다.

"……프레데리카."

"가지 마라."

가녀리고 힘없는 목소리였다.

"나는 또 오라비 되는 자를 잃고 싶지 않다. ……키리처럼, 그대가 죽는 건 싫다."

"……."

"내가 사지로 내모는 바람에 오라비가 죽는 것은 이제 싫다. 사람이 죽는 건, 이제 싫다. 그러니까…… 가지 마라."

†

심야.

서부전선의 각 기지에는 등화관제가 걸렸지만, 그래도 부대 통솔을 맡은 장성, 영관의 하루는 아직 끝나지 않았다.

전등을 꺼서 어두운 제177기갑사단 사단장 집무실의 중후한 데스크에서 정보단말 홀로스크린의 빛을 등불 삼아서 집무를 보던 소장은 조용한 노크 소리에 고개를 들었다.

들어온 상대의 모습에 눈썹을 찌푸렸다.

"——작전 계획의 재고라면 듣지 않겠다."

"예, 그래서 의견을 상신하러 왔습니다."

뚜벅뚜벅 신발 소리를 내면서 데스크 앞에 선 그레테는 뻣뻣하게 끄덕였다.

명령 거부는 병졸부터 사관까지 어느 계급에도 허락되지 않지만, 사관에 한해서 대신할 다른 방안을 제시할 권리가 있다. 물론 받아들여질지 어떨지는 상관의 재량이지만.

어둠 속에서 빛나는 듯한 보라색 눈동자를 똑바로 바라보며 …… 그레테는 그대로 씩 웃었다.

"노르트리히트 전대를 소대 규모로 쪼개서 운용한 것은 이런 사태를 피하기 위해서였군요, 리할트 선배."

아무리 프로세서가 귀신처럼 잘 싸운다고 해도 소대 정도의 부대 규모로 올릴 수 있는 전과는 빤하다. 대치하는 적의 숫자가 적으니까 당연히 그렇게 된다. 주위에 있는 우군 숫자도 마찬가지니까, 그 비정상적인 전투력도 널리 소문나지 않는다. 기껏해야 전장에 흔히 있는 괴담, 허튼소리 정도로 취급될 뿐이다.

그리고 소대 단위로의 전투 실적밖에 없는 부대에 갑자기 전대 규모의, 그것도 이런 치밀한 작전은 맡겨지지 않는다.

"……〈저거노트〉라고 했나. 그 결함병기의 미션 레코더에 담긴 기록을 보면 그러고 싶어지지. 노르트리히트 전대의 첫 출진—— 1개 중대가 전멸했으면서 노우젠 중위 혼자 살아남았던 그 전투의 기록도. 너는 전과와 고기동전의 데이터 수집에만 관심이 있었던 모양인데."

〈저거노트〉의 미션 레코더는 가동 개시 이후의 모든 데이터 파일을 압축 상태로 보존했고, 소장도 그걸 확인했다.

이상한 전투 횟수에 이상한 격파수였다.

보호했을 때의 사정청취에 따르면 세 대 있던 탑승기 중 한 기로, 대파당할 때마다 폐기하고 바꿔탔으니까 그리 오래 쓴 기체도 아니라는 말이 믿기지 않을 정도로.

그대로 전선에 투입하면 좋은 결말을 맞을 리 없다는 건 알고 있었다.

연방의 일반 군인과는 비교도 되지 않을 정도로, 너무나도 예리하게 갈린 금단의 마검이다. 그걸 선보였다간 뒤로 원망을 사든가, 편리하게 이용당하다가 소모될 뿐이라고.

실제로는 상상 이상으로 피에 물든 광검이었지만.

"……너무 마음 주지 마라. 불쌍한 아이들이지만, 그렇게 된 이상 어떻게 할 수 없어. 전장을 둥지로 삼고 투쟁을 일상으로 자란 아이들이다. 그들의 일부가 된 것은 없앨 수 없어. 아무리 자애롭게 감싸 주었더라도…… 녀석들은 싸움을 잊지 못해."

"아니요."

강한 부정에 소장은 남아있는 한쪽 눈을 들었다.

어둠 속에 날카롭게 빛나는 보라색 눈동자.

"그들은 불쌍한 게 아니고, 그걸 결정하는 건 우리가 아니죠. 우리가 그들에게 해도 좋은 건 결정하기 위한 시간을 만들어 주는 것, 그리고 그때까지 기다려 주는 것뿐이에요."

너무나도 전장에 익숙하고 어지간한 병사들보다도 훨씬 든든하기에 무심결에 잊고 있었다.

마치 나이와 경험을 더 많이 쌓은 고참 군인인 것처럼 생각하고 있었다. 차마 죽일 수 없는 소년병이라고 생각하기로 했던 그레테마저도.

하지만 그들은 간신히 10대 중반을 넘었을 정도의 아이고, 연방에 온 지 아직 1년도 지나지 않았다.

새로운 환경에 익숙해지려면 누구든 시간이 필요하다. 그것이 이전과 전혀 다른 환경이고, 이전의 환경이 남을 신뢰할 수 없어질 만큼 열악했다면 더더욱.

모르는 세계에 갑자기 내던진 지 얼마 안 되는 그들은 자신들에게 없는 뭔가를 찾아 손을 뻗치기에는 아직 연방이라는 새로운 세계에 적응하지 않았다. 격변한 환경 속에서 자기를 지키는 것이 고작이라서, 그 이상은 아직 바랄 수 없다.

내일 죽으라는 소리를 들으면서 살아온 그들은, 살아남는 방법은 알아도 살아가는 방법은 아직 모른다.

그러니까 살아남는 궁지밖에 없다면 지금은 그걸로 족하다. 지킬 가족도, 돌아갈 고향도 없다는 말도 맞으니까 어쩔 수 없다.

하지만 언젠가 진정된 뒤에. 빼앗긴 것을 다시금 손에 넣고 싶다고 바라게 된다면.

어쩌면 그 후에도 전장에서 살기를 택한다면, 그래도.

그 선택은 그들 자신의 손에 있어야 하지, 남이 정해도 되는 것이 아니고, 하물며 아직 선택하지 않은 것이라면 그걸 멋대로 정해서도 안 된다.

몇 년이 걸릴지는 모르지만.

그렇더라도 언젠가.

"지금은 연방 시민이라고 해도 따지고 보면 타국의 인간에게 그렇게까지 해 줄 의리가 있나?"

“물론 당연한 책임이죠. 물에 빠진 강아지를 줍는 정도의 마음으로 같은 인간을 구하려고 한 우리의 오만함에 대한 책임.”

좋은 먹이와 잠자리, 마음 착한 주인을 주면 행복하겠지―― 그런 선의로, 지금 와서 생각하면 강아지라도 다루듯이. 그들에게 있을 의지나 긍지도 전혀 고려하지 않고.

인간 취급을 하지 않았다는 점에서 공화국 시민이 에이티식스들에게 했던 짓과 큰 차이가 없는 행위다. 완전히 선행이었던 만큼 더 악질적일지도 모른다.

인간은 때로는 눈앞의 타인조차도 일개 개인이 아니라 드라마나 영화의 캐릭터처럼 기호품 같은 동정심이나 정의감을 즐기기 위한 아이콘으로 소비한다.

“전장에서 갈리고 담금질된 칼이 인간의 정을 이해한다고?”

“예전에 같은 도박을 한 적이 있지요, 선배. 그때는 내가 이겼죠. ――그 뒤에 〈레기온〉에게 모조리 빼앗겼지만.”

“…….”

소장은 깊게 탄식했다.

“거듭 말하지. 그런 것에 정을 주지 마라, 그레테. 너는 그저 잃어버린 이를 겹쳐서 보고 있을 뿐이다. ……두 번 다시 되찾을 수 없는 것을.”

“예, 그래요. 하지만…… 그래서요?”

무례함을 개의치 않고 책상에 손을 짚고 몸을 내밀었다. 어딘가 뻣뻣한 느낌의 웃음이 다가오는 기운.

“내가 잃어버린 것을 아는 인간들이 그렇게 마음을 써 준다면 오히려 잘됐네요. 몇 번이든 말하죠. 나는 아이가 전장에서 죽는 게 너무나도 싫어요. ……그걸 막기 위해선 뭐든지 하겠어요."

그렇게 말한 뒤 그레테는 무시무시하게 웃었다.

악다문 바람에 무참하게 찢어진 붉은 입술이 어둠 속에서도 요염한 느낌으로 붉게 갈라졌다.

"내 귀여운 발키리들이 나설 무대에 느려터진 수송 헬기 따윈 어울리지 않죠. ——그것의 사용 허가를 내줘요."

데스크에 두 팔을 짚고 손을 모으고, 그 뒤로 입을 숨기며 소장은 탄식했다.

"……그걸, 말인가."

"그래요."

그레테는 살짝 끄덕였다.

군복의 왼쪽 가슴, 그 조직이 해체됐어도 떼지 않고 있는 날개 달린 소녀의 모습을 한 옛 공군 파일럿 마크.

"〈나흐체러르〉를."

제7장 죽어서 가치가 있다면

[──플라이호일, 1번, 2번 시동. 가설 임시변전소, 이상 무.]

[캐터펄트 레일의 냉각을 개시. 냉동기, 가동률 23퍼센트. 계속 상승 중──.]

[캐노피 해방. 캐터펄트 레일, 전개 개시.]

쿠웅. 머리 위 먼 곳에서 무거운 굉음이 울려서, 대기 상태의 〈언더테이커〉의 콕핏에서 눈을 감고 있던 신은 고개를 들었다.

삼면의 광학 스크린은 지금 항공기의 외장 카메라와 동조했고, 기수를 위로 쳐든 경사의 끝에서는 지하에 숨겨진 캐터펄트를 위장하던 천장이 열렸다.

도크 밑바닥에서 천장을 통해 올려다본 사각형 하늘은 새벽 특유의 짙은 남색이다. 아직 얼굴을 내밀지 않은 태양이 지평선 너머에서 던지는 빛에 밤의 어둠이 흐려지는, 독특한 느낌의 투명한 벽람색 하늘. 이름도 모르는 가을 별의 부드러운 빛이 흐려지고 사라진다.

미끄러져서 뻗어가는 캐터펄트의 연장 레일이 하늘에 도전하듯이 새벽하늘에 꽂히고, 밤공기를 가르는 금속음으로 접합부가 고정된다.

[제1부터 최종까지의 조인트 고정——완료. 〈나흐체러르〉, 발진 준비 완료했습니다.]

†

그것을 처음 본 것은 한 달 전, 〈레기온〉 지배영역으로 가는 돌격작전이 결정되고 일주일이 지났을 무렵이었다.

"——열리지 않는 셔터, 라고 사람들은 말했던 모양이지만."

그러고 보니 사단 사령부 기지, 제1028시험부대 격납고 밑바닥의 셔터가 열린 것을 정말로 본 적이 없다.

방폭 사양의 두꺼운 셔터 너머는 폭이 100미터가 넘는 경사로이며, 바닥 전체가 내려가는 엘리베이터의 조작판 앞에서 그 밑의 어둠을 바라보며 그레테가 말했다. 프로세서 열다섯 명과 정비 크루, 관제요원과 연구원 전원을 태우고도 아직 빈 공간이 더 많은, 이상하게도 거대한 승강기.

"이 격납고는 옛 과거 제국 공군의 실험기를 위한 곳이었어. 전쟁이 시작되고 기지를 통째로 버릴 수밖에 없었을 때는 롤아웃도 시험비행도 다 끝나서 양산 시작이 코앞인 상태였지."

"지하에 시설을 둔 것은 기밀 보호를 위해서겠지만, 당시는 국경도 가까웠던 이 기지에서 실험기 테스트를?"

"전투기나 폭격기와 달리 스펙을 기밀로 할 것도 아니고, 애초에 이 아이의 최대 요구 사항은 '보이지 않을 것' 이었으니까. 시험비행에는 넓고 아무것도 없는 장소가 필요하고, 그런 장소는 여기 서부 전투속령 말고 없었어. 격납고가 지하에 있는 건 폭격 대비와 관련시설 설치와 유지 관리에 지하가 유리했기 때문이지. 덕분에 회수수송형에게도 빼앗기지 않을 수 있었고."

척후형을 제외하면 〈레기온〉의 센서 능력은 별로다. 그들이 이 땅을 지배했던 몇 년 동안, 같은 공간에 굴러다니는 펠드레스나 전투기라면 모를까, 내폭 셔터와 격벽 너머 깊숙한 곳에 숨겨진 '실험기' 라면 애초에 알아차리지도 못했겠지.

"관련시설?"

"기본적으로는 활주로. 아니, 그보단 기지에 부속된 캐터펄트야. ……군의 요구 사항에 맞췄더니 너무 무거워져서, 이륙하는 데 전자 캐터펄트가 필요해졌거든."

엘리베이터가 희미한 진동을 내며 멎었다.

희미한 어둠 속인데도 다 안다는 듯이 그레테는 선뜻 내렸고, 군홧발소리가 멀리서 메아리쳤다. 공간이 널찍하다. 폭도 길이도 높이도 큼직하다. 동시에 모든 전등이 켜졌다. LED의 하얀 빛이 순식간에 망막을 태웠다.

그것을 배경에 두고, 그레테는 돌아보았다.

프로세서인지, 아니면 그걸 처음 보는 정비 크루인지 관제요원인지가 숨을 삼켰다.

누구도 눈앞에 버티고 선 그것의 전체적인 모습을 순간적으로 파악할 수 없었다.

그만큼 그것은 거대했다.

폭은 100미터 가까이 될까. 옛 제국공군 공창이 자랑하는 세계 최대의 수송기, C-5 〈흐레스벨그〉보다 더 크다. 둔한 쇳빛의 기체는 스텔스기 특유의 평면적인 구성으로, 거대한 부메랑 같은 형태를 가진 전익기의 형태는 어딘가 날개를 펼친 용을 떠올리게 했다.

"시작형 지면효과익기(랜드크래프트), XC-1 〈나흐체러르〉."

낯선 기종명, 연방 동남부의 오래된 전설에서 따온 듯한 명칭이다.

무덤에서 되살아나 자기 그림자를 질질 끌며 묘지를 기어다니고 교회의 종을 울린다는 흡혈귀의 전승.

하늘을 나는 군용 항공기의 이름으로는── 다소 어울리지 않는군.

두 의문에 대한 대답은 그레테가 계속한 말로 제시됐다.

"지표 근처에서 얻을 수 있는 커다란 양력을 이용하여 지표면에 아슬아슬하게 붙어서 비행하는 이형의 항공기. 순항속도와 적재중량은 항공기와 동등, 순항 미사일보다도 훨씬 낮은 지상 몇 미터의 초저공을 날기 때문에 레이더에도 대공 미사일에도 잡히기 어려워. ……원래는 전투속령의 전선 후방에서 전용 비행로를 깔고 대규모 고속수송을 시행하기 위해 만든 거야. 적재중량은 공식 스펙상 250톤, 하지만 여유 없이 실으면 300톤은 실을 수 있어. 〈바나르간드〉 한 분대인 네 기를 그대로 실을 수 있다는 계산이 나오지."

그렇게 말하고 그레테는 어딘가 사납게 웃었다.

FRIENDLY UNIT

[아군 기체 소개]

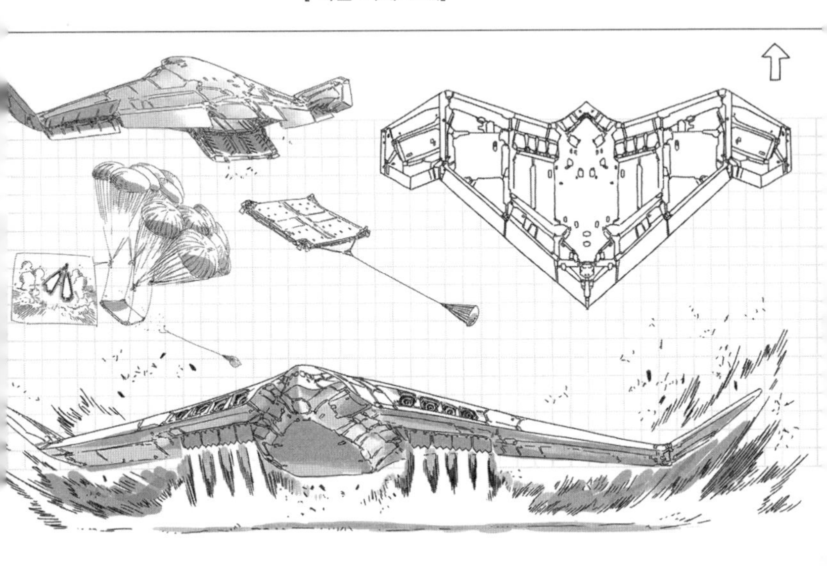

[시작형 지면효과익기]

XC-1 〈나흐체러르〉

[SPEC]

[제조원] WHM
[적재중량] 공식 250t / 최대 약 300t
[무장] 없음

'지면효과익기(랜드크래프트)' 란, 지면에서 몇 미터 떨어져 비행하는 지극히 특수한 비행기이다(해면에 닿을락 말락 이동하는 날치나 바다 조류가 빠른 속도로, 나아가 장거리를 이동할 수 있는 것과 같은 원리로 비행한다). 넓은 옛 제국 국토에서 물자를 수송하고자 시험 제작됐지만 〈레기온〉과의 개전 등으로 실용화에는 이르지 못했다. 본문 중에 서술된 대로 초저공 비행을 하기 때문에 레이더나 대공병기를 피하고, 고속으로 대량의 물자를 수송할 수 있지만, 특성상 장해물이 없는 평지에서만 운용할 수 있고, 이륙하는 데 캐터펄트가 필요하다는 난점이 있다.

"〈레긴레이브〉라면 15기 전기가 들어가. ……수송 헬기보다 훨씬 빠르고, 조금은 안전하게, 당신들을 전자가속포형이 있는 곳으로 운반해 줄 수 있어."

순항속도가 빠르고 레이더망 밑의 초저공을 날며, 수송 헬기 편대의 폭음과 비교하여 훨씬 정숙성이 뛰어나다면. 적어도 가는 길의 위험은 확실히 줄어든다.

다만.

듣고 있던 세오가 눈을 게슴츠레하게 떴다.

"아니, 그렇게 낮게 날아도 괜찮은 거야? 지상 몇 미터라면 보통 빌딩이나 집 같은 거랑 부딪칠 높이잖아."

다른 위험은 따라붙겠지.

"〈레기온〉 지배영역이라고 해도 이번 작전영역은 원래 제국의 영토야. 지형 데이터와 지도도 가지고 있어. 인간이라면 그렇게 안 되겠지만, 〈레기온〉은 도시나 집을 세우지 않으니까 지배영역이라고 해도 지형은 그리 바뀌지 않고."

아무리 그래도 육전병기가 비 좀 맞았다고 움직이지 않게 되면 이미 전쟁이고 뭐고 없다.

"크기가 대형 건축물만 한 자동공장형이나 발전공장형(아트미랄)은 전선 근처에 드물고, 노우젠 중위가 위치를 파악할 수 있겠지. 피해서 날면 될 뿐이야."

"……위치는 파악할 수 있어도, 기종 특정은 확실하지 않습니다만."

"충분해. 결국 〈레기온〉이 없는 곳을 날면 되니까."

아무리 요격을 받기 어려운 초저공을 침입한다고 해도, 진로상에 〈레기온〉이 있으면 격추당한다. 지상 몇 미터라면 앙각을 취하기 어려운 전차포로도 충분히 노릴 수 있는 고도다.

"그보다 이륙하는 데 캐터펄트가 필요하다니, 그럼 돌아올 때는 어쩔 거야. 못 날잖아."

"노르트리히트 전대는 작전 초안에서도 본대가 회수할 예정이었잖아. 똑같아. 예비 〈레긴레이브〉를 수송할 수 있는 만큼 수송 헬기에서 대기시키는 것보단 나아."

그 말에 고참 정비반장이 눈살을 찌푸렸다.

"아가씨. 혹시나 해서 하는 말입니다만——파일럿은 누굽니까?"

그레테는 장난치듯이 두 팔을 펼쳤다.

"나야."

†

"——중령님이 올 것까지는 없다고 생각합니다만."

담담히 말한 신에게 지각동조 너머, 발진준비 중인 〈나흐체러르〉의 조종석에 앉은 그레테는 즐거운 눈치로 말했다.

[나 말고 누가 이 아이를 움직일 수 있다고. 옛 공군의 파일럿은 대부분 전사했고, 시험비행에서 〈나흐체러르〉를 조종한 경험이 있는 건 이미 나 정도밖에 없어. ……본사에 플라이트 시뮬레이터가 남아 있어서 다행이야.]

불길한 혼잣말에 몇 명이 뭐라고 신음했지만, 그레테는 아랑곳하는 눈치가 아니었고, 신도 개의치 않았다.

"그러고 보면 중령님은 원래 공군 파일럿이었습니까."

[……여태까지 잊고 있었다는 듯한 말투네, 중위.]

실제로 전혀 관심도 없었기에 그랬지만.

[그렇다면 어차피 이 말도 기억하지 않겠지만. 당신들 같은 아이가 전장에 나서는 건 역시 나로선 찬성할 수 없어. ……당신들 에이티식스는 여기서 싸우는 게 긍지고 아이덴티티겠지만, 나도 이건 양보할 수 없어. 싸울 거면 하다못해 끝까지 싸울 수 있도록 함께 싸우는 게—— 내 역할이야.]

"……."

[당신들이 도달한 이 나라도 결국 이상향과는 거리가 멀었지만. 하지만 이것만큼은 기억해 둬. 이 나라에서는 누구도 당신들의 전사를 바라지 않아. 오히려 죽지 말아 달라고 바라고 있어. 나도, 사단장도, 부대원 모두도…… 게다가 이분도.]

[——오래간만이군. 다들 건강한가?]

온화한, 그리고 의외인 그 목소리에 신은 눈을 껌뻑였다. 지각 동조가 아니다. 〈나흐체러르〉 기체 밖에서 연결된 유선회선.

"왜 당신이? 에른스트."

[아니, 저기, 나는 일단 연방군의 최고지휘관이거든? 연방의 모든 시민과 국토, 주변 나라들이 존망의 위기에 처했으니까 당연히 내가 독전하러 와야지. 하물며 너희는 이 작전의 핵심이니까. ——그래.]

후욱 숨을 내뱉었을 때 에른스트의 목소리는 10년에 걸쳐 연방을 지휘해 온 지도자의 목소리로 바뀌어 있었다.

[자네들 노르트리히트 전대의 활약에 연방과 주변국, 인류의 미래가 걸려 있다. 그 점을 명심하고 반드시 전자가속포형을 격파하도록. ……기대하겠네.]

"라저."

[그리고…… 하나만 더, 이게 최우선 임무다.]

힐끔 시선을 들어보니 에른스트는 진지하게 끄덕인 모양이다.

[살아 돌아와라. 전원이 다.]

기묘하게.

속이 들여다 보이는 목소리였다.

이쪽을 걱정하는 이상으로, 어딘가 자기 자신을 위해서라고 말하는 듯한.

"……노력은 하겠습니다만."

[그래선 안 돼. 반드시 돌아와라.]

위화감은 사라지지 않았다.

이상하게 끈질기고 진지한 어조로, 잠정 대통령이자 서류상의 양아버지인 남자는 말했다.

[끝까지 싸운다고 했나? 여기 연방에서 그 말은 죽는다는 게 아니라 전쟁이 끝날 때까지 살아남는 것이야. 그러니까 돌아와라. 반드시…… 앞으로 몇 번이라도.]

"그래. 반드시 돌아와라."

통신을 끊고 에른스트는 중얼거렸다. 서방방면군, 통합사령부의 사령관석.

10년 동안 연방 잠정 대통령의 트레이드마크가 된 양산품 양복을 지금은 벗고, 연방군의 쇳빛 군복을 입었다.

처음에 그들과 만난 것도 여기 서부전선이었다. 위치는 조금 달랐지만.

독전하러 온 전장에서 보고를 받았다. 〈머리사냥꾼〉 중전차형(디노자우리아)에게서 탈환했다는 이국의 소년병들.

동정하는 마음은 있었다.

태어나지 못했던 자기 자식 대신 행복하게 만들어 주려고도 생각했다.

하지만 그 이상으로.

잔혹하고 너무나도 허무한 웃음의 기척이 연방 대통령의 잿빛 눈동자를 스쳤다.

그도 그렇지. 상처 입은 아이를 구하지 않는 나라는. 아이가 행복해질 수 없는 나라는.

누군가의 사정 때문에 아이를 죽이는 것도 아랑곳하지 않는 세계는 그녀가 믿었던, 인간 본연의 이상적인 모습과는 전혀 다르니까——.

에른스트는 길게 숨을 내뱉었다.

세계를 휘감은 화룡이 가늘게 화염의 숨길을 내뱉듯이.

모든 것이 불타버리면 된다고 바라듯이.

"안 그러면 나는—— 이 세계를 멸망시킬 거야."

지휘통제실의 메인 스크린 위, 작전 개시 시각까지의 카운트다운이 5분을 가리켰다.

다소 낮은 위치에 선 참모장이 힐끗 시선을 보내기에 에른스트는 살짝 고개를 끄덕였다.

†

성력 2149년 10월 9일. 제1박명시각(BMNT1).

사령관석의 잠정 대통령, 부사령관석의 중장이 끄덕이는 것을 신호로 참모장이 입을 열었다. 쉿빛 군복과 제모. 바닥에 세우고 자루 끝에 두 손을 얹은, 자루와 칼집을 가죽끈으로 묶어서 지휘봉 대용으로 삼은 가느다란 군도.

"——전사 제군. 주목하라."

참모장의 목소리는 엄중한 무선 봉쇄 속에서 유선회선을 통해 서부전선 모든 부대에게 닿았다.

[지금부터 서방방면군은 전군을 동원하여 〈레기온〉 지배영역으로 진군한다.]

모두가 극한의 긴장감 속에서 숨을 죽이며 그 차가운 목소리를 들었다.

작전 목적과 개요, 각 부대의 역할은 각기 출격 전 브리핑에서 설명을 들었다. 이제 와서 자세하게 말할 필요는 없다.

서방방면군, 연합왕국군, 맹약동맹군은 가도회랑의 제압과 탈취를 목표로.

그리고 지배영역 후방, 내찌른 창의 창끝인 특공부대는 거기에 숨은 전자가속포형의 격파를.

〈레기온〉 전군을 상대로 하는 것과 마찬가지인 이 작전은——철수도 실패도 허락되지 않는다.

[이것은 공화제 기아데 연방 및 우방인 로아 그레키아 연합왕국, 발트 맹약동맹만이 아니라 도움을 청하는 목소리조차 전하지 못하고 있을지도 모르는 주변 이웃나라들의 운명도 좌우하는, 인류 사상 최대의 작전이다. 제군은 조국과 동포를 지키는 견고한 방패인 동시에 인류의 미래를 돌파하는 예리한 검이다. ——전쟁의 신은 노예를 기꺼워하지 않고 전사만을 축복한다. 쌍두 독수리의 깃발 아래, 죽음을 각오하고 전진하라.]

"주목!"

최전선에서 동쪽으로 10킬로미터 떨어진 전선 후방, 포병부대는 중포의 포구를 주르륵 늘어세우고 전개했다.

하늘을 찌르는 창 같은 위용의 155mm 견인포. 같은 포를 트럭에 탑재한 155mm 자주포. 구식인 105mm 야포, 소수 배치된 것을 마지막으로 생산이 중지된 203mm 야포도 포열에 가담했고, 40연장 컨테이너형 탄창을 어두운 서쪽 하늘로 향한 다연장 로켓 시스템(MLRS).

"우리의 임무는 우군 부대의 진격을 원호하는 것이다! 진창 속을 엉금엉금 기는 우리 전우의 앞을 가로막는, 저주스러운 고철 더미들을 산산조각 내는 것이다!"

화포에 고개를 숙이고 전장의 진흙과 피 속을 기듯이 싸우는 장갑보병이나 펠드레스를 야유하는 말에 극도의 긴장에 얼굴이 굳어졌던 포병들이 다소 억지로 웃었다.

포병부대의 지휘관은 돌아보며 고개를 끄덕였다. 제모 밑의 긴 흑발, 한창 나이의 하얀 얼굴을 반쯤 가리는 검은 테 안경.

"최전선의 전우들을 위하여, 그 너머로 가는 전사들을 위하여, 무슨 일이 있든지 포격을 멈추지 마라! 포신이 깨지건 천사가 하늘을 가르건 계속 쏴라! ——전원, 사격 준비!"

최전선. 기갑부대의 숙영지.

"——준비 포격 후 우리가 출격한다! 쫄아서 발을 멈추지 마라! 뒤처지는 녀석은 애인에게 보내는 편지를 낭독하는 벌에 처한다! 애인도 없는 동정은 엄마에게 보내는 편지다!"

기갑부대 지휘관의 쩌렁쩌렁한 목소리가 외부 스피커를 통해 울리는 가운데, 대기 상태의 〈바나르간드〉가 차례로 일어서고 수반 장갑보병을 태운 보병전차가 시동을 걸었다.

회전수를 올리는 파워팩의 새된 울음소리와 디젤 엔진의 특징적인 스타카토가 어둠이 진하게 남은 새벽녘의 하늘에 꽂혔다.

어차피 〈레기온〉 지배영역——방전교란형이 전개한 상황에서는 도움이 안 되는 데이터링크는 처음부터 끊었다. 삼면의 광학 센서에 비치는 동료기의 대열을 보며 나이가 겨우 20대 후반이 된 젊은 지휘관은 외부 스피커의 마이크를 입가로 가져갔다.

"공화국의 괴물 따위에게 보호나 받고 있을 쏘냐. ……이 전쟁은 우리의 전쟁이다! 연방 군인의 긍지를 전투광들에게 보여줘라!"

외부 스피커를 통해 새벽의 진남색 하늘에 쩌렁쩌렁 울리는 기갑부대 지휘관의 목소리에 장갑부대 보병대 대장은 보병전투차 안에서 쓴웃음을 지었다.

"젊은이들은 어디서나 뜨겁군……."

장갑강화외골격의 어깨에 애용하는 12.7mm 중기관총을 걸치고, 얼굴을 가린 호면을 올려서 40대의 각진 얼굴을 드러내었다. 역전의 장갑보병이라기보다는 만원 전철에 시달린 샐러리맨이라고 부하들에게 웃음을 사는 얼굴은 이런 때 더더욱 졸린 듯이 나른해 보였다.

장갑판으로 둘러싸인 짐칸의 어둠 속에서 좌우 시트에 앉은 부하 장갑보병들의 각진 실루엣을 보며 패기라곤 전혀 없는 기색으로 입을 열었다.

"자, 제군. 긍지네 영예네 하는 멋진 말은 욕심내는 놈들에게 맡기기로 하고, 우리는 오늘도 어떻게든 살아서 돌아가도록. ……그렇긴 해도."

장갑강화외골격(아머드 스켈톤)의 안쪽에 붙인 아내와 자식의 사진을 힐끔 보며, 여전히 풀어진 얼굴로 보병부대장은 어깨를 으쓱였다.

"살아서 돌아가려면 일단 돌아갈 집이 있어야만 하니까, 오늘도 착실하게 지켜보도록 하자. 우리 자신을, 그리고."

제일 먼저 뭉개지리란 것을 알면서도 선두에 서서 〈레기온〉들의 대군에 돌진하는 것을 바람직하게 여기는, 눈앞에 있는 기갑부대의 젊은이들.

그리고 그 너머, 돌아올 수 없는 길이란 것을, 부러질 것을 알면서 찌르는 창의 창날이라고 자각하면서도 적기 깊숙한 곳으로 가는 것을 개의치 않은 소년병들.

자기답지 않은 감상이라며 흘린 웃음을 감추듯이 보병부대장은 호면을 내렸다. 망막 투영의 광학 영상 끄트머리에 나오는 작전 개시까지의 카운트다운.

작전 개시, 10초 전, 3, 2, 1——.

"우리 전우들이 돌아갈 고국을."

——0.

이쪽을 보는 참모장, 서방방면군 총사령관에게 고개를 끄덕여 주고, 에른스트는 차갑게 입을 열었다. 쇳빛 군복과 제모. 제대로 입지 않고 망토처럼 걸친 트렌치코트.

"작전 개시."

"사격 개시이이이이이!!"

호령과 함께 포병진지의 모든 유탄포와 다연장 로켓 시스템이, 보병부대의 120mm 박격포가 포효했다.

맹렬한 후폭풍이 먼지를 피웠다. 포성과 함께 불화살이 하늘로 뻗었다.

강철의 벽처럼 동쪽 하늘을 메우고, 희미하게 남은 별빛을 가로지른 그것들은 하늘 꼭대기 근처에서 포물선의 정점에 도달하고 대기를 가르는 날카로운 소리와 충격파와 함께 〈레기온〉 지배영역에 꽂혔다.

"——전진 명령이다! 자, 가자, 자식들아!!"

"돌격 바보들에게 뒤처지지 마라, 제군. 뭐하면 엉덩이를 걷어 차버려!"

후방 포병부대의 돌격 준비 포격은 아직 멈출 줄 모른다.

포신의 과열도 개의치 않고 진지 전환할 시간도 아까워하는 맹포격이다. 끊임없이 대지를 울리는 대구경 고폭탄의 작렬음 속에서 쐐기 진형을 짠 기갑부대의 〈바나르간드〉가 전진을 개시. 순식간에 최고 속도에 도달하여 돌진하는 그 뒤에 좇는 그림자처럼 보병전투차가 뒤따랐다.

파워팩과 엔진의 난폭한 울부짖음을 함성처럼 울리며 강철의 거센 물살이 어두운 전야를 질주했다.

†

〈레기온〉 지배영역과 인류의 영역 사이, 경합구역. 대기상태의 자동기계들의 실루엣이 여명 속에서 희미하게 떠오르는 가운데, 척후형 한 기가 동쪽 하늘을 올려다보았다.

고성능의 복합 센서를 향한 곳, 아득한 상공에서 번쩍하는 섬광.

그 직후에 맹렬한 타격.

상공에서 흩어지고 각각 레이더를 작동하여 먹잇감이 되는 기갑병기의 머리 위에서 작렬한 폭발성형관통탄들이 초속 3000미터의 철퇴로 변해서 〈레기온〉 부대를 쓸었다.

중전차형조차도 꿰어버리는 착탄의 충격이 연이었다. 대지가 흔들렸다. 날아간 흙먼지가 하늘 높이 적회색의 막을 만들었다.

그 막을 찢으며.

가까스로 살아남아서 일어서려는 자동기계들을—— 맹렬히 돌진해 온 〈바나르간드〉 집단이 늑대 무리처럼 덮쳐들었다.

†

통합사령부, 지휘통제실 정면의 메인 스크린에 각 부대의 싸움이 부대 아이콘 이동과 격돌의 형태로 표시됐다.

대치하는 〈레기온〉 측의 부대 숫자는 작전에 참가한 삼국보다 많다. 숫자에서 앞서는 자동기계들의 전선, 우군의 파란색 아이콘은 그것을 절단하고 끌어당겨서 분쇄하면서 전진했다.

"우, 움직였다. ……끌어냈다……!"
요격을 위한 것일까. 후방, 지배영역 안에서 확인된 〈레기온〉 기갑부대가 물밀듯이 이동을 개시했다. 시선을 돌려서 참모장이 끄덕이는 것을 확인한 관제관은 마이크를 향해 날카롭게 외쳤다.
"〈레기온〉 전선부대 유인에 성공. 제2단계로 이행합니다. ——통합사령부가 1028관제실에. 〈나흐체러르〉, 발진해 주세요!"

[——자, 간다!]
〈나흐체러르〉 양익, 네 대의 엔진이 제트기 특유의 고음의 포효를 질렀다. 그걸 들은 순간 전자 캐터펄트의 맹렬한 파워가 600톤의 기체를 걷어찼다.
"크……!"
수송기의 이륙에도 〈저거노트〉의 고기동에도 익숙한 몸으로도 경험한 바 없는 강렬한 가속. 전자파가 메인 스크린을 노이즈로 덧칠하고, 다음 순간에는 여명의 희끄무레한 하늘이 펼쳐졌다.
땅 속 활주로를 순식간에 내달려서, 정말 순식간에 경사로를 달려 올라가서 지상으로 튀어나간 〈나흐체러르〉가 그 고속을 이용하여 바람을 탔다.
대기를 물들인 진청색과 가을의 쌀쌀한 새벽 속에 아직 깊이 잠든 초원이 스크린에 떠오르고, 순식간에 아득한 후방으로 흘러갔다.
그 정도로 고속이고.
그것을 알 수 있을 정도의 초저공이다.

[이……이거, 생각보다, 무섭네……!]

[이런 걸 만들자는 이야기를 처음 꺼낸 놈! 진짜 머리가 이상한 거 아니야?!]

조종석의 그레테가 소리 내어 웃었다.

평소의 그녀답지 않은, 어딘가 요란스러운 웃음소리였다. 아드레날린의 과다분비로 흥분한 것처럼.

오래간만의 전쟁터에 피가 끓는 것을 억누를 수 없어진 것처럼.

[무서운 줄 모르는 당신들에게 그런 소리를 들으니 영광이야! 참고로 이 아이는 시속 800킬로를 낼 수 있어. 목표까지는 100킬로 남짓…… 9분 동안의 하늘 여행을 즐겨보라고!]

†

〈레기온〉 지배영역, 상공 2만 미터.

삼국에 접한 모든 전선에서 계속해서 올라오는 인게이지 보고를 〈레기온〉은 탐욕스럽게 수집했다.

방전교란형 지휘기, 경계관제형(라베).

대공포병형과 방전교란형이 자아내는 절대적인 항공우세 속, 아득한 높이에서 일방적으로 인류 각군의 움직임을 꿰뚫어 보는 조기경보기. 전폭 122미터의 날개에 태양광 발전 패널을 가득 실어서 격추될 때까지, 자동기계의 수명이 다할 때까지 계속 날아다니는 백은색 까마귀다.

또한 부속기인 방전교란형이 중계하는 〈레기온〉 사이의 통신을 통합하여 분석, 관제 중인 각 〈레기온〉에 대응을 지시하는 지휘 관제기로서의 역할도 겸한다.

밀려드는 수많은 정보를 토대로 즉각 분석과 판단을 내린다. 관제하의 네트워크로는 전력 부족. 광역 네트워크에 대응을 요청.

지배영역 안쪽, 총지휘관기가 통괄하는 광역 네트워크에 그 보고를 송신하면서 경계관제형은 밀려드는 적기를 쫓아서 날개를 기울여 완만하게 고공을 선회했다.

〈라저. ――노 페이스가 제1광역 네트워크 소속기 전체에. 연방, 연합왕국, 맹약동맹에서 침공을 확인.〉

제1광역 네트워크―― 연방, 공화국, 연합왕국, 맹약동맹을 분단하는 〈레기온〉 군집단, 그 총지휘관기에게서 통신이 나왔다. 하늘을 나는 전자의 목소리. 기계망령들끼리 주고받는, 인간의 목소리도 아니고 인간의 언어도 아닌 속삭임이다.

'노 페이스' 의 콜사인을 가진 〈양치기〉다. 아내나 사랑하는 딸이 봐줄 얼굴(페이스)마저도 잃었지만 인간의 신념(페이스)은 아직 이해한다, 그런 해학과 야유를 스스로 즐기는 정도로는 생전에 교양을 가졌던 망령이다.

상정한 대로의 상황이라고 총지휘관기는 판단했다.

항공병기, 유도병기는 봉쇄되고, 동등한 초장거리포도 없다면 전군을 동원한 돌격작전에 거는 수밖에 없다. 눈앞의 전사자 수가 적은 작전에 집착하다가 전선 끝부터 차례로 레일건에 불타버리는 결말을 삼국 연합군은 택하지 않았던 모양이다.
벽 안의 달콤한 꿈에 갇혔다가 그 꿈이 무력하게 부서져서 멸망한—— 그의 옛 조국과 달리.
그렇다고 해도 계획대로 진척된 것은 공화국 전선에서의 작전뿐이다.
두 달 전, 만전을 기해 발동한 4방향 동시 섬멸작전은 그 첫 수부터 좌절됐다.
공격 개시를 시각까지 치밀하게 예견한 것처럼, 연방군이 급조라고 해도 요격 태세를 구축하고 기다리고 있었기 때문이다.
같은 현상을 알고 있었다.
거듭해서 그 보고를 받았다. 과거 그의 조국, 산마그놀리아 공화국과 대치한 전선에서.
어떠한 기습도 매복도 완벽하게 읽히는—— 특이한 구역이 하나 있다고.
원군으로 연방과의 전선에 투입한 레일건이 방전교란형의 전자방해 전개 속에서 100킬로미터 이상의 원거리에서 공격했음에도 정확하게 위치를 특정한 반격을 받은 것도 어쩌면.
이 지연은 오늘 만회해야만 한다.
그들의 적은 반드시 섬멸해야만 한다.
〈모든 기체, 대기 해제. 전술 알고리즘을 섬멸전 모드로 설정.〉
프로그램된 살육본능이 그들에게 더 이상 이유도 필요도 없는 전투를 명했다. 아득한 과거에 멸망한 제국이 자동기계들에게 넣은 교전규정. 우군으로 등록되지 않은 모든 것을 살육할 뿐인, 멈추지 않는 한 영원히 전투를 계속할 뿐인 단순한 본능이다.

총지휘관기는 그 뒤에 남는 것이 없다고 생각하는 것도 접은 지 오래다.

인간의 말은 이미 몇 년 전, 86구의 전장에서 죽었을 때 잃어버렸다.

〈섬멸 개시.〉

†

"전선부대가 진격을 개시했다. ――지휘차가 모든 차량에! 우리도 전진한다. 이동 준비를 서둘러라!"

최전선의 기동부대가 적 전진부대와 교전하는 동안, 그 교전상대가 아니라 더욱 뒤에서 밀려오는 증원을 두들기는 게 포병의 역할이다. 당연히 기동부대가 전진하는 한 후위인 그들도 무거운 포를 끌고 전선의 이동에 맞추어서 불탄 전장을 질주하게 된다.

"포격역을 전방으로 옮긴다! 고철들의 콧대를 두들겨――."

장갑지휘차는 최전선에게 양보하여 오픈탑인 범용 차량으로 옮겨 탄 채 차량용 무전기의 마이크를 한 손에 들고 소리치던 포병부대 지휘관 여성은 도중에 불길한 예감을 느끼며 시선을 들었다.

그때는 남색 하늘을 시커멓게 가르는 쇳빛 유탄과 로켓 포탄이 서쪽 하늘을 소리도 없이 뒤덮고 있었다.

장거리포병형(스코피온)의 대포병 사격. 고성능 대포병 레이더를 갖춘 척후형은 2분 만에 발사 위치를 특정하고, 데이터 링크한 장거리포병형이 즉각 정확한 포격을 날린다.

"대, 대피————!!"

소리친 만큼 그녀 자신의 행동은 늦었다. 길게 늘어진 말의 마지막 순간, 포병지휘관은 자기 위로 떨어지는 155mm 포탄을 멍하니 바라보았다.

"대위님!"

뛰어든 지휘차 조종사의 커다란 몸에 떠밀리듯이 지휘차에서 떨어진 채 그대로 지면에 엎어졌다.

탄착.

대장갑, 대인 다목적 유탄의 집중포화. 초속 8000미터의 충격파와 폭염, 흩날리는 고속의 유탄 파편이 포병 진지를 날려버렸다.

직격하면 〈바나르간드〉조차도 산산조각 내는 155mm 고폭탄을 정통으로 맞아서 지휘차가 폭산.

벗겨진 검은 테 안경이 충격파에 날아가고 우그러져서 하늘을 춤추었다.

감싸준 조종사의 밑에서 포병지휘관은 그것을 보았다.

고폭탄이 지표에 작렬한 경우, 작렬 지점으로 다리를 향하고 엎드리면 비교적 부상을 억누를 수 있다. 또한 공기와 비교하면 훨씬 밀도가 높은 인체는 유탄 파편에 대해 효과적인 방패가 될 수 있다.

땅에 엎드리고 조종사의 몸 밑에 깔린 포병지휘관은 치명상을 면했다.

하지만 그녀를 감싼 조종사는.

몸을 뒤덮은 조종사가 갑자기 무거워졌다.

짓눌릴 듯한 그 무게에게서 간신히 빠져나온 포병지휘관은 숨을 삼켰다.

"——. 하사."

아마도.

눈앞의 이것이 조종사겠지.

망연자실한 것은 한순간. 옆에 굴러다니는 깨진 안경을 주워 들고 포병지휘관은 일어섰다. 질서정연하게 전개한 포병진지는 흔적도 없는, 순식간에 쇳덩어리와 육편이 불타는 지옥으로 변한 예하 부대를 둘러보며 마이크도 없는 채로 배 속에서 소리를 뽑아냈다.

불탄 피와 고기 냄새를 폐에 가득 들이마시는 것도 개의치 않는, 귀기 어린 눈동자.

"——손해 보고! 아직 전투는 끝나지 않았다!"

아직 날이 밝지도 않은 어둠 속, 풀의 파도가 밀려들었다가 돌아가는 초원은 그야말로 폭풍의 바다이다. 밤이슬과 돌격의 불꽃을 물보라처럼 튀기며, 쇳빛과 납빛의 파도는 밤기운을 찢으며 격돌했다.

〈바나르간드〉와 장갑보병, 보병전투차로 이루어진 기갑부대와 전차형(뢰베)과 근접엽병형(그라우볼프), 척후형으로 구성된 〈레기온〉 혼성부대.

양자가 뒤엉키며 섞인 대혼전의 도가니다.
차폐물이 없는 초원은 높은 화력과 운동성능을 겸비한 전차형, 중전차형의 독무대. 아군에게 불리한 그 전장까지 들어갈 수밖에 없었던 연방군 기갑부대는 하나의 적을 여럿이서 상대하고, 동료기를 미끼로 삼아서 뒤를 치는 식으로 적군의 우위를 뒤엎으려고 했다. 배후로 돌아가려고 하고 그걸 막으려고 하는, 서로 격하게 움직이는 이 전투가 난전이 되는 것은 필연이다.
그렇게 생겨난 수많은 사각에 그것은 숨어든다.
〈바나르간드〉의 뒷좌석에서 기갑부대의 부대장은 좁은 광학 센서의 영상으로 그것을 보았다.
다각 전차의 각진 포탑 가장자리. 기체 장갑의 가장자리를 손바닥으로 붙잡고 기어오르는 작은 그림자.
전장에 있을 리 없는 세 살 정도 되는 아이의 모습이다. 순간적으로 이해가 쫓아가지 않아서 멍하니 바라보는 가운데―― 주르륵 포탑 위로 기어오른 그것은 허리부터 아래가 찢어져서 없었다.
인간이라면 움직일 수 없다. 최소한 치명상이다.
즉, 그것은 인간이 아니다.
대전차 자주지뢰.
아이의 모습으로 방심을 부르는 그것, 전선 근처에서 아직 시민이 남아 있던 10년 전에 다용된 초기형.
포탑 뒤쪽에 자리 잡은 중기관총의 시야 아래다. 달라붙은 시점에서 이미 손쓸 수가 없다.

아이의 크기를 가진 살육기계가 포탑 위로 기어올랐다.

얼굴 없는 커다란 머리가 광학 센서를 들여다보았다. 합성된 아이의 목소리가 입도 없는 주제에 기묘할 만큼 명료하게 울렸다.

――엄, 마.

"……빌어먹을."

[아니, 그럼 안 되잖아.]

쿵 하는 가벼운 충격.

50톤을 넘는 〈바나르간드〉와 비교하면 너무나도 가벼운, 장갑강화외골격을 포함해도 100킬로그램 정도 중량이 포탑에 뛰어올랐다. 접촉회선이 열리고 시치미 떼는 목소리가 들렸다.

[젊은이가 먼저 죽으면 부모님이 우신다.]

휴대한 12.7mm 중돌격총을 들고 쏠 시간도, 달려가서 걷어찰 시간도 없었다. 그러니까 장갑보병은 뛰어오른 기세 그대로 대전차 자주지뢰에게 부딪쳤다. 〈바나르간드〉와 비교하면 가벼운 총중량도 유아형의 자주지뢰로서는 도저히 버틸 수 없는 무게다. 장갑을 움켜쥔 두 손이 쉽사리 떨어지고, 달라붙은 채로 함께 포탑에서 굴러떨어졌다.

섬광.

"대위……?!"

〈바나르간드〉의 두꺼운 장갑을 관통하기 위한 폭약이다. 얄팍한 경장갑과 빈약한 인체 따윈 흔적도 남지 않는다.

자그마한 무엇인가가 광학 센서를 스치며 휘익 날아갔다.

가장자리에 불이 붙어서 타오르는 중인―― 부모와 세 아이가 찍힌 가족사진이었다.

제길……!

입술을 깨물 틈도, 격정에 사로잡혀서 콕핏 내벽을 때릴 틈도 없다. 전투는 아직 계속되고 있다.

부대장을 잃은 장갑보병부대를…… 어떻게든 남은 자들이라도 생환시키지 않으면.

"2호기, 3호기, 뒤를 따르라! 보병부대, 우리 뒤를 쫓아와! ……제길."

통신을 끊고 뇌까렸다.

눈앞의 중전차형 너머, 아직 어두운 하늘을 노려보았다.

아직 멀었냐, 에이티식스들……!

†

연방군의 맹공은 봉쇄가 해제된 무전을 통해 〈나흐체러르〉에게도 닿았다.

아직 실험 단계인 레이드 디바이스는 양산 라인을 준비할 수 없었던 탓도 있어서, 지금은 노르트리히트 전대에만 배치됐다. 전선 전체에 전개된 방전교란형의 전자방해로 노이즈 투성이인 그 무전 교신을 신은 대기 상태의 〈저거노트〉 안에서 들었다.

제225기갑대대, 통제선 진크에 도달. 우군 도착까지 제압 범위를 고수한다. 제417보병중대, 제139구호소대가 그쪽으로 향하고 있다. 부상자 후송 준비를. 여기는 제32기갑대대, 대대 지휘관이 작전 중 사망(KIA). 지금부터 부장이 지휘를 맡는다. 제775보병중대가 제828포병진지에, 지금 당장 포 지원을. 그래, 괜찮아, 우리 위에 떨어뜨려.

교신하는 목소리와 전장의 소음과 광분 속에서, 하나 같이 노호의 형태로 오갔다. 그 너머에서 끊임없이 들리는 비명과 욕설과 절규와 그 모든 것을 억누르는 함성.

광기와 종이 한 장 차이인 용기, 그저 필사적인 모습.

라이덴이 조용히 중얼거렸다.

[——연방은 물러나질 않네.]

밀려드는 〈레기온〉의 대군에 소모되고, 소모되고, 소모되고, 소모되면서도 연방군은 한 걸음도 후퇴하지 않는다. 그뿐만 아니라 자동기계들의 탁류 틈새에 쐐기처럼 기갑부대를 꽂고, 선두부대가 갈려나가는 것도 개의치 않고 후속부대가 밀려들어서 틈새를 벌리려고 전진을 시도한다.

후퇴하지 않는다. 한 걸음이라도 물러나면 무언가를 빼앗기기라도 한다는 듯이, 계속 밀어붙일 뿐이지 물러나질 않는다.

실제로 물러나면 빼앗긴다. 지금 전선이 후퇴하면, 그 위치까지 전자가속포형의 진출을 허용하면, 그 시점에 그들의 배후, 그들이 지키려고 하는 것이 곧바로 레일건의 업화에 불탄다.

그러니까 그들은 물러나지 않는다. 단 한 발짝도, 설령 그 몸이 포화에 날아간다고 해도. 그것은 신을 포함한 에이티식스들이 전혀 모르는, 본 적도 없는 싸움이다.

공화국 86구에 이런 전투는 없었다.

에이티식스에게 공화국이란 조국이 아니고, 공화국을 조국으로 하는 백계종들은 전장에 나오지 않았으니까.

"지킨다……라."

가족을. 고향을. 동포를. 국가의 이념을.

그 근간에 있는── 자기들이 있어야 하는, 사는 장소를.

언젠가 들었던, 이젠 어디에도 없는 백은종(셀레나) 소년의 목소리가 들린 듯했다.

──여동생에게. 바다를.

그걸 바라며 싸우고…… 바랐으면서 죽었다.

──왜, 너는.

그 질문에 대답할 수 없는 것은.

싸우는 이유가── 지키는 것이 없다는 것은.

또 교신이 날아들었다.

어딘가의 요지에서 고립되어 포위되고 공격을 받는 부대의 목소리가 무전기를 통해 재생됐다.

사수. 사수다. 조금만 더 버텨라. 그러면.

저 빌어먹을 에이티식스가 〈레기온〉들의 조커를 격파하면.

우리의 승리다.

킥, 하고, 누군가가 흘린 어딘가 고양된 웃음의 기척이 지각동조의 교신 사이로 들렸다.

[우리가 전자가속포형을 격파하면. 그래, 그렇다면.]

[기대에 부응해야겠네……라고 해야 할까? 이만큼 애써 주고 있으니까, 뭐, 그건 그렇지.]

즐거운 듯이 말하는 동료들에게── 하지만 신은 대답할 수 없었다.

진행 방향. 전개한 〈레기온〉 부대의 새로운 움직임을 지각했으니까.

"──중령님."

[그래, 지금 포착했어. ……진로를 막으러 왔네.]

"회피는."

[어려울걸. 이 아이, 선회는 별로니까.]

지면효과익기는 지표 아슬아슬하게 나는 특성상, 기체를 기울인 선회가 불가능하다. 방향타만으로 선회하는 것도 불가능은 아니지만 아무래도 시간이 걸린다.

그렇게 말하면서 그레테는 아마도 조종간을 당겼다. 승강타가 움직이고 〈나흐체러르〉가 기수를 들었다. 지표 아슬아슬하게 나는 것에 최적화된 지면효과익기지만, 고도를 취할 수 없는 건 아니다. 속도를 희생하여 순식간에 고도를 올려서 공중이라고 할 만한 고도까지 도달했다.

대공포병형과 방전교란형의 방해에 인류가 빼앗긴 하늘. 레이더에도 대공포화에도 잡힐 수 있는 위험한 고도로.

"무슨……."

[그냥 여기에 내려도 결국 길을 가로막으러 온 놈들과 전투가 일어나. 그러면 일부러 이 아이를 꺼낸 의미가 없잖아.]

동조 너머에서 경고음이 울렸다. 록온 경고. 대공포병형이 포격 전에 쏘는 조준 레이저의 검출 경보.

동시에 쿠웅 하는 무거운 소리를 내면서 뒤쪽의 카고 해치가 천천히 열렸다.

[만에 하나를 생각해서 연구반들에게 준비시켰던 게 역시나 정답이었나 보네. 급하게 만든 물건이라서 미안하지만, 작동 자체는 분명히 할 테니까.]

〈레긴레이브〉를 화물칸 바닥에 고정한 게 아니라 묘하게 튼튼하게 만든 팔레트라는 것을 프로세서들은 깨달았다. 그 밑을 똑바로 달려서 카고 해치까지 뻗은 금속제의 거친 가이드레일도.

[그래, 이쪽은 걱정하지 마. 격추되는 바보짓은 안 할 거고, 그걸 위한 예비기도 가져왔으니까. ……전에 말했잖아, 나도 오퍼레이터였어. 느려터진 〈바나르간드〉에 불만이 있던 건 꼭 당신들 에이티식스만이 아니야.]

15명의 프로세서, 하지만 적재된 〈레긴레이브〉는 16기. 짐칸 안쪽, 직접 바닥에 고정된 무인의 레긴레이브가 한 기 있다.

"……중령님. 진로상의 적기는 2개 중대 규모. 아마도 전차형 주체의 기갑중대입니다. 양동이라면 교전할 필요 없습니다. 접촉한 뒤에 숲속으로 대피해 주세요."

[어머, 고마워. 하지만…… 사람 얕보지 마, 꼬맹이.]

그 말에 신은 얼떨떨해져서 입을 다물었다. 그레테는 소리 내어 웃었다.

왜인지 그리운 듯한 웃음.

[그럼 나중에 또 봐. ──Godspeed(신속의 가호가 있기를)!]

앞날의 행운을 기원하는 오래된 말을 마지막으로 지각동조가 절단. 동시에 가이드레일의 고정장치가 소리를 내며 해제.

금속끼리 미끄러지는 거친 소리와 불꽃을 튀기며 15기의 〈레긴레이브〉와 파이드가 레일 위를 미끄러져 떨어졌다. 순식간에 공중, 동이 트기 시작한 하늘에 내던져졌다.

육전병기인 〈레긴레이브〉에는 당연히 중력을 뿌리치는 기능이 없다. 하늘을 올려다보며 추락하는 시야 속에서, 금빛 하늘을 배경으로 선회하는 〈나흐체러르〉의 검은 그림자와 그 날개 끝을 스치며 하늘을 가르는 대공기관총의 화선, 은회색으로 반짝이는 도시의 모습이 멀리 비쳤다.

시가 중심지를 향하며 고도를 더하는 고층 빌딩들과 그 틈새로 종횡무진 달리는 고가도로. 그 너머, 거듭되는 원념의 울림이 의식에 잡혔다.

——저건가.

그 직후, 팔레트에 설치된 낙하산이 전개, 급감속.

등 뒤에서 덮쳐드는 가속도에 떠밀렸다가 4점식 안전벨트에 붙들려서 고개를 든 순간, 투하 팔레트가 착지.

고도 상승으로 〈나흐체러르〉 자체가 감속한 탓과 낙하산을 통한 감속으로 상당히 감쇄됐다고 해도 안전하다고 할 수 없는 속도의 하드랜딩. 팔레트 내부의 완충계로 완화됐어도 엄청난 진동이 기체를 흔들고, 〈레긴레이브〉의 고기동성에 익숙한 프로세서조차도 혀를 깨물지 않도록 버티는 게 한계였다.

녹색 평원을 시커멓게 헤집으면서 투하 팔레트가 정지.

자동으로 잠금장치가 해제되고 15기의 〈레긴레이브〉가 비틀거리면서 〈레기온〉 지배영역의 땅을 디뎠다. 인공지능도 눈이 빙글빙글 도는 걸까, 파이드가 광학 센서의 초점을 뒤쪽으로 향한 채로 비틀거리며 내려왔다.

어질거리는 머리를 흔들며 고개를 들어 바라본 곳—— 아무도 없는 평원이 이상하게 파인 삼림 너머에 제트 연료에 인화한 검은 연기가 솟구치고, 한 박자 뒤에 격렬한 불기운과 함께 하늘을 찌르는 것이 보였다.

†

"나, 〈나흐체러르〉, 로스트! 〈나흐체러르〉의 신호가 두절됐습니다!"

비명처럼 보고한 1028시험대 관제요원에게 통합사령부에서는 서방방면군 참모장이 직접 확인 질문을 던졌다.

[노르트리히트 전대의 현황은?]

"로스트 전에 투하하여 전기 건재. 목표 외곽 5킬로미터 지점까지 진출했습니다. ……하지만.]

보고하면서 관제관은 입술을 깨물었다. 〈레긴레이브〉는 속도가 빠르다. 〈레기온〉들을 〈나흐체러르〉가 유인하는 동안에 크로이츠벡 시 외곽까지 진출했지만.

"방금 노우젠 중위에게서 인게이지 보고가 있었습니다. ——전대는 현재 전자가속포형 호위 〈레기온〉 부대와 교전 중입니다!"

†

4문의 155mm 전차포와 76mm 동축부포, 14mm 선회기총 8정이 만드는 농밀한 탄막이 가도를 훑었다.

시가에 돌입하자마자 기다리던 중전차형 1개 소대에 신은 눈을 가늘게 떴다. 〈레기온〉에서 전자가속포형은 연방, 나아가 인류에 대한 조커가 되는 전략병기다. 단단히 지키는 것이 당연하기는 하지만, 이러면 일이 귀찮아진다.

공화국의 알루미늄 관짝에 비해 낫다고 해도, 〈레긴레이브〉의 장갑으로는 155mm 전차포탄의 엄청난 파괴력을 막을 수 없다. 피해서 산개하는 백은색 기체를 쫓아서 중전차형의 포탑이 선회. 고성능 자동장전장치에 맡긴, 속사포급의 발사 사이클로 〈저거노트〉를 추격했다.

벽이 뚫리고 기둥에 구멍이 나서 빌딩들이 탄흔에 일직선으로 잘려나간 것처럼 쓰러진다. 무너지는 잔해 너머, 돌아들어가서 접근을 꾀했던 베르노르트 지휘 하의 소대를 향해 총 8문의 포구가 향하고.

그 배후에 〈언더테이커〉가 착지.

동시에 휘두른 고주파 블레이드가 중전차형의 후부 장갑을 찢고, 블레이드를 되돌리는 김에 인접한 다음 기체에게 포격. 한 발 늦게 쓰러지는 빌딩 위에서 뛰어내린 〈래핑폭스〉가 공중제비와 함께 2연사라는 곡예 포격으로 나머지 중전차형 두 대를 격파했다.

[——신! 다음 놈이 온다!]

들을 것도 없이 안다.

좌우로 뛰어 흩어지는 형태로 〈언더테이커〉와 〈래핑폭스〉가 회피, 직전까지 두 기가 있던 장소를 기관총탄이 관통. 보병조차도 장갑으로 몸을 지키는 연방과의 전투에서 7.62mm 범용기관총탄 따위는 효율이 나쁘다. 2기의 범용기관총을 버리고 대경장갑용 14mm 중기관총으로 바꾼 척후형들의 돌격.

다음 순간 두 기가 뛰어서 비운 사선에 후속 〈저거노트〉 전기가 기총소사를 퍼부었다.

쓰러진 중전차형의 틈새로 〈베어볼프〉가, 잔해 뒤에서 〈스노윗치〉가, 와이어를 쏴서 올라간 빌딩 벽면에서 〈건슬링어〉가, 각각 격투암에 달린 중기관총의 포효를 울렸다. 집중된 화선에 장갑이 얇은 척후형은 곧바로 찢어져서 쓰러지고, 그 틈새를 〈언더테이커〉를 선두로 노르트리히트 전대가 다시금 전진했다.

전투 중에는 필요해질 때까지 후방으로 물러났던 파이드가 합류, 잠시 뒤에 베르노르트와 그의 소대기가 대열에 합류했다.

“무사한가, 중사?”

[제가 할 말입니다. 방금 그 말도 안 되는 기동은 뭡니까? ……예, 손실 없습니다, 중위님. 여기까지 방어선이 깔리면, 당신의 그 귀를 가지고도 전투 없이 통과할 수 없는 모양이로군요.]

아무리 신이 〈레기온〉의 위치와 움직임을 파악할 수 있다고 해도, 집단으로 기다리는 한가운데를 돌진하는 이상 전투를 피할 수 없다. 주변국으로 가는 가도와 철도망이 모이는—— 다른 나라에서 들어오는 현관인 옛 크로이츠벡 시는 옛날 제국의 도시치고 드물게 겉모습을 중시한 도시 설계다. 유리와 금속의 초고층 빌딩이 빽빽하게 있고, 유기적이며 복잡하게 뒤얽힌 무수한 고가도로가 어딘가 근미래적인 광경.

그 곳곳에 〈레기온〉이 숨는다.

유리벽 빌딩의 벽면을 깨뜨리고 눈사태처럼 근접엽병형이 뛰어내려온다. 고속도로의 고가도로 위를 전차형이 돌진한다. 고감도 센서를 둔하게 반짝이는 척후형이 빌딩 틈새를 기어다니고, 장거리포병형의 대장갑유탄이 고층 빌딩을 넘어서 날아온다. 그 틈새를 누비면서 15기의 〈저거노트〉는 도시의 폐허를 달렸다.

도시 중앙, 예전에 고속철도의 터미널이었다는 장소에 숨은, 프레데리카의 기사의 한탄을 쫓아서 〈레기온〉들의 배치 틈새를 누비는 최단거리로.

[——죽여 주마.]

지금은 익숙해진 망령의 한탄—— 어둡고 공허한 살의를 향해.

[죽여 주마.]

가까워진다. 전자가속포형의 한탄은 우레나 전차포의 포효처럼, 충격파처럼 강렬하게 몸을 꿰뚫었다. 찌릿찌릿하게 뱃속에 울리는, 얼어붙을 듯한 절규에 무심코 이를 악다물었다.

그렇게.

어두운 살의를 뿌려대면 혹시나 편해질까.

순수한 전투기계로 전락하면, 투쟁의 열기와 냉철함에 빠져들면, 그다음은 아무 생각도 하지 않아도 된다.

자기 자신의 형태를 지키기 위한 것이 하나도 없는 스스로를 의식하지 않을 수 있다.

어쩌면 형도 그랬을까.

문득 의문 하나가, 단단한 조약돌처럼 뇌리에 튀었다.

그 전에 도달하지 못한 채로 내가 죽었으면. 86구의 그 마지막 전장에서 형을 쓰러뜨리지 못하고 나만 죽었으면. 그 사체가 머리를 빼앗을 수 없을 만큼 망가졌다면. 목적을 잃은 형은 눈앞의 이 망령처럼 세계에 저주와 살의를 뿌려대는 괴물로 전락했을까.

혹시 쓰러뜨리기 전에 형을 잃었다면. 형이라는 목적을 잃었으면――나는?

[모든 것을 다 죽여 주마……!]

빌딩들의 능선이 끊겼다. 하늘이 탁 트인 장소로 나왔다.

그 순간 에이티식스와 용병들―― 전쟁에 익숙해진 전원이 그것을 보고 멍하니 멈춰섰다.

[……우와.]

[저렇게…… 커……?]

콘크리트 포장도로, 같은 간격으로 늘어선 금속 가로등이 무기질적인 로터리다. 이미 해가 솟은 시간이지만 방전교란형이 전개한 하늘은 어둡고 퇴폐적인 은색으로 물들었다. 그 아래에서.

그것은 장대한 체구를 오만하게 눕히고 있었다.

유리고치 같은 돔 모양의 역 건물 안, 유리 너머에 몸을 웅크리고 있다. 빌딩을 통째로 하나 넘어뜨린 듯한 파격적인 거구다. 어지간한 민가는 그대로 속에 넣어버릴 듯한 본체에 사람 하나를 통째로 넣는 구경의 거대한 포를 지금 지면과 수평으로 짊어지고 있다.

그야말로 묵시록에 나오는 머리 일곱 개 달린 용이다. 원근감이 이상해진다.

거기에 그냥 있을 뿐인데—— 짓눌릴 것 같은 위압감을 느꼈다.

어렸을 적에 보았던, 잊어버렸던 감각이 되살아난다.

강제수용소에 보내지기 전. 어느 박물관에서 보았던 광경이다.

그 자체가 광대한 홀의 천장에 가득 매달렸던 고래 성체의 골격 표본.

너무나도 커서 어린 신의 눈에는 생물의 뼈로 보이지 않았다. 그 거구가 살아서 움직이는 것을 상상도 할 수 없었다.

같은 공간에 존재하는 것을 믿을 수 없을 정도의 거구. 말 그대로 스케일이 다른 무언가.

숨을 삼키고 그저 올려다볼 수밖에 없는—— 압도적인 존재에 대한 두려움이라고 할 것.

그걸 뿌리치듯이 입을 열었다.

"——1028관제실. 크로이츠벡 시 고가철도 터미널에서 목표를 확인. 지금부터 교전에 들어간다."

[1028관제실 라저. ……연합왕국의 정찰기도 근처에 도달했다. 역시 열차포인가. 이렇게 크다니……!]

[……중위님!]

긴박함을 띤 베르노르트의 목소리가 끼어들었다.

새롭게 깔린 것일 복선의 레일 위, 유리돔 너머에서 푸른 광학 센서의 불이 켜졌다.

THE CAUTION DRONES

[〈레기온〉 요주의 전력]

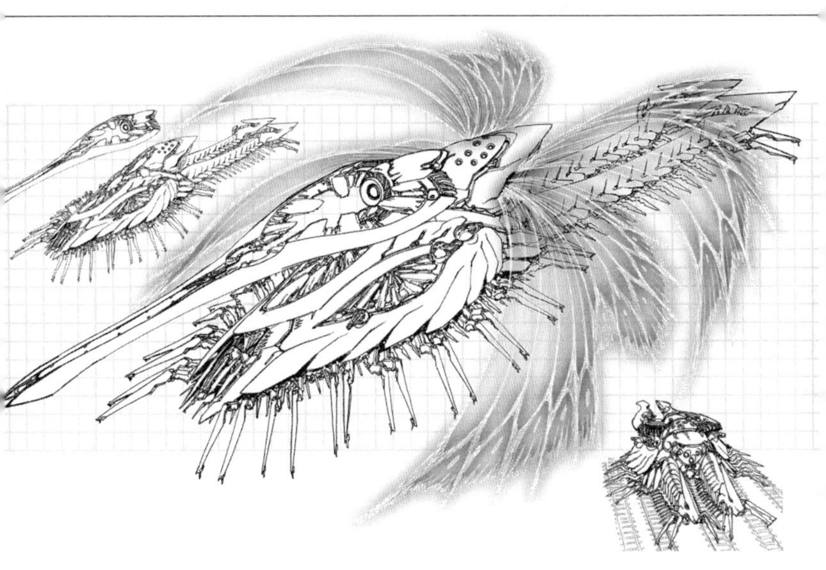

[모르포]

전자가속포형

[ARMAMENT]

800mm 레일건

40mm 대공, 대지 전자 발칸포 x 6

[SPEC]

[전장] 40.2m [전고] 11.4m

[무장중량] 1,400t

[순항속도] 200km/h (옛 국가간 철도 노선을 이동)

[주포최대사정] 400km

[비고] 본 기체는 제국의 프레데리카의 근위기사였던 '키리야 노우젠'의 뇌 조직을 탑재했다.

이름의 모티브는 '나비'의 일종. 초장거리 공격이 가능한 전자가속포(레일건)으로, 연방을 비롯한 인근 국가의 가장 큰 위협으로 부상했다. 포격전에 특화된 탓에 미사일 등의 폭발물이나 지상병력의 접근에 취약하지만, 전자는 풍부한 대공화기로, 후자는 중전차형 등 강력한 호위부대를 거느림으로써 보충하고 있다. 또한 막대한 에너지를 필요로 하는 전자가속포를 운용하기 위해 다른 〈레기온〉보다 훨씬 큰 덩치를 가졌으며, 기동성은 부족하지만 옛 국가간 철도 노선을 이동하는 '열차포' 스타일을 취함으로써 진지 전환을 수행하고 있다.

아직 수백 미터 떨어진 여기까지 닿는 정도의 소리를 내며 배후의 장대한 포가 선회를 시작했다. 내부기구가 가동하는 소리가 은색 하늘에 울렸다.

[벌써 움직여?! 수복을 마쳤어……?!]

[우리의 상식을 무시하는 게 〈레기온〉이라고 해도 여전히 말도 안 되는군……!]

……아니다.

전자가속포의 동체 하부, 착착 접힌 무수한 다리 같은 부위는 움직이지 않는다. 열차포의 기동성을 나중으로 미루고, 포격능력의 회복을 우선으로 수복한 모양이다…….

문득 위화감이 뇌리를 스쳤다.

……수복할 때.

전체를 지탱하는 다리보다 먼저 그 자체가 대단히 무거운 포를 교체하는 일이 있을까?

주위의 〈레기온〉의 무수한 목소리가 갑자기 파도가 물러나듯이 멀어졌다.

왜? 라고 생각할 틈도 없이, 대답은 즉각 나왔다. 바라보는 시선 끝. 이쪽을 똑바로 내려다보는 전자가속포의.

목소리. 가.

〈레기온〉 지휘관인 〈양치기〉는 목소리가 잘 울리고, 무리 속에 있어도 눈에 띈다. 신은 그렇게 느꼈다.

도시 속에 흩어진 〈레기온〉의 폭풍 같은 통곡을 누르고. 울리는 전자가속포형의 원념의 절규가.

사라졌다.

그리고 저 멀리 떨어진 곳에서 똑같은 절규가 부풀어 올랐다. 인간 전부를 향한, 세계 그 자체를 향한 살의의 포효. 혈연이긴 하지만 생전의 얼굴도 모르는 기사의 어두운 목소리.

지각동조의 대상이 한 명 늘었다.

이 자리에 없을 터인 소녀의 필사적인 절규가, 동조한 청각을 통해 귓속에 꽂혔다.

[——물러나라, 신에이!]

기지에 두고 왔을 터인 프레데리카의 목소리.

[그대가 지금 보고 있는 그것은 이미 키리가 아니다!]

이해와 전율이 동시에 등골을 내달렸다.

당했다.

반사적으로 돌린 시선 끝.

얼어붙은 검은 눈동자가 떠졌다. 천천히 시선을 들고 이쪽을 바라보았다.

시선을 쫓아서 메인 스크린의 한 점이 확대. 무리지은 빌딩들의 가느다란 틈새.

지평선에 흐릿하게 있는 거대한 첨탑 위에 장대한 그림자가 서 있었다.

무게를 견디다 못해 반쯤 부러진 그 위. 아득한 극동의 신화에 있는 뱀의 신처럼 고개를 쳐들고, 그 등에 짊어진 거포의 포구를 이쪽으로 똑바로——.

"큭, 전원! 대피해, 지금 당장——……."

머즐 플래시—— 정확하게는 그렇게 보이는 아크 방전의 격렬한 빛.

저신탄도로 쏜 레일건의 포격이 도시 한곳을 말 그대로 날려버렸다.

†

〈페일 라이더가 노 페이스에. 소정의 포격 스케줄을 완료.〉

전송된 새로운 몸 속에서 키리야는 총지휘관기에게 보고를 보냈다.

〈특이적성체, 콜사인 '발레이그르' 의 유인에 성공. 격파한 것으로 추정.〉

이상할 정도의 정확도로 기습을 탐지하고, 진격로를 간파하고, 지휘관기를 특정하는 특이한 적성체의 존재를 그들 〈양치기〉들은 몇 년 전부터 파악하고 있었다.

처음에는 공화국 동부전선에서. 최근 1년 정도는 그들의 지배영역을 넘은 연방 서부전선에서.

그것은 동시에 복수 개체가 확인되지 않았다. 즉 양산, 전달이

가능한 기술이나 지식에 의한 바가 아니다. 아마도 그 적성체 단 한 명이 가진 고유한 재능이나 이능력.

지극히 위협도가 높은, 최우선으로 배제해야 할 적성체다.

다행이라고 해야 할까, 그 적성체의 탑승기인 듯한 기체와 그 전투를 키리야는 두 차례 포착했다. 충분하다고는 할 수 없지만, 분석 가능한 정도의 데이터는 입수했다.

물론── 그 약점도.

〈분석 결과는 정확했다. ──발레이그르는 동결 상태의 예비기를 감지할 수 없다.〉

적성체가 어느 특정한 중전차형에게 대단한 집착을 품은 것은 확인했다.

그러면서 같은 이에게서 만들어진 다른 기체에게는 그게 기동할 때까지 전혀 반응을 보이지 않았다.

그것── 파괴된 중전차형에서 뇌구조를 전송받기 전인, 동결 상태의 〈양치기〉의 예비기.

총지휘관기에게서 지령이 돌아왔다.

〈노 페이스가 페일 라이더에. 발레이그르의 격파를 확인하라.〉

키리야는 흥 하고 코웃음을 치고 싶은 심정이 됐다.

물론 그 녀석에게는 몇 달 동안 철저하게 애를 먹었다.

애초에 광역 네트워크 중추의 판단으로는 지난번 대공세로 시작되는 일련의 섬멸작전은 7일 정도로 끝날 터였다. 창세기에 대한 야유 같다고 생각한 기억이 있다.

그런데 그게 엎어졌다.

완전한 기습일 터인 연방 서부전선에 대한 공세는 간파됐고, 삼국 모두에 밀려났다. 그랑 뮬을 무너뜨리고 그대로 공화국 공략에 임하려던 키리야는 급히 연방과의 전선에 투입됐다가 순항 미사일 반격을 받아서 대파됐다. 위치를 간파당할 위험 때문에 준비된 예비기로 의식을 전송하지 못하고 한 달 가까이 걸려서 견인될 수밖에 없었다.

이것도 저것도 그들의 움직임을 간파하는 이능력의 적성체가 연방 전선에 있었기 때문.

〈페일 라이더가 노 페이스에. 필요 없다고 판단. 발레이그르는 확실히 격파했다.〉

〈——. 노 페이스 라저. 신속히 사격위치를 이탈하고 담당 전역으로 귀환하라.〉

〈라저.〉

발밑의 철탑에 눈을 주었다.

천 톤 급에 이르는 그의 중량에 튼튼할 터인 철탑이 뿌리 근처부터 부러져서, 폭풍에 뽑힌 나무처럼 대지에 그 몸을 늘어뜨렸다.

——키리.

꽤나 멀게 느껴지는 어린 주인의 목소리가 갑자기 되살아났다.

지금은 얼굴도 떠올릴 수 없는 그의 마지막, 유일한 주인.

정원의 나무에 손수건이 걸려서 울고, 가지 끝에 있는 새 둥지를 보고 싶다고 조르고, 시녀들의 눈을 피해서 올라갔다가 드레스

자락이 가지에 걸려서 못 내려오게 되는 바람에 그때마다 올라가는 건 그의 몫이었다.

그런 일은 이제 두 번 다시 할 수 없다.

기계인 이 몸으로는.

그녀가 없는 이 세계에서는.

얼른 돌아가자. 오래간만에 발을 디디고 머물렀던, 과거의 조국에 등을 돌렸다.

얼른. 이런 세계를 불태워버리자.

†

"큭——."

말문이 막힌 것은 잠시.

"크로이츠벡 시 터미널 주변에 착탄을 확인. 전자가속포형의 포격으로 보입니다——."

노호와 가까운 소란이 지휘통제실를 지배했다.

"무슨 소린가!"

"아직 수복은 끝나지 않았을 텐데! 어떻게 쏠 수 있지?!"

"……아니."

참모장의 한마디에 전원의 시선이 모였다.

경고 메시지로 가득한 메인 스크린에 눈을 준 채로, 뾰족한 턱에 손가락을 대고 생각에 잠긴 모습으로 참모장은 말했다.

"수복이 아니라 교체라면. ……처음부터 예비 기체를 준비해

두었다면. 저만한 덩치라면 망가진 부품을 죄다 갈아 끼우는 것보다 무사한 중추부를 예비기에 옮기는 편이 빠르지."

어디까지나 레일건 2문과 열차포 2대를 제작하는 막대한 코스트를 도외시한다면 말이지만.

인간이 아닌 〈레기온〉에게 그것은 적을 쓰러뜨린다는 지상명제 앞에서 사소한 문제일지도 모른다.

"고철들이 잔꾀를……!"

"노르트리히트 전대의 현황은?"

"불명. 침투했던 연합왕국의 관측기도 방금 포격으로 전부 파괴된 모양입니다."

노이즈가 낀 상태로 짤막짤막하게 들어오던 크로이츠벡 시 주변의 관측정보가 죄다 신호상실 상태로 바뀌었다.

"순항 미사일의 사용을――."

"헛수고야."

담담히 말한 에른스트에게 전원의 시선이 집중됐다.

"순항 미사일을 대체 어디다 쏠 생각이지? ――지금 전자가속포형은 어디서 쐈지?"

그 질문의 의도를 깨달은 장성들의 얼굴이 굳었다.

전진기지를 공격받았을 때는 주변의 레이더 사이트가 포탄의 탄도를 확인하고 역산하여 발사 위치를 특정했다.

하지만 지금 포격을 받은 것은 적지 한가운데. 레이더 사이트 같은 게 있을 리가 없다.

반격하려고 해도 적의 위치를 모른다.

"하……하지만 각하, 상대는 열차포입니다! 레일을 파괴하면 조금이나마 이동은——."

"그래도 서부전선의 전진기지 태반을 노릴 수 있겠지? 게다가 고작 레일 정도야 금방 수복이 끝나. 미사일 낭비야."

"하지만 노르트리히트 전대가 꺾인 이상 달리 수는 없습니다! 서부전선 전역이 포격에 노출된 현황을 지금만이라도 타개하지 않으면——……!"

"지금만 버티면 어떻게 된다는 건가. 다음 부대를 돌격시킬까? 다음에는 돌아올 길을 열어줄 수단조차 없이?"

"큭……."

없는 것이라도 긁어모아 준비시킨 순항 미사일은.

돌격작전이 실패했을 때의 차선책인 동시에 연방군 본대가 크로이츠벡 시에 도달할 수 없었을 경우에 귀환로를 열어 주기 위한 수단이기도 했다.

마중을 나가지 못하더라도 귀로상의 〈레기온〉을 조금이라도 줄이기 위해. 죽고 오라고 보낸 소년병들에게—— 하다못해 돌아오지 말라는 말은 하지 않기 위한.

지휘통제실을 둘러보며 에른스트는 후 소리 내어 웃었다.

"내 몸이 아까워서 적진에 보낸 부하를 저버리고, 다음 작전 계획도 뭉개고, 인간으로서 차마 봐줄 수 없는 짓을 내가—— 연방 잠정 대통령이자 연방군 최고사령관인 내가 허가하리라고 생각하나? 그런 건 연방이 품어야 할 이상이 아니야. 그런 것도 지키지 못할 거면 차라리 이대로 멸망해버리는 게 낫지."

지휘통제실이 고요해졌다.

대통령의 말은 실로 옳다. 인간으로서 따라야 할 윤리, 가져야 할 정의, 바로 그 자체다.

하지만 그것을 관철할 수 있는 것은.

그것을 그대로 실행할 수 있는 것은.

사령관석에 앉아서 화룡이 웃었다.

단순한 구호, 겉만 번지르르한 이상과 정의를 지상 명제로 세우고, 그것을 위해 인명을 짓밟는 짓을 개의치 않는 모순의 괴물이 내부의 광기를 드러내며 웃는다.

"나 같은 인간을 대통령으로 계속 앉힌 자네들의 책임이다. 인도에 벗어나는 방법 말고 다른 수단이 없다면 이대로…… 내 이상과 함께 죽어줘야겠군."

인터컴의 호출음이 울렸다.

뻣뻣하게 굳어있는 상태라서 바로 움직이지 못한 통신요원을 대신하여 참모장이 통신을 받았다.

"……. 아무래도 그럴 필요는 없을 듯합니다. ——1028관제실에서 들어온 보고입니다. 노르트리히트 전대는 전기 건재. 계속해서 전자가속포형의 배제에 임하고 있습니다."

†

경고는 가까스로 늦지 않았다.

〈저거노트〉의 방패가 될 비교적 구조가 튼튼한 고층 빌딩이 많은 도시 중심부였던 것도 다행이었다.

그래도 충격파에 날아가서 쓰러진 〈언더테이커〉의 안에서, 빙글빙글 도는 머리를 흔들며 신은 기체를 일으켰다. 빌딩이 넘어지고, 포장도로는 깨져서 날아가고, 시야를 빼앗는 콘크리트의 하얀 먼지 틈새에 잔해가 굴러다니는 도시의 폐허.

집중포화를 맞은 옛 고속철도 터미널은 말 그대로 흔적도 없이. 깊이 파인 거대한 크레이터의 구석에 보기에도 무참하게 찢기고 비틀린 쇳빛 잔해가 유체 마이크로머신의 은색 피웅덩이를 퍼뜨리며 쓰러져 있었다.

미끼……인가.

〈레기온〉은 멍청한 목각인형이 아니다.

그들은 고도의 자기학습능력을 가졌고, 인류의 전술이나 병기에 맞춰서 자기개량을 거듭했다.

하물며 열화되지 않은 전사자의 뇌구조를 흡수하여 인간과 동등한 지능과 생전의 지식을 가진 〈양치기〉라면.

그래도 망령의 목소리를 듣는 이능력을 이렇게 역으로 이용당한 것은 처음이지만.

아득히 먼 철탑 위, 포격을 마치고 오만하게 이쪽을 노려보는 거대한 그림자에 눈을 가늘게 떴다.

[뭐야, 저 지네 자식은……!]

[지네보다는 돈벌레 아니야? 다리도 길고, 뭔가 빠르게 움직이고.]

[어느 쪽이든 좋아……. 기분 나빠.]

그렇다. 저것은 그런 육식성 절지동물과 어딘가 비슷하다.
어둠의 색을 띤 기나긴 몸. 지금은 착착 접은 절지동물의 무수한 다리. 구경 800mm라는 상식 밖의 포탄에 초속 8000m/s 발사 속도를 주기 위한 기다란 포신. 지능도 이성도 없이 본능에 따라 움직이며 사냥감을 살육하는 곤충과도 통하는, 으스스하고 무기질한 느낌이다. 한 명의 죽음도 보지 않는 주제에 모든 병과 중에서 가장 많은 죽음을 뿌리는 중포의 잔혹함.
하지만 은색으로 뒤덮인 하늘의 흐릿한 아침 해 아래. 어둠색의 거구를 오만하게 쳐들고 푸른빛의 외눈을 빛내는 그 비현실적인 위용은—— 역시 신화에서 신에게 도전한 악룡을 떠올리게 한다.
푸른 광학 센서가 천천히 폐허를 둘러보았다. 잔해와 빌딩 그늘에 숨은 이쪽의 존재를 알아차린 기색은 없다. 적기의 격파를 의심하지 않는, 자기가 만든 파괴의 흔적을 확인할 뿐인, 어딘가 오만한 움직임.
"——전대원에."
지각동조는 전대 15명, 전원과 연결됐다. 사방으로 뿌려진 파편이나 충격파로 손상을 입은 기체도 몇몇 있는 모양이지만, 아무도 죽지 않았다. 아직 싸울 수 없는 자는 없다.
"목표 변경. 방위 280, 거리 5000. 탄종 성형작약탄(HEAT). ——사격 개시."
동시에 폐도시에 파인 크레이터의 주변, 거칠게 갈라진 암반처럼 기운 빌딩의 틈새에서 화선이 전자가속포형에 집중.
반격을 받지 않기 위해 사격 후에는 이동하는 화포의 정석과 정반대로 왕좌에 앉은 것처럼 철탑에 몸을 기댄 거룡에게 88mm 포탄이 쇄도했다.

고속철갑탄(APFSDS)과 비교해서 탄속이 느린—— 느리다고 해도 음속의 몇 배에 달한다—— 성형작약탄은 5킬로미터 거리에서는 탄착까지 몇 초 걸린다. 전자가속포형의 배후에서 뭔가 빛났다고 보인 동시에 포효한 근접방어무기인 기관포탄의 탄막이 88mm 성형작약탄을 샅샅이 날려버렸다. 타이밍을 바꾸어서 앙쥬가 날린 미사일 클러스터탄이 그 머리 위에 쏟아지고, 대경장갑용의 그것을 전자가속포형은 태연하게 자기 장갑 위에 터지도록 내버려 두었다.

관통한 느낌은 하나도 없다. ……생각보다 단단하다.

그것을 냉철하게 바라보면서 신은 방아쇠를 당겼다.

전대 다른 기체들의 포격을 은신막 삼아서 접근한 폐도시의 외곽부에서. 성형작약탄과 대장갑유탄의 탄막을 뚫고서 고속철갑탄이 허공을 가르고 전자가속포형의 포탑기부 부근에 착탄. 폭염에 센서들이 한순간 덧칠됐을 거룡이 살짝 움츠러드는 기척.

"……얕나."

그래도 아직 관통하지 못했다. 파괴력의 태반을 탄속에 의존하는 고속철갑탄은 목표까지의 거리가 가까울수록 위력이 높아진다. 그것을 생각해 접근했지만, 이 거리도 아직 부족한 모양이다.

여기서부터는 사선을 가로막는 차폐물이 없다. 어떻게 거리를 좁힐지 생각하는 핏빛 눈동자가 예리함을 더했다.

†

웃……?!

살아남은 날벌레들의 장난감 총을 막아냈다고 생각한 순간 느낀 충격에 살짝이나마 키리야는 경악했다. 돌아본 광학 센서에 비치는, 예상 밖으로 접근한 순백의 기체.

잃어버린 머리를 찾아 기어다니는 백골과 비슷한, 다리 네 개 달린 모습. 등에 짊어진 88mm 포. 좌우 한 쌍인 격투암이 든 고주파 블레이드. 조종하는 펠드레스의 기종이 변해도 그 녀석이라고 한눈에 알 수 있는, 화기가 지배하는 현대전에서 탑승자의 정신을 의심하게 하는 근접백병전 무기.

콜사인 '발레이그르' —— 그들 〈레기온〉의 움직임을 모두 꿰뚫어 보는 이능력의 적성체.

그 퍼스널마크에 숨을 삼켰다.

야전삽을 짊어진 목 없는 해골.

목 없는 해골 기사는 노우젠 가문 시조의 문장이다.

그 일화를 담은 그림책을…… 과거 당주가 공화국에서 태어난 손자에게 선물했다.

설마.

저건.

흣.

끓어오른 것은 여태까지 느낀 적 없는 어두운 기쁨이었다.

살아있었나. ——아니.

그런 꼴로 아직도 목숨을 부지하고 있었나.

총지휘관기로부터 통신이 들어왔다.

〈노 페이스가 페일 라이더에. 적 부대의 대처는 호위에 맡기고 철수하라.〉

찬물을 끼얹는 말에 키리야는 흥이 깨졌다. 무슨 소린가.

〈페일 라이더가 노 페이스에. 해당 명령은 수령할 수 없다. 적성체는 여기서 격파한다.〉

〈노 페이스가 페일 라이더에. 반복한다. 적 부대의 대처는 호위에 맡기고, 현 전투구역에서 물러나라. 현 전투구역에서 더 이상의 교전은 허가하지 않는다.〉

이게……!

키리야가 품은 짜증과 달리 금칙사항 접촉의 경고가 유체 마이크로머신의 뇌리에 깜빡였다. 입력된 프로그램이 그 이상의 반론을 엄중하게 금한다. 아무리 전사자의 인격과 의지를 가진 〈양치기〉라고 해도 상위 지휘관기의 명령에는 거역할 수 없다.

〈현재의 상대거리는 전차포를 주무기로 하는 적성 펠드레스에 유리하다. 더불어서 페일 라이더의 무장으로는 발레이그르를 살상할 가능성이 높다. 이상의 이유로 현 전투구역에서의 페일 라이더의 교전은 허가하지 않는다.〉

〈——.〉

〈담당 전투구역으로의 귀환을 요청한다. 해당 전역의 소탕을 실시하라.〉

〈——. ——. ——. 라저.〉

그 이상의 대답은 〈레기온〉의 본능이 허락하지 않는다.

하지만…… 그것도 세계를 불태우는 여흥으로서 좋을지도 모른다.

잔해의 틈새, 얼굴도 모르는 동포의 기체를 흘낏 보았다.

조국을 잃고, 그 조국에 가족을 빼앗기고, 그러면서도 아직 목숨을 부지하는 그 꼬락서니.

똑같은 주제에.

나와 똑같이, 전장 말고는 있을 곳이 없는 주제에.

깨닫게 해 주마.

몸을 굽혀서 철탑에서 뛰어내렸다. 초중량을 태운 레일이 삐걱거렸다.

이름도 얼굴도 모르는, 생전에 만날 수 없었던 동포에게 눈짓을 보냈다.

쫓아와라.

네가 이끄는 동료를, 돌아갈 땅을. 너를 인간으로 머물게 하는 것을.

눈앞에서 태워 주마.

더 고독해져라.

†

눈짓이 닿았다.

전의로 연마된 신의 의식은 거기에 담긴 조소를 느꼈다.

——쫓아와라.

시선이 떨어졌다. 전자가속포형의 무수한 다리가 파도치듯이 꿈틀거렸다. 〈레기온〉 특유의 급가속과 거구에 비교하면 거의 소리 없는 발소리로 초중량이 내달렸다.

여덟 개의 레일을 금속 다리가 깨무는 이상한 소리가 빗소리처럼 좌악 퍼지고, 그리고 순식간에 멀어졌다. 순식간에 사냥감을 쫓는 매의 속도에 도달. 전차형이나 중전차형조차도 비교가 되지 않는 속도 영역, 과거 고속철도에 맞먹는 초고속으로 불길한 그림자가 미끄러지듯이 폐허가 된 도시에서 벗어났다.

——도망치나.

스으 눈을 가늘게 뜨며 조종간을 눕히려던 순간.

[——신!]

날아든 라이덴의 목소리에 도로 끌어당기듯이 정신을 차렸다.

어느새 사라졌던 소리가 돌아왔다. 〈레기온〉들의 한탄. 〈서거노트〉의 파워팩과 액추에이터가 내는 신음소리. 지각동조를 오가는 전대원들의 지시와 보고. 친숙한 전장의 소음이.

전자가속포형의 포격에 맞추어 일단 물러났던 〈레기온〉의 호위부대가 돌아왔다. 이어서 주변 일대의 〈레기온〉들이 이쪽을 향해 움직이는 목소리.

대응하지 않으면 포위된다고 간신히 깨달았다.

[어쩌지? 쫓을까?]

노르트리히트 전대에 주어진 작전 목표는 크로이츠벡 시에 주둔하는 전자가속포형의 격파. 그보다 안으로 행군할 상정이나 준비는 전대에도, 서방방면군 본대에도 없었지만.

"……그래. 이대로 추격한다."

[제, 제정신입니까?!]

라이덴은 침묵으로 승낙하고, 대신 끼어든——나이 어린 사관을 보좌하는 전대 최선임 부사관의 당연한 역할이다——베르노르트에게 담담히 고개를 끄덕였다.

"작전 목표는 전자가속포형의 격파다. 이 도시를 제압하는 게 아니야."

한순간의 침묵.

이어서 베르노르트가 콘솔을 때리는 둔한 소리가 지각동조를 통해 귀에 닿았다.

[으으, 제길! 전원 모여 있으면 본대가 도착할 때까지라도 어떻게든 버틸 수 있는데! 왜 당신들 에이티식스는 태어난 고향도 아닌 이 나라를 위해서 목숨을 거는 겁니까!]

딱히.

이 나라를 위해서도, 그 군대를 위한 것도 아니다.

우리가 싸우는 건 어디까지나…… 우리를 위한 것뿐이다.

[제길, 역시 당신 밑에 들어간 순간 운이 다한 거였어! 완전 망했어. ——얘들아, 전기 회두!]

베르노르트의 호령 밑에 용병들이 모는 열 기가 제동을 걸어 반전했다. 밀려드는 망령들의 한탄에 정면에서 맞서는 진로.

[기뻐해야, 얘들아. 너희가 좋아하는 지옥이다!]

그런 말을 고르는 감성은 똑같이 전장을 고향으로 삼는 에이티식스도 이해하기 어렵다. 반쯤 자포자기한 것이겠지만, 포효를 지르며 고층 건물 너머로 사라졌다.

남은 베르노르트의 기체가 광학 센서만을 이쪽으로 돌렸다.

[여기는 맡겠습니다. 당신들은 어서 가세요! 열받지만, 우리는 당신들 에이티식스의 기동을 따라갈 수 없으니.]

에이티식스와 마찬가지로 10대 중반부터 전쟁을 직업으로 삼았다고 해도. 경력이 10년 이상 웃돈다고 해도. 오랫동안 용병들이 몬 것은 중장갑 〈바나르간드〉다. 초경량 펠드레스를 기체의 한계까지 혹사하는 기동전에 익숙한 에이티식스의 싸움에는 경험과 감이 따라가질 못한다.

[애들에게 짐이 되는 건 사양이니까. ——무운을.]

제8장 Run through the battlefront

[——일단은 이쪽의 상황을 설명하겠다.]

일곱 시간 만에 연결된 지각동조의 상대는 들어본 적 없는 젊은 남자의 목소리였다.

[삼국군 합동으로 가도회랑을 탈취하는 것 자체는 일단 완료했다. 완전제압에는 아직 시간이 걸리고 연합왕국군의 진군이 다소 뒤처지긴 했지만, 허용 범위다.]

척후형의 수색을 피해 잠복한 〈언더테이커〉의 콕핏 안, 반쯤 흘려듣는 신은 맞장구도 치지 않았다. 콕핏 안의 목소리까지 탐지할 수 있을 정도로 초계부대가 가까이 있는 건 아니지만, 신경 놓고 있을 수 있을 만큼 멀지도 않다.

그 상황을 이해한 건지, 서방방면군 참모장이라는 그 상대는 고작 위관급의 무례를 뭐라고 하지도 않고 말을 이었다.

[이번 작전의 제2목표는 달성했다고 해도 좋겠지. ——하지만 제1목표인 전자가속포형의 격파 쪽으로는 애석하지만 미완료다. 음, 예비기의 존재를 생각하지 않았던 것은 참모본부의 실수다. 현장에 있는 너희 책임이 아니니까 마음 두지 않아도 된다.]

대화에는 참가하지 않지만 동조만은 연결했던 동료들 사이에서 한순간 어이없다는 분위기가 흘렀다. 그런 소리 안 해도 애초부터 아무도 신경 쓰지 않는다.

[전자가속포형의 위협을 배제하지 않으면 이번 작전의 의미는 없다. 따라서 각군은 이대로 진격을 속행. 다만 앞으로는 제압범위를 좁혀서, 옛 고속철도의 궤도 주변을 중심으로 전자가속포형을 쫓으면서 이동 가능 범위를 좁히는 형태로 진군한다.]

표시된 지도 데이터 위에 옛 고속철도의 선로망을 불러내 참모장이 말한 본대의 예정 진군로를 확인했다. 제국의 옛 국경선상을 150킬로미터 남하, 거기에 있는 분기에서 서쪽으로 향하는 루트다.

[너희는 현재 서방방면군 본대에서 70킬로미터 서쪽에 있다. 소수인 너희와 군단 규모의 본대는 진격 속도가 전혀 다르다. 앞으로 더욱 거리는 벌어지겠지. 항공 지원은 물론이고 포 지원도 불가능하다. 구원을 보낼 수도 없다. 이 사실을 감안하여 다시금 확인하고 싶다. 이대로 추격을 속행하겠나?]

"……본대의 지원이나 구원이 없는 임무라면 당초 예정과 변함없다고 생각합니다만."

[합류까지 걸리는 시간이 대폭 길어진다는 점에서 변함이 있지. 솔직히 말해서 본대가 너희의 진출지점까지 도달할 수 있다는 보증은 없고, 합류까지 너희가 살아남을 보증도 없다.]

신은 살짝 탄식했다. 무슨 소리를 듣고 싶어 하는 걸까.

그런 뻔한 소리를 왜 이제 와서.

"그렇다고 해도 달리 수가 없겠죠."

참모장은 아무래도 쓴웃음을 지은 듯했다.

[그렇게 잘라 말하면 이쪽도 체면이 없는데. ……누군가가 해야만 하는 임무인 것은 맞지만, 상황이 변했는데도 계속 맡는 것도 공평하지 않겠지. 마음이 변했다면 교대시켜 줄 수도 있다는 이야기다.]

"농담이겠죠. 교대하는 데 시간을 들이면 그만큼 전자가속포형은 지배영역 깊숙이 들어갑니다. 격파하기 어려워질 뿐입니다."

웃음이 한층 진해지는 기척이 있었다.

[……교대해서 후송되면 임무 달성 난이도는 너희와 관계없어지는데?]

"전자가속포형을 배제할 수 없으면 언젠가 죽는 이상 똑같습니다. 오늘 도망쳐 봤자 내일 죽으면 의미가 없습니다."

[그래. ……뭐, 좋아. 이쪽이 할 말은 이상이다. 질문 있나?]

"없습니다."

†

지상을 제압하고 방전교란형을 불태우기 위한 고사포를 자유롭게 운용할 수 있게 되면 전선 근처까지도 항공기를 쓸 수 있다.

"정말이지 귀여운 맛이 없군. 아니, 그보다도 여유가 없어. 불쌍하긴 하지만 저러다간 일찍 전사하지."

레이드 디바이스를 벗어서 옆에 있는 부관에게 건네고 참모장은 짧게 코웃음을 쳤다.

MAP 〈 제2차 공격작전개요 〉

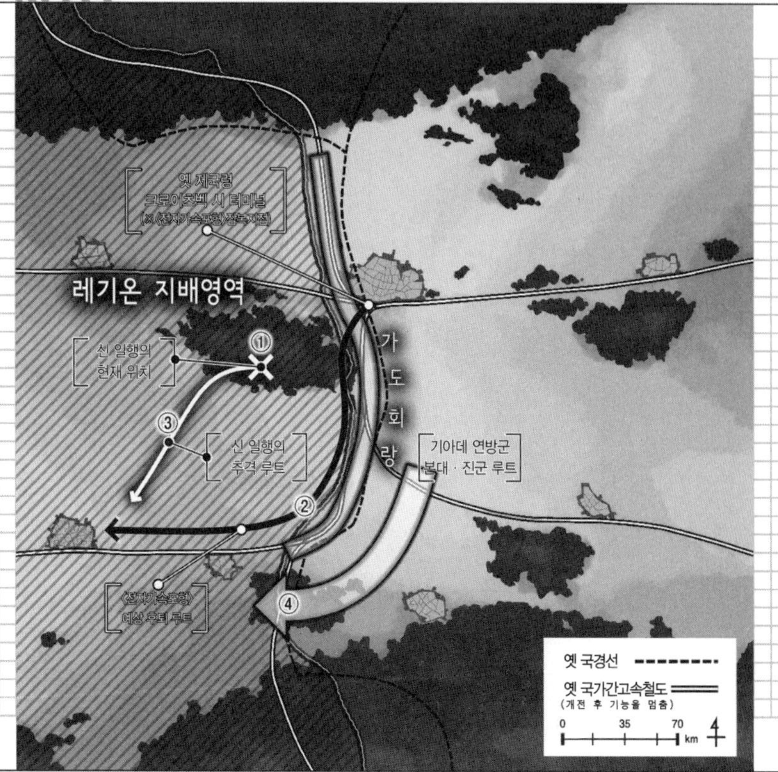

지난 대공세로 상대도 피폐해졌는지, 우리 군은 희생을 많이 치르면서도 전례가 없는 진격에 성공했다. 그러나 정작 〈전자가속포형〉 토벌은 실패. 따라서 제2차 공격을 필요성을 인정, 그 개요를 남긴다.

〈현재 상황〉 : 신에이 노우젠 중위 이하 5명은 옛 크로이츠벡 시 남서쪽 삼림 내에서 대기 중(①). 연방군 본대는 그로부터 약 70km 후방에 위치. 작전의 제2목표였던 '가도회랑' 확보는 거의 성공을 거두었으며, 현재 그 전선을 유지하는데 힘쓰고 있다. 중위의 '이능력'에 따르면, 〈전자가속포형〉은 옛 철도 노선을 따라 남하, 지금도 이동 중으로 추정된다(②).

〈작전 요강〉 : 신에이 노우젠 중위 이하 5명은 중위의 '이능력'과 〈레긴레이브〉의 주파성을 살려 적 부대와의 전투를 회피하며 이동, 〈전자가속포형〉 추격을 속행하라(③). '가도회랑'에 남은 각국 군대도 적이 추격부대를 포착하지 않도록 전투를 계속. 또한 연방군은 옛 고속철도 주변에 한정된 진격을 계속해 추격부대의 퇴로를 확보한다(④)

〈전자가속포형〉 토벌에 실패할 경우, 조국에 남은 가족, 친구, 동료들이 포화에 노출된다. 놈을 타도하지 못하면 우리에게 내일은 없다. 제군에게 더욱 큰 분전을 기대한다.

듣는 것보다도 정확하다는 이유로 직접 확인하러 온 전선은 지금 재진군을 위한 재편으로 정신없었다. 옛 크로이츠벡 시가지를 한눈에 볼 수 있는 언덕 위까지 간신히 진군한 상태로, 전선에 남은 생존자와 후방에서 온 보충요원, 반대로 후송되는 부상병과 전사자가 아직 한곳에서 뒤섞여 있었다.

보급이나 재편을 지시하는 병사들의 목소리와 사체 주머니를 잔뜩 실은 트럭의 엔진 소리가 교차한다. 불타서 쓰러진 〈바나르간드〉의 옆을 차 외부에까지 장갑보병을 가득 실은 보병전투차와 부상자의 들것이 엇갈리며 지나쳤다.

근처에 장성이 있는 것도 모를 만큼 지친 얼굴로 고개 숙인 장갑보병과 레일건의 포격으로 완전히 허허벌판이 된 크로이츠벡 시가지 중심지의 참상에 주위에게 들키지 않을 정도로 눈을 가늘게 떴다.

옆에 쓰러져 있는, 장갑이 떨어지고 프레임이 뒤틀려서 만신창이가 된 〈레긴레이브〉의 조종석에서—— 무참한 기체와 대조적으로 의외로 멀쩡한 그레테가 얼굴을 찌푸렸다.

그렇다. 거의 멀쩡했다. 〈나흐체러르〉의 신호가 두절된 이후로 모두가 전사를 각오했는데도 설마 싶도록 멀쩡하다. 몰래 근심했던 소장에게는 한동안 말하지 말아야겠다고 참모장은 생각했다.

"일찍 전사시키려는 게 어디의 누구일까, 빌렘. ……순혈 야흑종인 옛 귀족님은 혼혈이며 공화국 태생인 중위가 그렇게 눈에 거슬리실까?"

"나는 그렇게 속이 좁지 않아, 그레테. 혼혈에게는 혼혈의 장점과 아름다움이 있지. 그 세대뿐인 이형적인 아름다움이."

그렇게 말하면서 참모장은 입 끄트머리만 움직여서 웃었다.

"……네 걱정도 안 하더군. 고생한 보람도 없어."

"당연하잖아. 열 살이나 어린 애들에게 걱정을 샀다간 스스로가 한심해서 죽을 거야."

그레테는 정말로 싫은 눈치로 말했다.

미끼 역할을 다한 뒤로 교전을 피했다고 해도 〈레기온〉 지배영역을 단독으로 행동해 무사 생환. 현역 〈바나르간드〉 오퍼레이터 중에 똑같은 짓을 할 수 있는 사람이 얼마나 있을까.

애초에 〈레긴레이브〉의 그 살인적인 운동성능은── 그레테의 요구에 충실하게 따른 결과로서 부여된 것이다.

"실력은 둔해지지 않은 모양이군, 거미녀. ──〈레기온〉을 죽이는 블랙위도우."

그레테는 오뚝한 콧등에 성대한 주름을 만들었다.

"그만둬, 사람 베는 사마귀. 그 별명의 유래, 알고 있잖아?"

참모장은 호쾌하게 웃었다.

"물론이지. 사실 그 별명을 붙인 건 나니까. 남편을 위해 웨딩드레스를 입기 전에 상복을 입게 된 신부는 그리 없지."

"최악의 인간."

그렇게 내뱉는 그레테에게 참모장은 오른손을 내밀었다. 맞잡은 손을 당겨서 〈레긴레이브〉에서 내리게 도왔다.

언덕 밑에서 그녀의 부하인 용병들이 열 명 정도 올라왔다. 이쪽을 올려다보는 장년의 중사를 마주봐주면서 옆에 선 그레테에게 어깨를 으쓱였다.

"나를 걷어차고서, 다음 달에 결혼할 여자를 두고 죽어버리는 멍청이한테 눈길을 주니까 그러지. ——나와 소장이 모처럼 결혼식장인 교회를 장미로 메워버리는 심술을 준비했는데."

"……."

화가 났기에 그 바보의 관에는 날아가버린 유해 대신 장미를 가득 채웠지만.

"……괴물 같은 건 아무래도 좋지만, 그 때문에 네가 또 우는 건 마음이 안 좋지. 그러니까 일부러 전사시키고 싶은 건 아니야."

†

사람이 드나들지 않는 광대한 떡갈나무 숲 안쪽, 울창한 덤불과 키 큰 수풀에 움푹 파인 땅에 숨은 〈저거노트〉를 척후형들은 아무래도 발견하지 못했던 모양이다.

초계부대가 수풀을 밟는 미세한 소리와 한탄 소리가 멀어졌다. 무의식중에 후욱 숨을 내뱉은 신에게 조금 떨어진 장소에 〈베어볼프〉를 숨긴 라이덴이 말했다.

[갔나?]

"그래. 하지만 만일을 위해 잠시 기다리는 편이 좋겠지. ……대기 겸 휴식을 하자."

그렇게 말하자 지각동조 너머에서 살짝 긴장이 풀어졌다.

몇 명이 기지개를 켜는 기척이 돌아왔다. 공화국보다는 다소 낫다고 해도 〈레긴레이브〉의 콕핏도 거주성은 뒷전 이하다. 전방 투영 면적을 가급적 줄이기 위해 펠드레스의 콕핏은 탑승자의 스트레스를 도외시해서 비좁다.

밖에 나가자 작전 개시 때는 지상에 얼굴을 내밀지도 않았던 태양이 지금은 중천을 조금 지났고, 겹겹이 모인 떡갈나무 나뭇잎 사이를 통과한 햇살이 녹음을 부드럽게 비추고 있었다. 무수한 빛의 원이 겹쳐서 다섯 기의 〈저거노트〉와 그 뒤를 따르는 파이드에 얼룩무늬를 만들었다.

어디 보자.

전원의 시선이 파이드로…… 그 컨테이너로 집중됐다.

출격 전에 브리핑과 기체 체크로 신경도 쓰지 않았지만, 아침부터 계속 안 보였는데.

말없는 응시에 삐이 하고 묘하게 약한 전자음을 울린 파이드가 불안하다는 듯이 몸을 움츠렸다. 창문도 없는 컨테이너 안으로도 시선을 느끼는 건지, 컨테이너 안의 누군가가 안절부절못하고 있으니까.

[야, 야옹~, 야옹~.]

""""바보냐?!""""

신 이외의 전원이 쏘아붙였다. 일단 적지 한가운데라서 목소리를 낮추어서(그리고 앙쥬는 '바보인 거야?!' 라고 말했으니 조금 다르게).

서툴고 웃기지도 않는 속임수를 무시하고 신은 입을 열었다.

"파이드."

"삐이."

광학 센서를 스윽 돌리는, 필요도 없는 재주를 부리기에 일단 앞다리를 걷어찼다.

"명령이다. 컨테이너를 열어."

"……삐이."

[안 된다, 파이드. 열면 안 된다……. 아.]

그렇게 드러난 컨테이너의 안, 고정된 88mm 포탄의 탄창과 에너지팩 틈새에 프레데리카가 몸을 움츠리고 있었다.

그녀가 무슨 말을 하기 전에 세오가 손을 뻗었다. 새끼고양이에게 그러듯이 옷깃을 붙잡고 잡아당겨 꺼냈다.

"뭐 하는 거야……!"

"히익……?!"

벼락같은 노성에 프레데리카가 목을 움츠렸다.

억눌렀으면서도 날카로운, 진짜 노성이었다.

"돌아갈 수 없을지도 모른다는 걸 알잖아?! 왜 따라왔어! 무슨 일이 있으면 같이 죽게 되는데!"

순간 프레데리카의 붉은 눈동자가 처절하게 빛났다.

"그 근성이 마음에 안 들기 때문이다, 멍청이들이!"

허를 찔려서 세오가 입을 다물었다.

큰 소리를 낸 뒤에야 그 위험성을 깨닫고 프레데리카는 두 손으로 입을 막았다.

그대로 조심조심 올려다보기에 살짝 고개를 흔들었다. 척후형들은 여기서 꽤나 멀어졌고, 두껍게 겹친 나뭇잎들이 소리를 흡

어준 모양인지 들킨 기색은 없다. 알아차리지 못한 척하는 걸지도 모르지만, 멀리 있는 그들의 본대에서도 눈에 띄는 움직임은 없는 모양이다.

후욱 숨을 내뱉고 프레데리카는 다시금 팔짱을 꼈다.

"참 나, 뭐가 못 돌아간단 말이냐. 그러한 마음가짐으로 어찌 이룰 수 있단 말이냐. 그대들은 대체 언제까지 반드시 죽을 운명인 그 86구의 전장에 얽매여 있을 거냐. 반드시 돌아오라고 에른스트 녀석도 말하지 않았나. ……그것이야말로 지금 그대들에게 내려진 운명이거늘."

가녀린 어깨를 힘껏 으쓱였다.

"그러니까 나는 인질이다. 전장이 아니라 생환의 의무에서 그대들이 도망치지 못하게 하기 위한. ……힘없고 약한 내가 길동무가 되는 건 그대들도 바라는 바가 아니겠지?"

살짝 창백한 얼굴인 채로.

입술만 간신히 웃는 모양을 만들고.

그걸 바라보며 신은 한숨을 내쉬었다.

"……라이덴. 혹시 데리고 돌아가라고 한다면."

"말도 안 되는 소리 마. 그런 게 가능한 건 너뿐이잖아."

뭐, 그렇긴 한가.

본대에서 70킬로미터 떨어진 현재, 그 중간에서 우글대는 〈레기온〉을 전부 피해서 동진하는 것은 위치를 모르면 불가능하다.

"어쩔 수 없지. 내가 데리고 가지. ……그보다 나 이외에는 데리고 갈 수 없겠지."

안 그래도 인체를 파괴할지 모르는 운동성을 가진 〈저거노트〉에서 전위인 신이나 세오의 말도 안 되는 기동에 프레데리카가 견딜 수 있을 리가 없다. 저격수인 크레나는 집중이 흐트러지면 안 되고, 다수와의 전투를 전문으로 하는 앙쥬도 마찬가지. 비장갑인 파이드에 이대로 태우고 가는 건 말도 안 되고, 소거법으로 라이덴이 데리고 가기로 했다.

"미안하다."

"다시는 하지 마. ……그런 짓 안 해도, 죽으러 가는 게 아니야."

"……음."

붉은 눈동자는 왜인지 다시금 이쪽을 돌아본 뒤에 숙였다. 그렇게 고개 숙인 모습을 향해 신은 말했다.

"프레데리카."

고개를 든 프레데리카에게 아무렇게나 그것을 던져주었다.

다급히 받은 프레데리카가 손안의 물건을 보고 눈을 치떴다. 자동권총. 연방 제식보다 대형인, 옛 공화국 육군 제식 권총.

"사용법은 알겠지. 혹시 우리가 전멸하고 본대와도 합류할 수 없게 되거든 그걸로 스스로를 처리해. 〈레기온〉은 인간을 가지고 놀지 않지만, 미처 죽지 못한 인간에게 자비를 베풀지 않아."

살릴 순 없지만 채 죽지도 않은 동료가 때로는 죽여달라고 애원하는 모습도 몇 차례 보았다.

그 전원에게 자비를 베푼 것이 방금 준 권총이다. 과거의 기체에도, 공화국의 군복에도 미련 따윈 없는데, 왜인지 이것만큼은 손에서 놓을 수 없었다.

"괜찮겠나. ……유진에게, 그대의 전우들에게 자비를 베풀었던 권총 아닌가."

"……눈 감고 있으라고 했잖아."

"어리석긴. 보이는 것은 기억 쪽이다. 그대가 전원을 짊어지고 있으니까……."

프레데리카는 말하다가 입을 다물고 권총을 품에 품었다.

"그럼 고맙게 받도록 하지. ……하지만 이렇게 무거운 것은 약한 내 손에 버겁구나. 기지에 돌아가서 반납할 테니…… 반드시 함께 돌아가자."

시간도 시간이고, 초계부대가 주변을 어슬렁거리는 동안에는 움직일 수 없다. 조금 이르지만 점심 식사를 하게 되어서, 야영을 모르는 프레데리카를 놔두고 준비를 했다.

그렇다고 해도 불을 피울 여유는 아무래도 없으니까 기갑부대의 표준장비 중 하나인 전투식량이다. 한 끼 분량을 래미네이트 팩에 담고, 불을 쓸 수 없는 상황을 고려하여 수분에 반응하는 발열체도 첨부된 레토르트 식품들.

도시 위장의 잿빛 바탕에 나라의 상징인 쌍두 독수리와 설명이 인쇄된 래미네이트 팩을 파이드의 컨테이너에서 꺼내며 신은 코웃음을 쳤다.

"안에 뭐가 들었는지 안 적힌 건 조금이라도 식사를 기대하게 하려는 배려겠지만. 이럴 때는 조금 곤란하군."

"그래."

옆에 있던 라이덴이 맞장구를 쳤다. 프레데리카는 무슨 소린지 알 수 없었다.

전투식량은 22종류의 메뉴가 있고, 어느 것이 들어있는지는 열기 전까지 알 수 없다. 안에 뭐가 들었을지는 선물이라도 여는 기분으로 기대하라는 의도라는 건 알겠는데.

가열재로 데운 팩을 받고서야 두 사람이 무슨 말을 한 건지 간신히 이해했다.

"제법 뜨거울 테니까 데지 않게 조심해."

"음."

상공에 방전교란형이나 경계관제형의 전개는 없는 모양이다. 이번에는 얼마나 걸릴지 알 수 없는 원정길에 대비하여 파이드가 빛이 잘 드는 곳에 발전 패널을 펼치는 것을 보면서 받은 팩을 뜯었다.

상자에 담아서 낙하산 투하하는 일도 있으니까 의외로 튼튼한 래미네이트 팩이지만, 제일 바깥의 주머니 이외는 손으로도 찢을 수 있다. 조금 고생해서 찢어 안을 보았을 때, 프레데리카는 숨이 멈췄다.

가열되어서 쪄낸 듯한 느낌인, 구운 고기 냄새.

원래 후방지원용, 초저공 전용이라서 화물실 안의 기압 조절이 없는 〈나흐체러르〉, 사람을 태운다는 상정이 없고 NBC 방어가 없는 파이드의 컨테이너 안에서 오늘 한나절 동안 맡은 전장의 냄새가—— 쇠가 타는 냄새와 초연과 포탄의 열기로 익어버린 인간의 피와 살점의 냄새가 콧속에서 되살아났다.
무심코 입가를 누른 프레데리카를 보고 그렇게 될 걸 예견했던 신이 다른 네 사람을 둘러보았다.
"누구 고기 아닌 사람?"
"아, 난 송어. 프레데리카, 교환하자."
수중의 팩을 빼앗기고 크레나의 것으로 바뀌었다. 육지동물 특유의 냄새가 멀어져서 안도했다.
팩 안에 있는 가정풍 스튜에 부속 스푼을 찌르면서 세오가 말했다.
"이거, 당연하긴 하지만 아이가 먹는 걸 생각하고 만든 게 아니니까. 양은 많을 테니까 먹고 싶은 만큼 먹으면 돼."
"음. ……하지만."
일단 떠오른 피 냄새는 콧속에 달라붙어서 사라지지 않는다. 레토르트 식품 특유의 힘없이 흐물거리는 연한 적색 생선살을 플라스틱 스푼 끝으로 찌르면서 프레데리카는 말했다.
"그대들은 잘도 먹는군……."
말한 뒤에 후회했다. 마치 비난하는 듯한 말이었다. 많은 죽음을 목격했으면서 냉담하다고 말하는 듯한 말.
한편 저들은 개의치 않는 기색이었다.
"그래. 익숙하니까."
"부상자를 운반한 뒤에 그대로 식사하는 게 흔했으니까. 딱히 신경 쓸 틈도 없고, 배는 고프고."
"당분간 고기는 보기도 싫다는 생각도 안 들게 돼."

그렇게 말하면서 다섯 명은 상당한 속도로 팩 안의 음식을 입으로 가져갔다. 그 말처럼 고기 요리를 전장의 참상과 결부하는 기색도 없다. 여기는 적지다. 그렇게 마음 편히 있을 수도 없다.

각오를 굳히고 프레데리카는 송어 크림찜을 입에 넣었다.

씹다가 그대로 굳었다.

뭐라고 할 수 없는 얼굴로 굳어버린 프레데리카를 보면서 크레나는 히죽거렸다.

"폐하의 입에는 안 맞겠지요."

"…………음."

식사의 질은 사기와 직결되니까 꽤 노력했겠지만, 결국 휴대성과 섭취 칼로리를 제일로 생각하고 맛은 뒷전이다. 애초에 연방군의 식량 지급은 기지의 식당이든가 전장에 진출한 취사차량이 조리해서 제공하는 형식을 기본으로 하고, 전투식량(컴뱃 레이션)은 어디까지나 예비 취급이다. 노력을 기울여서 맛을 추구할 정도는 아니다.

그래도 대개의 병졸이나 부사관, 하급 사관들이라면 그럭저럭 먹을 수 있는 맛이지만, 마지막 여제이자 잠정 대통령의 양녀로서 좋은 식사만 먹으며 자란 프레데리카에게는 힘든 레벨이다.

전투로 체력을 소모하는 전투요원용이니까 어쩔 수 없지만, 맛이 너무 진하다. 식감 이전에 제대로 씹히는 감이 없다. 데웠기에 피어오르는 보존식의 냄새가 아무래도 코를 찌른다.

"또 이런 소리를 해서 미안한데…… 용케들 먹는구나."

다행이라고 해야 할까, 기분 상한 기색도 없는 가벼운 웃음소리가 돌아왔다.

"이래 보여도 옛날 레이션보다는 훨씬 낫다는 모양이야. 베르노르트의 말로는 처음에는 풀을 씹는 것 같았다고 그래."

"맛없는 것으로 비유되는 건 아무리 생각해도 절대로 먹을 리 없는 것들이라는 게 재미있어."

비누나 스펀지, 찰흙, 우유를 닦고 방치한 걸레 등등.

"그렇긴 해도 풀이라니……."

일단 극동의 민화에서는 새가 풀을 먹은 벌로 혀를 잘리는 이야기가 있기야 있지만, 그 풀이란 쌀을 짓이긴 것이다. 베르노르트가 말한 것은 아마도 합성접착제 쪽이다.

또 쌀을 짓이긴 극동의 풀이란 것도 프레데리카는 딱히 먹어 보고 싶지 않았다.

"그렇긴 해도 86구의 합성식량보다 백 배는 낫겠지. 그보다 맛없는 건 이 세상에 없어."

"어떤 맛이지?"

그 질문에 에이티식스들은 서로의 얼굴을 돌아보며 이구동성으로 말했다. 여태까지는 웃지도 않고 무관심하게 흘려들었던 신까지 끼었다.

으음, 정말로 한없이 맛없는 것이구나……라고 프레데리카는 깨달았다.

식사의 맛에 무게를 두지 않는 그조차도 알기 어렵긴 해도 싫은 얼굴을 하다니.

"""""플라스틱 폭탄."""""

"……."

먹을 수 있는 것도 아니었던 모양이다.

"——멈췄다?"

출발 직전, 의아하게 혼자 중얼거린 신의 말에 따르면 전자가속포형은 아득히 서쪽까지 진출해서 발을 멈추고 그대로 움직이지 않게 됐다는 모양이다.

"정비…… 포신 교환이라든가."

"아마도."

그렇긴 해도 그걸로 진로가 정해졌다. 옛 국경선의 북서부 근처에 있는 지금 위치에서 전자가속포형이 머무르는 지배영역 남서부를 향해 지배영역을 비스듬히 가로지르는 최단거리.

전차형이나 중전차형은 침공할 수 없는, 지표에 솟구친 나무뿌리와 뒤얽힌 나뭇가지, 우거진 덤불이 자연의 요해를 이루는 오래된 숲에 몸을 숨기고 다섯 기의 〈저거노트〉와 〈스캐빈저〉는 달렸다.

프레데리카는 낮에 정한 대로 〈베어볼프〉에 태우고.

〈저거노트〉의 콕핏에는 부상자를 고정, 운반하기 위한 접이식 보조좌석이 있지만, 어디까지 긴급용이라서 오랫동안 사람이 앉아 있는 것을 상정하지 않았다. 구체적으로는 아주 딱딱하고 아주 비좁다.

그런고로 프레데리카는 벌써 보조좌석을 떠나서, 지금은 라이덴의 무릎 사이에 앉아 있었다.

신이 보기로는 한동안 전투 없이 갈 수 있는 모양이고, 라이덴의 키가 커서 별로 방해가 되지 않으니까 내버려두고 있지만.

아무래도 좋지만 이런 모습을 다른 녀석들이 보면 놀려대지나 않을까 싶어서 한숨을 내쉬었다. 어렸을 적에 본 로봇 애니메이션처럼 상대의 얼굴 하나하나가 리얼타임으로 비치는 통신기능이 없다고 다행이라고 생각했다.

“전투가 시작될 거 같거든 보조좌석으로 돌아가. 그리고 절대로 말하지 마. 혀 깨문다.”

“알고 있다. 어린애 취급하지 마라.”

그렇게 말하면서도 광학 스크린을 지나가는 바깥 영상에 힐끔힐끔 눈을 빼앗기는 것이 완전히 어린애다. 본인은 숨길 생각이겠지만, 전혀 숨기지 못하는 호기심과 흥분으로 반짝이는 눈동자.

“오오, 사슴이다! 라이덴, 사슴이 있다!”

“그래…….”

힐끔 곁눈으로 보니 나무 아득히 저편에 두 마리 사슴이 때아닌 난입자를 까만 눈으로 응시하고 있었다. 어미인 듯한 뿔 없는 암사슴과 작고 가냘픈 새끼 사슴.

저거 맛있지, 라는 감상은 아마 지금은 때가 아닐 듯해서 일단 삼켰다.

라이덴으로서는 86구의 전장에서 싫을 만큼 지켜본, 인간의 관리를 떠난 지 오래 된 숲의 어둠이지만, 프레데리카에게는 아니겠지. 제국군 최후의 요새와 장크트 예데르, 전진기지와 그 주변밖에 모르는 그녀에게는…… 그러고 보면 처음 보는 광경일까.

그럼 어쩔 수 없다고 생각하는 건 처음 느껴보는 감정이 아니기 때문이다.

이미 1년 정도 과거인 작년 가을의 특별정찰. 그때 처음 본 광경이란…… 정말로 각별했다.

몰랐던 뭔가를 직접 그 눈으로 볼 수 있다는 것.

5년이나 85구 안에 있으면서 아직 TV 같은 것을 볼 기회가 있었던 라이덴조차도 그랬다.

10년 전에 86구에 내던져져서 정말로 강제수용소와 전장밖에 몰랐던 동료들이 느낀 감각은 상상을 넘었다.

언제였더라, 방치된 어느 오래된 도시에서 발걸음을 멈춘 적이 있었다.

구름 한 점 없는 날, 하늘을 가득 물들인 저녁노을. 하얀 돌만으로 만들어진 도시와 멋지게 단풍 진 은행나무 가로수길에 흩날린 이파리와 가지에 남은 이파리에 붉은 빛이 난반사하여, 대기 그 자체가 금색으로 빛나는 황혼의 폐허.

크레나가 신나서 뛰어다니다가 잔뜩 쌓인 낙엽에 발이 미끄러져서 성대하게 넘어졌다. 지켜보던 신이 웃음을 그치질 않으니까 새빨개진 얼굴로 덤벼들었지.

……그래, 그때는 분명히 그 녀석이 웃었다.

언제부터――이렇게 됐지.

어느 틈에 프레데리카가 커다란 붉은 눈동자로 이쪽을 올려다보고 있었다.

"라이덴…… 그대는 신에이의 친구로군."

"아니야. 그냥 곁에 오래 있었을 뿐이야."

너무나도 직설적인 말이며 인정하기 힘든 발언에 무심코 부정했지만, 프레데리카는 진지한 시선을 치우지 않았다.

"……아까 전투 생각인가."

"저번 대공세부터야."

라이덴이 흥 하고 콧방귀를 뀌었다. 그러고 보면 이전에도 그런 소리를 했나.

"대공세 때는 우리도 솔직히 영문을 몰랐던 게 있었으니까……. 적이 그렇게 많았으니까 그것 때문에 긴장한 건가 싶었는데."

아무리 두들겨도 계속 솟아나오는 듯한 적과 귀를 찌르는 망령들의 한탄에.

"상태가 어느 정도였지. ……아니, 너 왜 동조해 온 거야?"

그때는 상황이 너무 안 좋았으니까, 정신이 산만해지니까 절대로 연결하지 말라고 출격 전에 엄명했을 텐데.

누군가가 죽는 모습을 들려주고 싶지 않았고, 그날 밤에 밀려드는 죽은 이의 한탄의 확대는 신조차도 안색을 바꿀 정도였다.

어린 프레데리카의 마음이 망가지는 것을 그 녀석은 결코 바라지 않을 테니까.

"……공화국이―― 〈그랑 뮬〉이 무너졌다. 그래서, 알려주려고……."

"……."

그 바보, 그것도 마음에 품고 있었나. 내심 그렇게 씁쓸하게 생각했다. 아득히 저 너머의 〈레기온〉의 위치까지 파악할 수 있는 신이 공화국의 소멸을 모를 리가 없다.

공화국과 거기서 단잠을 자는 하얀 돼지들은 딱히 신에게 아무 상관없겠지.

——먼저 가겠습니다. 소령님.

그 바보가 어쩐 일로, 정말로 어쩐 일로, 마음에 담았던 그 마지막 핸들러는.

프레데리카가 몸을 움츠렸다. 한기를 느낀 것처럼 작은 손으로 자기 두 어깨를 감쌌다.

"하지만 반응은 없었다. 그때의 신에이는…… 키리야의 마지막 모습과 똑같았다."

예상보다 나쁜 대답이었다.

"……그 정도인가."

"아무것도 보고 있지 않았다. 눈앞의, 쓰러뜨려야 할 적 이외의 무엇도. 아까 전투에서도 그랬다. ……아니, 대공세 때보다도, 심해졌다……."

"그래. 그 녀석이 주위에 있는 우리의 존재까지 잊어버린 적은 여태까지 없었어."

아니지——딱 한 번 있었나.

공화국 86구의 제1전투구역의 마지막 전투.

실로 5년에 걸쳐서 찾았던, 잃어버린 머리와—— 형의 망령과 만났을 때.

혼자서 하겠다고.

이쪽의 마음 따윈 알지도 못하고.

……그런 건가.

"프레데리카. 너…… 그 바보 말고는 상관하지 말고 가라고 한다면, 받아들일 수 있어?"

내려다본 곳에서 붉은 눈동자가 딱딱하게 끄덕였다.

†

"——. 재진군이 결정됐다."

고급 승용차라는 말을 쓰기 어려운 장갑지휘차 안은 어둡고, 최대한 등받이를 눕힌 관제석에 앉은 사람과 그 옆에서 무릎을 꿇은 소녀의 모습만이 희미한 실루엣으로 보였다.

옷자락이 긴 연합왕국군 군복을 입은 왕세자는 지휘차의 탑승구에 서서 말했다.

"선행하여 전자가속포형을 추적하는 연방의 이능력자에 따르면 그 거룡은 지배영역의 화취(花鷲) 남쪽 루트 상에서 멈춘 모양이다. 연방군 본대, 맹약동맹군은 이 진로 일대를 제압하면서 전진. 우리 연합왕국군은 연방군 별동대와 합동으로 지배영역 북측, 화취 북쪽 루트 일대를 제압한다."

그림자는 한 손으로 두 눈을 가린 모습 그대로고, 소녀의 그 녹색 눈동자가 고양이처럼 어둠속에서 빛나며 바라보았다.

"너희는 다시금 애써 주어야겠다. ……소모된 것의 예비는 있나?"

"만일을 위해 움직일 수 있는 건 있는 대로 돌려달라고 미리 후방에 명령했습니다, 형님. 군단 규모의 재진군이라면 아무리 서둘러도 오늘 저녁에 간신히 행동을 개시하겠지요. 그때까지는 이쪽 준비도 끝납니다."

예리한 대답에 왕세자는 우아하게 웃었다.

"남쪽의 진군을 돕기 위해 연합왕국이 양동을 건다는 거로군요. 그래도 연방군 본대가 진군하면 〈레기온〉의 눈에 들어가지 않을 리가 없는데. ……그 대책은?"

"맹약동맹이 개발 중인 레이더 대항 병기를 들고 나올 모양이야. 저공에 금속가루의 구름을 형성, 그것으로 경계관제형이나 척후형의 눈을 흐리고 〈레기온〉 사이의 통신을 저해한다. 지속시간은 극히 일시적, 효과범위도 지배영역 남쪽을 커버하는 게 고작이지만, 있는 대로 쓰면 연합왕국군을 주공으로 판단하게 만들 시간을 벌 수 있을 거라고."

"그거 동맹도 힘 좀 썼군요. 학습력이 좋은 〈레기온〉을 상대로 유효하게 쓸 수 있는 건 처음 한 번뿐일 텐데."

"여기서 지면 다음이 없는 이상 당연한 판단이야. 우리 연합왕국도 그렇지."

"알겠습니다, 형님. ……그렇긴 해도."

왕위 계승권의 서열로도, 군 계급으로도 상위인 형을 상대로 눈도 마주치지 않을 뿐 아니라 눈을 가린 손을 치우지도 않는 무례함을 간신히 바로잡으며 그림자는 왕세자를 바라보았다.

보라색 눈동자.

"자력으로 날아오를 수 없는 항공병기에 개발 도중의 시작품,

소년병뿐인 돌격부대. 저 공화국의 유인식 무인기란 것은 말도 안 됩니다만…… 어디고 체면을 따질 때가 아니군요."

"그거라면 네 귀여운 새들도 제법 무시무시하다고 생각해. ……앞으로도 힘들어진다. 그 대책도 생각해두도록."

"알겠습니다."

†

오렌지색으로 물든 남쪽 하늘에 남쪽 능선에서 하얗게 꼬리를 끌며 비행기들이 날아오른다.

원격조작 소형무인항공기다. 대공포병형이 반응하기 전에 상공에서 자폭. 자잘하지만 대량의 금속파편이 이 날 마지막 햇살을 난반사하면서 흩날리고 겹치면서 이윽고 황혼의 빛을 차단하는 검은 구름으로 변했다.

검은 구름 위를 넘어온 제2진이 자폭. 또 제3진, 대공포화를 받아 작렬한 제4진과 금속파편의 구름은 퍼져서 〈레기온〉들의 통신망을 일시적으로 차단한다.

그 방해도 금속구름이 차단하는 범위를 벗어난 척후형에는 전혀 의미가 없다.

그들의 데이터베이스에 없는, 하지만 공격행동으로 추정되는 그 기체와 구름의 정보를 기계 개미들은 탐욕스럽게 수집하고 광역 네트워크에 보고했다. 그들이 갖춘 고성능 센서는 구름 위를 꿰뚫어 보지 못하고, 구름 밑에 있을 동료들과의 통신은 차단됐다. 가시광선 및 전파를 교란하는 레이더 대항 병기로 판단.

사전에 적의 눈을 흐리는 것은 진군의 기본이다. 하지만 너무나도 노골적인 행동에 〈레기온〉들은 금속구름 주변과 마찬가지로 다른 방면의 경계도 강화했다.

이윽고 반대 방향, 북쪽과 북서쪽 전선에서 연합왕국, 연방군이 다시 진군을 개시.

역시 양동. 그렇게 판단한 두 전선의 지휘관기들은 지배영역 안쪽의 예비부대에 지원을 요청했다.

†

"——움직였다. 북쪽의 유인작전에 덤벼든 모양이야."

"이중 양동인가. 북쪽과 남쪽 놈들도 필사적이군."

야영지로 고른 것은 하루 진출한 숲속, 잊힌 듯한 작은 마을터였다.

〈저거노트〉를 세운 광장에 접한 교회, 스테인드글라스의 복잡한 그림자가 비치는 예배당에서 라이덴은 설레설레 고개를 내저었다.

"이걸로 간신히 본대도 움직이나. ……거리가 멀어지고 자시고도 아니었어."

"저쪽은 이대로 철야로 진군할 생각이야. 그동안 다소 좁혀지리라고 생각하는데."

"그도 그렇군."

전투부대가 교대하면 끝나는 본대와 달리, 소수인 그들은 쉬지 않으면 몸이 못 버틴다. 전투와 꼬박 하루 동안의 행군을 한 〈저거노트〉의 정비도 필요하다. 최악의 경우 며칠은 안 자도 되지만, 전투를 포함한 행동을 하려고 해도 효율이 떨어진다.

다행이라고 할까, 전자가속포형은 움직임을 멈춘 채로 있는 모양이라서, 역시 정비라도 하는 눈치다. 구경 800mm—— 몇 톤은 될 포탄은 장전하는 것만으로도 고생이겠고, 88mm 전차포에 관통을 허락하지 않는 장갑도 모듈 하나의 중량이 상당하다. 적 앞에서 중추처리계 구조도를 전송하여 그대로 전투에 임하는 무리를 한 것도 어쩌면 영향이 있을까.

예전에 이 마을에 살던 주민은 〈레기온〉의 습격이 있기 전—— 어쩌면 그보다 몇 년 전에——사라진 모양이라서, 소박한 석조 주택에는 전투나 파괴의 흔적이 없었다. 아직 화덕을 쓸 수 있을지도 모른다며 프레데리카를 포함한 여자 셋은 주방에 갔고, 세오는 멀쩡한 방이 남아있는지 주택을 보러 가서 지금 예배당에 있는 것은 라이덴과 신뿐이다.

"……신."

마음 없는 느낌으로 시선이 이쪽을 향했다. 무관심한 대답이 돌아오기 전에 라이덴은 치고 들어가듯이 말했다.

"너, 프레데리카를 데리고 돌아가라."

호흡 한 번.

그보다 다소 긴 정도의 침묵이 있었다.

"……왜?"

"왜고 뭐고 없어. 낮에도 말했지만, 네가 제일 적임자잖아. 〈레기온〉들이 우글대는 사이를 들키지 않게 돌아가는 건 너 외에는 불가능해."

"추격은."

"상대는 발을 멈췄잖아. 움직인다고 해도 선로 위로만 이동할 수 있으면 지각동조 너머로 말해 주면 어떻게든 돼. 다행스럽게도 저번과 달리 다른 데서 양동으로 신나게 적을 끌어들이는 모양이고."

신은 칼날처럼 날카롭게 웃었다.

그래, 그 얼굴이다.

얼음칼날 같은. 광기 같은. 사지에 임하는 귀신 같은. 그런 웃음.

형에게 도전하기 전에 떠올렸던 것과 같다.

"양동과 본대에 대한 대응만으로 〈레기온〉이 힘에 부칠 것 같나? 교전이라도 하면 금방 전멸한다는 건 지배영역을 통과한 경험으로 알았잖아."

"지금의 너한테 끌려다니는 것보단 낫지. ……네 머리가 이상한 거야 원래 그렇지만, 요즘은 더 심하고 아까부터는 완전히 맛이 갔어."

사선 위를 내달리는 것처럼 만용을 부리는 백병전투는 신이 항상 하는 짓이다. 그런 것치고 전체적인 전황도 파악한달까, 전장을 내려다보는 듯한 냉철함도 왠인지 양립하고 있으니까 다소 정신을 의심하면서도 그리 걱정하지 않았다.

그 균형이 최근 명백히 무너졌다.

면도날 위를 걷는 만용은 그대로, 눈앞의 적기에게만 의식을 쏟는다. 그 적기와—— 순수한 살육자로서 태어났고 인간보다 훨씬 전투에 뛰어난 〈레기온〉과 펼치는 치열하고 가혹한 투쟁에.

그 끝에 있는 것을 추구하기라도 한다는 듯이.

"끌려다니고 있단 말이야. ……대체 왜 그래?"

얼굴도 모르는, 생전에 만난 적도 없는 프레데리카의 기사의 명령에게.

어쩌면 전장의 광기 그 자체에.

"……별로."

라이덴은 힘껏 혀를 찼다. 설마 싶지만.

"그걸로 얼버무릴 생각이냐, 이 바보야."

아니면 스스로 알아차리지도 못했나.

무표정 밑으로 가두었다는 듯이 힘없이 흔들리고 있는—— 자기 자신의 갈등과 번뇌에.

"……얼버무려?"

"유감이지만 너랑 하루이틀 사이가 아니니까. 너 자신이 못 보는 것도 좀 보여."

자기 표정은 스스로 볼 수 없다.

자기가 어떤 얼굴을 하고 있는지를, 이 녀석은 지금.

전혀 자각하지 못한다.

"힘없이 비틀거리면서. ……몇 년 전으로 되돌아갔냐."

처음 만났을 무렵. 신은 그때 라이덴의 눈에 아주 심하게 일그러진, 불안정한 것으로 보였다.

지금도 사교성이라곤 찾아볼 수 없지만, 당시에는 지금보다 더 명확하게 주위에게 일선을 그었다.

사람과 엮이는 것은 브리핑과 각종 보고, 전사자를 매장할 때뿐이지, 같은 에이티식스 전대원이나 정비 크루와도 거의 말을 않았다. 그 별명처럼 전장에 떠도는 저승사자처럼 누군가의 죽음과만 마주보고…… 필시 동료라고 생각하면서도 누구에게도 마음을 허락하지 않았다.

지금 와서 생각하면 어쩔 수 없는 일이다 싶다.

형에게 죽을 뻔한데다가 그 형은 아무래도 자신을 용서하지 않는 채로 죽었다. 배속된 곳은 격전구뿐이고, 부대 동료들은 매번 신만 남겨두고 전멸하고.

——너는.

——나랑 있어도 죽지 않는군.

반년 정도 지났을 무렵. 전대가 해체되어 다음 임지로 향하는 수송기 안에서 들은 말이다. 아직 변성기도 오기 전, 지금보다 목소리 톤이 높아서 아이 목소리였을 무렵.

그때는 무슨 뚱딴지같은 소리를 하는 거냐고 흘려들었는데.

그 무렵 신은 아마도 아직 형의 죽음도, 함께 싸우다 먼저 죽은 수많은 동료들의 죽음도, 마음속 어딘가에서 자기 탓이라고 생각하고 있었다.

네 탓이 아니야.

그런 말을 해 주고, 그것을 저항 없이 흘려듣게 될 정도로 정리가 된 것도 사실은 꽤 요즘 일이다. 86구의 전장에서 몇 년이나 살아남고, 크레나나 세오나 앙쥬 같은 '네임드' 동료가 늘어나기 시작한 무렵. 같은 전대의 동료가 그리 쉽게 죽지 않게 된 무렵.

붉은 눈동자가 뭔가를 참듯이 일그러지고, 피하듯이 시선을 내렸다. 이쪽을 보지 않는 채로 내뱉었다.

"그럼 너희야말로 프레데리카를 데리고 돌아가. 걸리적거리는 놈들을 데리고 갈 정도라면 혼자서 쫓는 게 나아."

"……뭐라고."

"혹시 돌아올 수 없는 길이라면 나 혼자서 충분해. 돌아갈 생각이 있거든 일부러 돌아올 수 없는 길을 갈 것 없어."

"너……!"

생각보다 먼저 손이 나갔다.

기갑탑승복의 멱살을 잡고 한 걸음 밀어붙여서 뒤쪽의 기둥에 부딪쳤다. 쿵 하는 둔한 소리가 났다.

"……그렇게."

처음 만났을 때의 키 차이는 서로 성장한 지금도 변함없다. 노려보는 핏빛 눈동자를 내려다보는 채로, 악다문 이 사이에서 밀어내듯이 말했다.

"너 혼자 희생으로 끝난다는 생각하지 마. 뭐가 돌아올 수 없는 길이네 뭐네야. 돌아오지 않을 것 같은 소리 하지 말라고."

"……죽을 생각은……."

"그래, 그렇겠지. 하지만 넌 지금 살아서 돌아올 생각도 안 하잖아!"

돌아올 생각이 있거든, 이라니. 그야말로 남 일처럼.

자기는 죽어도 좋다는 듯이.

자기는 죽어도 아무도 상처 입지 않는다고 생각하듯이.

하루이틀 된 일도 아니다.

이미 1년 정도 전, 특별정찰의 마지막 전투에서 미끼가 되려고 했을 때도.

그보다 더 전, 86구의 마지막 전투에서 찾아 헤매던 형의 망령과 붙었을 때도.

그걸로 끝나도 상관없다고 생각하는 듯한 낯짝을 하고.

"뭘 위해서 형을 없앤 건데. 앞으로 나아가기 위해서잖아. 형을 없애기 위해 살아온 게 아니잖아. ……헷갈리지 말란 말이야!"

"그럼."

뭔가가 삐걱대는 듯한 목소리였다.

동시에 어딘가 비명 같은 목소리였다.

"그럼 뭘 위해서지. 뭘 위해서라면 나는——……!"

걱정에 사로잡힌 채로 말하려던 의분은 도중에 겁먹은 것처럼 끊겼다.

그걸 남에게 물은 시점에서 자기 자신의 답을 가지지 못한 거라고 깨달은 침묵이었다.

그래, 그런가.

간신히 깨달았다.

이 녀석은 정말로—— 얼음칼날이었다.

단 하나의 목적을 위해 연마된, 그 유일한 것을 베어버린 뒤에는 그대로 함께 부러지는—— 그런 존재에 불과했다.

왜, 그것을.

여태까지 알아주지 못했을까.

"……나는, 죽고 싶지 않아. 그것뿐이야. 그걸로 충분하다고 생각해. 아마 다른 녀석들도 마찬가지일 거야."

사람이 사는 이유 따윈 사실 분명 그거면 족하다.

하지만 네가 없으면 좋았다는 책망과 함께 죽을 뻔하고. 그 죗값을 치르기 위해 계속 싸우고.

그렇게 살아온 신은 아직, 그저 살기 위해 산다는 것을 스스로에게 허락할 수 없는 걸지도 모른다.

"네 길이니까 네가 정해. 다만 일단 길동무니까. ……힘들거든 도와줄게. 힘들거든 쉬어. 그러니까."

특별정찰의 마지막 전투에서 미끼가 되기를 선택했을 때처럼.

86구의 마지막 전투에서 형의 망령과 만났을 때처럼.

이쪽의 마음을 무시하고.

"혼자서 싸우려고 하지 마."

"왠지 나만 소외된다고 할까, 미묘하게 같은 남자 취급을 못 받는 듯한데. 뭐, 그런 건 나랑 안 맞으니까 괜찮지만."

"신 군과 라이덴 군은 오래 알고 지냈으니까. 우리와 만나기 전부터 많은 일이 있었던 모양이고."

"그래."

"그런 건가?"

"주먹과 주먹으로 이해한다는 식으로, 만화처럼 창피한 에피소드 같은 것 말이야. 돌아가거든 라이덴에게 물어보자."

……그렇게.

그늘에서 키 순서대로 앙쥬, 세오, 프레데리카가 얼굴을 반쯤 내밀며 서로 속닥거렸다.

참고로 그늘이란 예배당 입구까지 몰래 이동한 파이드의 컨테이너 그늘이고, 크레나는 앙쥬에게 붙들린 채로 입이 틀어막혀서 뭐라고 신음하고 있었다.

언쟁을 벌이는 두 사람을 보자마자 개처럼 돌진하려는 것을 앙쥬가 붙잡아서 입을 틀어막은 것이다.

이야기가 끝난 모양인지 두 사람이 사라지는 것을 확인하고——신이 라이덴의 손을 후려치고 걸어가는 식으로, 싸우고 헤어지는 식의 결말이었지만——간신히 손을 놓았다.

버둥거리던 때 갑자기 놔주는 바람에 힘을 못 이겨서 두어 걸음 헛걸음을 딛다가 돌아보며 덤벼들려는 크레나의 기선을 제압하여 세오가 말했다.

"저기, 크레나. 이럴 때 크레나가 뭐라고 해도 해결은커녕 이야기가 더 꼬일 뿐이니까. 조금은 자중해."

"아, 아니…… 그렇지 않아!"

"크레나가 나가면 신은 어딘가로 가버리잖아. 대화도 안 되고 진짜로 말도 안 통해."

"여자한테는 죽어도 약한 모습을 보여줄 수 없는 허세가 남자한테는 있어."

"……어어, 앙쥬. 그거 말인데, 그런 소리를 들으면 왠지 울컥하니까 그만둬 줄래? 그리고 그건 꼭 남자만 그런 이야기가 아니야. 여자도 그러잖아."

"맞아."

아름답게 웃으면서 끄덕이는 모습을 세오는 다소 재미없게 올려보았다.

아무래도 다이야가 죽은 뒤로 내가 귀찮은 일 담당이 되는 듯한데……라고 생각하지만, 말로는 하지 않았다. 농담치고는 너무 안 좋고, 실수로라도 앙쥬의 귀에 들어가면 안 되는 말이다.

죽은 이의 그림자에 사로잡혀 있는 것은 너무나도 많은 전우를 보낸 그들 모두 똑같다.

그렇긴 해도.

"……끌려다닌다고 하면 정말 그럴지도. 신, 요새 이상하고."

미래라는 것을 세오 자신은 아직 잘 떠올릴 수 없지만.

신은 그것을 보지 않으려 하는 것처럼 느껴졌다.

생각하지 않으려는 듯이, 생각을 접어버리고.

죽은 자란 과거다. 시체를 묻고 위령하는 것 외에는 아무것도 해줄 수 없는 과거의 잔영.

거기에 사로잡힌 채로 미래를 보는 것은…… 너무나도 어려운 일이겠지만.

"……그보다 말이지. 연방에 오기 전의 마지막 전투 때도, 지금 생각해 보면 이상했어. 그런 건…… 죽는다는 걸 알면서 가는 짓은, 자기 자신도 다른 사람에게도 시키지 않았는데."

그때까지는 형의 망령을 없애야만 했으니까.
그걸 위해서 살아남아야만 했으니까.
크레나가 불만스럽게 입술을 삐죽거렸다.
"그렇지 않다고 생각하는데."
세오는 눈을 게슴츠레 떴다.
"……크레나는 조금 더 똑바로 보는 편이 좋아. 언제까지고 쫓아가기만 하는 게 아니라."
"그건……."
"신이라고 딱히…… 우리를 위한 저승사자가 아니야."
그저 동경하고, 따르고, 의존하기만 하면 되는 우상이 아니라고.
급하게 반론하려던 크레나는 그 지적에 입을 다물었다.
시선을 이리저리 돌리며 잠시 생각하다가 불안한 듯이 눈을 돌렸다.
"……알았어."
"앙쥬는 계속 그걸 걱정했어. ……알고 있었지?"
그 질문에 앙쥬는 쓴웃음을 지었다.
"비슷한 면이 있으니까. ……가족에게 필요 없다는 소리를 들은 아이가 어떤지를. 가족이나 세계가 나를 어떻게 생각하는지를 조금은 알아."
"……."
"자기 때문이 아닐까 생각하게 돼. 머리로는 그게 아니라고 알아도, 스스로를 탓하는 마음은 사라지지 않아. ……하물며 신 군은 필요 없다는 정도가 아니었고, 형에게 그런 말을 들은 정도로 끝난 게 아니었잖아? 그런 건 혼자선 못 없애."

크레나는 추욱 어깨를 늘어뜨렸다.

"그건…… 우리가 있는 것만으로는 부족하단 소리야?"

"우리는 결국 우리가 죽을 때까지 함께 있어달라는 소리밖에 못 하니까. 일방적으로 기댈 뿐이지, 언젠가 없어질 예정이었다는 건 맞는 말이야."

그런 의미로는 그들과 신의 관계는 대등하지 않다.

같은 남자 대접을 못 받는 것도 어쩔 수 없다며 세오는 속으로 한숨을 쉬었다.

의지하고, 업히고…… 그러면서 공유하려고 하지 않았다면.

"……우리도 언젠가 같은 고민을 하게 될까. 고민하겠지. 미래나 장래 같은 건 여태까지 생각도 하지 않았던 일이고."

종군하고 5년 뒤에는 반드시 죽는다고 알았던 것은 지금 생각해 보면 나름 구원이었겠지.

아무리 잔혹한 전투도, 하얀 돼지들의 악의도, 끝이 보이니까 견딜 수 있었다. 그때까지 굴하지 않으면 우리의 승리였다. 끝까지 싸우고 웃으며 죽으면—— 유일한 긍지를 지켜낼 수 있다고 생각했다.

그런데 뜻하지 않게 살아남고, 돌아오라고, 살아서 돌아오라는 말을 듣게 되고.

앞으로 몇 년, 어쩌면 수십 년 있을지도 모르는 기나긴 시간을, 마찬가지로 싸워나갈 수 있을까 생각하면—— 그 끝이 보이지 않아서 다리가 굳어버릴 것 같다.

궁지밖에 없는 자신들인데도, 오랜 시간을 견딜 수 없어서 그 궁지마저도 잃어버리면.

그런 상상을 하면…… 미래 같은 건 생각하고 싶지 않다.

"신 군은 형이라는 목적이 있었으니까, 앞날에 아무것도 없다는 것을 깨달아 버렸겠지만. 우리도 사실은 똑같아. 목적이나 원하는 것도 사실은 없어."

어디든 갈 수 있다. 하지만 그것은 가야만 하는 장소가 없다는 것과 같다.

아무도 없는 황야에 혼자, 어디에도 도달하지 못하고 거기에 멈춰 서서 무릎 꿇고 스러지더라도 아무도 알아주지 않는다. 그렇게 있든 없든 변함없는 존재다.

그 고독과 공허에 맞닥뜨리는 때가 우리에게도 온다.

신은 그게 조금 일렀을 뿐이다.

세오는 한숨을 내뱉었다.

"전위 담당이라고 해서 꼭 그런 것까지 먼저 하지 않아도 될 텐데 말이야."

덕분에 희미하게나마 각오가 생겼지 않는가.

싫어도 마주 봐야만 한다.

86구의 전장을 살았을 때처럼, 언제까지든 내일 죽을 각오로 있을 순 없다.

"신경 쓰지 않는 듯하면서도 꽤 우리를 신경 쓰는 점은 신 군답다고 생각하지만."

"그래."

고개를 끄덕이며 세오는 곁눈질로 힐끔 크레나를 보았다.

"말해 두겠는데, 크레나, 지금 엄청 찬스니까. 침울해졌을 때는 돌격하기 쉬운 모양이야."

"말해 두겠는데, 세오 군, 지금은 아주 큰 찬스지만 그걸 실행하는 건 못된 여자니까. 크레나에게는 어울리지 않아."

"그도 그런가."

"아……아니야! 나는 그런 게……."

"그래, 어련하겠어. 이제 슬슬 그런 말은 질렸어. 애초에 뻔히 다 보였고."

"그보다 크레나, 예전에 스스로 인정했잖아. 이제 와서 무슨 소리야?"

"그건 저기……."

얼굴을 붉히며 말하려다가 크레나는 한층 얼굴을 붉혔다.

모기 우는 소리로 중얼거렸다.

"……………………………혹시 신에게도 들켰어?"

""……."

무심코 세오와 앙쥬는 서로의 얼굴을 보았다.

그 이야기는.

대답이 무척 잔혹할 것이라서.

그녀의 앞에서 말하기는 다소 저어됐다.

"……이미 눈치챘지만, 뭐라고 할까, 아이의 동경이나 독점욕 같은 걸로 간주하는 느낌이구나."

말해버렸다.

"여동생 취급…… 그것도 손이 많이 가는 번거로운 동생이라는 인식인 모양이다. 솔직히 여자로 봐주지 않는 게 아닐까."

"……."

아, 영혼이 빠져나간다.

왠지 무시무시한 웃음과 함께 프레데리카를 보며 두 어깨를 붙잡는 앙쥬와 말없이 창백한 얼굴로 설레설레 고개를 내젓는 프레데리카를 무시하고, 세오는 일단 변호해 주었다.

"뭐……. 아니, 든든한 전우이긴 하잖아. 일단 그걸로 좋다고 생각하자."

"우우…… 응. 나, 나는 저격 담당이고! 도움이 되고 있겠지!"

그건 맞는 말이기에 세오는 말없이 끄덕였다. 백병전 주체인 신에게 적기와의 난전 중에도 정밀사격으로 원호가 가능한 크레나는 얻기 힘든 전우일 터이다.

아마도.

"그렇긴 해도…… 그렇구나. 공화국이 멸망했구나……."

10년에 걸쳐서 국가라는 저항할 수 없는 거대함으로 에이티식스들을 지배하고 사지에 몰아넣었던 것이—— 이렇게나 간단히.

"키리야를 통해 본 것이니까, 보인 것은 그랑 뮬이란 것의 함락과 거기를 통해 〈레기온〉들이 밀려드는 모습뿐이었지만. 연방과 달리 최전선은 한시도 못 버티고 붕괴했다. 그래선…… 국가가 버티고 있을 수 없겠지."

"그렇겠지. 공화국은…… 자기들만 살아남으면 에이티식스 따윈 죽어도 좋다는 생각으로 방어 전략을 세웠을 테니까."

"그리고 끝에는 자기들도 전멸인가. ……정말이지 악취미야."

하얀 돼지들이야 아무래도 좋지만. 그렇지 않았던 백계종들과 에이티식스 동료들도 그 우행의 길동무가 되어서 국가가 통째로 사라지다니.

정말이지――웃기지도 않는다.

크레나가 초연하게 숨을 내뱉었다.

"신, 분명 처음으로…… 먼저 간다고, 말했는데."

처음으로 남긴――맡기고 가려고 한 말이었는데.

맡겨도 된다고――혹은 맡기고 가고 싶다고, 생각한 상대였을 텐데.

"따라올 수 없었구나. ……소령."

버석, 바람에 날려서 두껍게 쌓인 낙엽을 밟는 소리가 나서 돌아보니 파이드가 서 있었다. 오늘 하루 종일 혹사한 〈저거노트〉가 잠시 휴식을 취하는 돌바닥의 광장 구석.

똑바로 바라보는 둥근 광학 센서에, 기체 옆에 앉은 채로 신은 어깨를 으쓱였다.

"그렇게 걱정하지 않아도 혼자 가는 짓은 안 해."

"……삐이."

"혼자 가는 게…… 마음 편하지만."

더는 누구의 묘도 만들지 않아도 되니까.

그런 혼잣말을, 저승사자를 따르는 충실한 기계 스케빈저만이

들었다.

†

진한 녹색 벨벳에 하얀 꽃이 구슬처럼 빛나는 초원 속에서 꽃잎을 흩으면서 키리야는 달렸다.

〈레기온〉 지배영역을 질주하는 강철의 거룡을 가로막는 것은 없다. 뻥 뚫린 삼림을 내달리고, 대하를 넘는 다리를 휘감듯이 달리고, 파도치는 바다처럼 넘실대는 구릉을 넘어서, 자기가 담당하는 작전구역의 한곳에서 발을 멈췄다.

혼자서 요새도 격파할 수 있는 반면 한 번 전투를 하면 장시간의 정비가 필요한 것이 지금 그의 몸이다. 고작 백 발 쏜 정도로 마모되어 못 쓰게 되는 포신을 교체하는 데에도 한나절 이상. ……그런 건 정말 불편하다.

그 하얀 펠드레스의 순항속도는 자신과 비슷한 정도지만, 우군의 지배영역을 느긋하게 지날 수 있는 이쪽과 달리 저쪽은 적 사이를 돌파해야 한다. 아직은 따라올 수 없다.

대기했던 정비기계들이 움직이기 시작하는 것을 무시하고, 여기서는 먼 지평선 너머에서 살짝 고개를 내비치는 잿빛 그림자에 시선을 주었다.

〈페일 라이더가 노 페이스에. 작전구역에 도달했다. 재공격은 40시간 후, 정비 완료 후 BMNT1에 실시하겠다.〉

〈라저.〉

자.

뜻하지 않은 동포와의 재회와 결판이 먼저일까.

아니면 인류의 역사에 끝을 고하는 불꽃이 성대하게 올라가는 게 먼저일까.

†

"——소장. 슬슬 기상시각이다."

삼국군은 철야로 전투를 벌이고 있지만, 그건 전투부대가 교대했을 뿐이지 군 구성원이 잠들지 않는 건 아니다.

보병들은 보병전투차나 지프, 〈바나르간드〉의 짐칸에 격납된 간이침대를 펴서 자고, 그것은 전선의 이동에 맞추어 전진한 사령부 장성들도 마찬가지다.

사령부를 구성하는 캔버스 텐트 구석, 기상시각 전인데도 불구하고 여전히 빈틈없는 복장으로 말하는 참모장에게 소장은 짜증내듯이 눈을 가늘게 떴다.

어젯밤에는 밤늦게까지 함께 오늘의 작전 계획을 세우고, 같은 시각이나 조금 뒤에 침대에 들어갔을 텐데.

"나이가 됐군, 선배……라고 말하고 싶지만, 아직 30대겠지? 방심하다간 배가 나올걸."

"너는 쌩쌩하군. 빌렘. ……젊다고 생각하고 무리하는군. 금방 이렇게 될걸."

"글쎄."

"떠들어 봐라. 서른이 넘는 순간 훅 하고 온다고."

방금 일어난 탓일까, 육군 대학에 다니던 시절인 몇 년 전 어조로 돌아왔다. 머리를 흔들어서 세 시간도 못 되는 수면으로는 쫓아낼 수 없었던 졸음을 몰아내고, 내던졌던 군복 상의를 걸쳤다.

작전 목표 수행을 위해 제일 먼저 확인해야 할 것을 물었다.

"에이티식스들은 어떻게 됐지?"

"방금 간신히 동조가 연결됐어. ……공화국의 이 기술은 실로 편리하군. 황립 연구소에 따라해 보라고 하고 싶진 않지만."

레이드 디바이스라는 이름의 금속 목걸이 같은 고리를 한 손으로 가리키며 희미하게 웃었다.

인간과 인간의 의식을 연결하는 통신이다. 동물 실험으로는 의미가 없다. 완성까지 상당한 숫자의 인간을——공화국 쓰레기들의 말을 빌리자면 인간 형태의 돼지를——희생했을 거라고 상상이 간다.

소장으로서는 그런 비인도적인 행위로 확립된 이론과 기술의 산물을 쓰고 싶지도, 쓰게 할 생각도 없지만, 참모장은 생각이 다른 모양이다. 비인도적인 짓은 안 된다고 하면서도, 도구로서는 의미가 있으니까 쓰고 싶다고 했나.

그런데.

"……간신히 연결됐다?"

"서로의 의식을 연결하는 거니까. 상대가 자고 있으면 연결되지 않지. 고작 다섯 명이라는 소수로 이런 적지 한가운데에서 잠들 수 있다니 믿기지 않아."

그것도.

성장기를 맞기 시작할 무렵부터 전장에서 살고, 한 달 동안 〈레기온〉 지배영역에서 살아온 에이티식스들에게는 일상의 연장선 같은 감각이겠지만.

적응……이라.

두 달 전에 나눈 대화를 떠올렸다.

사관학교 시절을 포함하면 이미 20년 넘게 군에서 지냈고, 10년 전부터 시작된 〈레기온〉과의 전쟁에서는 항상 전선에서 지냈던 자신조차도 전투는 역시 커다란 스트레스다.

그들에게 전장이야말로 일상이고, 자신들의 일상이 그들에게는 이상한 것이라면, 그래, 평화에 익숙해지기에는 아직 시간이 부족했을지도 모른다.

그녀가 그것을 길들였을 때는 5년이나 들여서 …… 그리고 어떻게 익숙해졌던가.

사색에 잠기려던 생각은 참모장의 다음 말에 산산이 깨졌다.

"그들이 지금 어디에 있으리라고 생각하나? 옛 국경에서 120킬로미터 서쪽이야. 이쪽은 철야로 진군해서 간신히 지금 위치인데, 열받지 않나?"

무슨 말을 하고 싶은 건지 생각하며 소장은 한쪽 눈썹을 쳐들었다.

"……의외로군. 너는 그 아이들을 이 전투에서 소비해버리고 싶은 거라고 생각했는데."

참모장은 표표하게 어깨를 으쓱거렸다.

"아무래도 오해가 있는 모양인데, 나는 그저 날이 잘 드는 칼을 활용해야 한다고 생각했을 뿐이야. 오랫동안 쓸 수 있다면 그게 최고지. ……만에 하나라도 〈레기온〉에 흡수되면 안 돼. 얼른 회수해야 하겠어."

오랫동안 〈바나르간드〉를, 그리고 〈레긴레이브〉를 파트너로 전장을 달렸으니까 그중 어느 쪽도 아닌 아침은 다소 석연치 않다.

재진군 준비를 시작한 숙영지 구석. 버린 기체에서 유일하게 가지고 온 어설트 라이플을 옆에 두고 부하들과 차에 탄 베르노르트는 걸어온 그레테에게 고개를 들었다.

"BMNT2에 진군 개시야, 당신들. 준비는 다 됐고?"

"알겠습니다, 중령님. 언제든지 갈 수 있습니다. ……보시다시피."

펠드레스 탑승원을 위하여 개머리판을 접을 수 있는 사양인 어설트 라이플을 살짝 들어보였다.

"이렇게 지극히 가벼운 몸이니까요."

잘만 맞히면 성인 남성의 팔다리를 날려버리는 위력을 가진 7.62mm 어설트 라이플이지만, 그래도 〈레기온〉과의 전투에서는 역부족이다. 잘만 싸우면 척후형이나 근접엽병형에 대항할 수 있다는 정도의 무기지만, 그것으로 전장에 서려는 용병들에게 그레테는 미소를 보였다.

“중위 일행이 걱정되나, 중사?”

“그 말씀, 그대로 돌려드리지요, 중령님. 중위 일행이 걱정되십니까?”

“할 수 있는 일은 다 했어. 이제 믿을 수밖에 없지.”

“그러면서 만에 하나를 위해서라며 〈레긴레이브〉의 예비기와 탄약과 수리부품, 정비 크루를 통째로 후방에서 들여오셨죠. 수송기 확보를 위해서 참모장 각하에게 억지를 부려 뜯어내고.”

그것도 냉철하고 똑똑하다는 인상의 장성이 무조건 항복을 할 기세로.

“어머, 중사도 할 수 있는 일은 얼마 없으니까 후방으로 물러나라고 해도 안 들었잖아?”

“그야 그래선 폼이 안 나지 않습니까. 애들이 커다란 지네를 붙잡아서 돌아왔더니 아저씨들은 한심하게 술이나 마시고 있다니. 영원히 놀림감이 되지 않겠습니까?”

아마도 생각할 수 있는 최악의 미래다.

코로 길게 숨을 내뿜고 베르노르트는 말을 이었다.

“……이 덩치의 군대면 힘들겠지만, 서두르죠. 중령님의 〈저거노트〉는 나쁜 기체가 아닙니다만, 아무래도 이런 장시간 작전의 경험이 없습니다. 뭔가 문제가 생길지도 모릅니다.”

“그래.”

〈레긴레이브〉만이 아니라 펠드레스는 최소한 작전 행동과 같은 정도의 정비 시간이 필요하다. 정비가 없다고 바로 고장이 날 만큼 섬세하게 만들지 않았지만, 〈레긴레이브〉는 실전에 배치된 지

얼마 되지 않았다. 발견되지 않은 문제가 남아 있을 가능성은 충분하다.

고개를 끄덕이던 그레테는 문득 눈썹을 찌푸렸다.

"그렇긴 해도 당신들까지 〈저거노트〉라고 말하다니."

"아름다운 발키리보다 어울리는 이름이니까요. 우리처럼 거친 용병들이나."

아주 불만스러운 기색인 중령님에게 눈썹을 쳐드는 시늉을 했다.

"그만두라고 해도 무리를 해대는, 그런 꼬맹이들에게는."

[——아, 이런.]

동조 너머에서 세오가 중얼거리기에 라이덴은 눈앞의 척후형의 잔해에서 〈래핑폭스〉로 눈을 옮겼다.

88mm 전차포의 격렬한 포성은 밤낮으로 포화가 교차하는 경합구역이라면 모를까, 사람이 살지 않는 〈레기온〉 지배영역에서는 저 멀리까지 울린다.

고로 노르트리히트 전대는 최대한 〈레기온〉과의 전투를 피하고, 꼭 교전해야만 할 경우는 근접병기를 사용한 기습으로 즉시 제압하는 식으로 대처했다.

그 원칙에 따라서 짓밟은 근접엽병형에서 뛰어내리려던 〈래핑폭스〉가 도중에 움직임을 멈췄다.

살펴보니 왼쪽 앞다리가 근접엽병형의 장갑에서 빠지지 않는 모양인지, 장약의 작렬로 꽂았던 파일이 돌아오지 않아서 말 그대로 못이 박힌 모양이다.
[뺄 수 있겠어, 세오 군?]
[으음, 조금 어려울 것 같은데. 전혀 움직이질 않아. ……분리할게.]
두꺼운 금속장갑에 꽉 물린 파일을 액추에이터의 출력으로 억지로 뽑는 것은 관절부에 부담이 간다. 잠시 뒤에 폭발 볼트가 작동, 분리된 파일드라이버를 남기고 〈래핑폭스〉가 내려왔다.
"이걸로 〈래핑폭스〉도 손상인가. ……생각했던 것보다 소모가 큰데."
[……나랑 앙쥬는 어제 전투에서 파편을 맞았고, 라이덴도 날아갔을 때 기총 하나가 부러졌지…….]
각각 기총이나 와이어 앵커, 파일드라이버를 잃고, 장갑이 깨지고 프레임이 구부러져서 간섭하는 등의 대미지를 입었다.
스테이터스 윈도우를 보니 파이드에 탑재된 탄약이나 에너지팩, 예비 파츠의 잔량도 슬슬 미덥지 않다. 원래부터 한나절 남짓을 상정했던 돌격작전이다. 고립될 우려도 있으니까 넉넉히 준비했다고는 해도, 며칠 이상의 작전에 충분한 양이 아니다.
"무사한 건 신뿐인가. 교체용 블레이드는 다 떨어졌지만."
[……아니.]
돌아온 대답에 한쪽 눈썹을 쳐들었다. 어제 야영할 때 이야기한 뒤로 신과는 제대로 말을 나누지 않았다.
목소리 낌새는 평소와 다름없다. 원래부터 신은 필요 없는 대화를 거의 하지 않는 성질이지, 이쪽을 피하는 것도 아니겠지만.

[이쪽도 어제부터 구동계가 좀 이상해. 첫 전투에서 부하가 너무 컸던 모양이야.]

"……금방 다리를 부숴먹는 버릇, 아직 못 고쳤냐."

공화국의 걸어다니는 관짝이라면 모를까, 고기동전을 상정하여 중량에 비해 튼튼하게 만들어진 〈레긴레이브〉에도 구동계에 부담이 간다니 대체 얼마나 심한 걸까.

[한동안 정비로 넘어갈 수 있을 거야. 적어도 당장 못 움직일 정도는 아니야.]

"그래도 너무 움직이면 금방 망가지니까. 너무 무리하진 마."

[…….]

여기에는 대답하지 않을 모양이다. 애냐.

[——탄약과 에너지팩의 잔량으로 보면 내일까지가 추적의 한계다. 그 전에 따라잡겠지만, 그때까지 아끼는 노력은 하는 편이 좋겠군.]

미묘하게 말을 돌리는 바람에 라이덴은 어깨를 축 늘어뜨렸다. 아직 그런 소리를 하는 건가.

따라잡을 때까지.

본대와 합류할 때까지, 가 아니라.

"……라저."

〈베어볼프〉의 콕핏 안에서 프레데리카는 '눈'을 떴다.

그녀의 이능력은 아는 상대의 모습과 주변의 정보를 그자의 옆에 서서 보는 것처럼 그녀에게 보여준다. 현재 모습을 보면 지금 모습을 그대로, 과거를 보면 그때 그자가 무의식중에 떠올리는 기억부터.

누군가가 작년 가을을 떠올리는 모양이다. 공화국에서 강제했던 〈레기온〉 지배영역을 답파하는 결사행. 한 달도 안 되어 끝날 터였던, 그들이 처음으로 얻은 자유로운 여로.

어디서 본 풍경이겠지. 늦가을의 메마른 갈색 풍경. 옆에 있는 낡고 상처 입은 네 다리의 펠드레스는 모르는 사람이 봐도 궁상맞고, 전장 속에서 더러워지고 꾀죄죄해진 사막 위장의 야전복. 아마도 여로의 끝이 가까워져서 그들 자신도 이 이상은 거의 갈 수 없다고 각오했을 무렵.

그래도 소년들은 웃고 있었다.

농담을 주고받으면서 잡담을 하고, 지친 안색으로도 그들은 웃고 있었다.

그녀의 위치에서는 거의 얼굴을 보이지 않는 흑발 소년의 입가에 떠오른 웃음이 프레데리카의 눈에 새겨졌다.

형을 없앤다는 목적을 이루고, 동시에 잃어버리고, 그래도 내일 나아갈 길과 거기서 보는 것을 생각하며 웃을 수 있던 무렵의.

그걸 할 수 없게 된 것은.

프레데리카는 고개를 내젓고 눈을 감았다.

†

옛 크로이츠벡 시에서 70킬로미터, 떡갈나무 숲속에서 초계를 돌던 척후형은 그것을 보았다.

전고 2미터 정도의 뭔가가 지나가서 부러진 가지. 〈레기온〉이 아닌 네 다리의 다각병기의 발자국.

다목적 센서로 그것들의 흔적을 훑으며 척후형은 본대에 보고를 보냈다.

폭스트로트123이 전술 데이터링크에.

지배영역 안에 침투한 적성부대의 존재를 확인했다.

†

뒤늦게 동쪽 지평선에서 솟아서 남쪽 하늘을 가로질러 서쪽으로 저무는 해를 좇아서 〈레긴레이브〉는 아무도 없는 전야를 내달렸다.

〈레기온〉 주력을 붙들고 있는 연합왕국군과 고속철도 화취 남쪽 루트 주변을 제압하는 연방, 맹약동맹 합동군은 용케 〈레기온〉들을 유인한 모양이다. 신의 이능력으로 미리 교전을 피한다고 해도 처음의 전투 이후로는 적기의 접촉도 없이 적지를 나아갔다.

전야 한가운데에서 기묘하게 평온한 여정 도중에, 광학 스크린을 흐르는 〈레기온〉 지배영역의 정경에 프레데리카는 몇 번이나 눈을 빼앗겼다.

푸른 꽃이 흐드러지게 핀 숲속 군생지가 있었다. 잎들 사이로 빛기둥처럼 비치는 햇살에 녹색 떡잎과 하늘색의 꽃잎이 빛났다.

녹음에 빨려드는 도시가 있었다. 아무렇게나 자란 풀이 포장도로를 깨뜨리고, 가로수가 버려진 승용차나 표식이나 성녀상을 삼키고, 몇 겹으로 휘감긴 넝쿨이 집을 쓰러뜨리고. 녹슬고 썩어버린 그것들 위에 가을의 섬세한 꽃이 피었다.

버려진 마을이 있었다. 그런 땅인 걸까, 색색의 파스텔컬러 벽돌집이 옛날이야기에 나오는 나라 같고, 원래는 보리밭이었을 풀밭 사이에 퇴색된 허수아비가 혼자서 누군가의 귀환을 기다리는 것처럼 서 있었다.

낮에 휴식을 취한 곳은 폐허가 된 도시 중앙에 있는 교회였는데, 수직 고딕 양식의 대성당이 장엄했다. 천장까지 이르는 치밀한 스테인드글라스가 투명한 햇살에 빛나고, 이미 올려다보는 이도 없는 성역에 색색의 그림자나 무궁한 축복을 던져주고 있었다.

해가 중천을 넘어 진로상에 몸을 숨길 숲도 도시도 없어지고, 위험하다고 알면서 차폐물 없는 호반을 달렸다.

멀리 폐허의 그림자를 비추고 하늘을 빛내는 투명한 진청색에 하얀 첨탑과 성채에 핀 꽃의 진홍색이 비치는 광대한 호수. 불어오는 바람이 무너져가는 총안을 지나면서 소리를 내고, 푸른 하늘을 배경으로 맹금류의 검은 그림자가 날았다. 멀리서 봐도 지친 모습, 그래도 땅 끝을 목표로 하는 새가 저 높은 하늘의 맑은 바람을 타고 날았다.

조용하고 아름다웠다.

에이티식스들이 연방의—— 인류의 존망에도, 자신들의 생사에도 지극히 매정한 가치관을 품은 이유를 프레데리카는 조금 이해한 느낌이었다.

인간이 사는 도시에서 쫓겨나서 전장에 살며, 이런 풍경 속에서만 살아왔다면.

세계는 아름답다.

인간 따윈 없어도 세계는 조용하고 아름답다.

인간이 있어야만 하는 장소 따윈 이 세계 어디에도 없다.

사실, 이 세계에, 인간은, 필요 없다.

있을 곳이란 없다.

어디에도, 누구에게도. ……그 누구에게도.

해는 이윽고 지평선 너머로 가라앉았다.

이날 마지막 햇살이 구름 하나 없는 저녁하늘을 불태우고 광대한 평원에 길고 긴 그림자를 새겼다. 아득히 먼 산맥이 남쪽 하늘 가장자리를 검게 잘라내고, 대기 그 자체가 붉게 물든 듯한 세계 속에서 길고 검은 그림자를 등 뒤로 끌면서 〈저거노트〉는 수풀의 바다를 나아갔다.

붉은 광선을 바로 옆으로 받아서 붉은 빛이 도는 금색으로 빛나는 동시에 반대편으로 어두운 그림자를 새기며 바람에 흔들리는 초원을 바라보며 프레데리카는 문득 입을 열었다.

바다 같다고.

밀려왔다가 돌아가는 파도 같다는 말을 흔히 듣기는 했지만.

"……그대들 중 바다를 본 적 있는 자는 있나?"

독백으로도 들리는 말에 대답한 것은 같은 기체에 있는 라이덴을 포함하여 아무도 없었다.

"나는 없다. 이러한 풍경도 모른다. ……모르는 것뿐이구나. 그대들은 어떤가."

광학 스크린을 바라보는 채로 붉은 눈동자를 가늘게 떴다. 애절하게, 갈망처럼.

"바다에 가고 싶다. 해수욕이란 것을 해 보고 싶다. 에른스트의 신혼여행 사진을 보았다. 남쪽 어딘가의 바다에 사람이 많이 있고…… 분명 즐겁겠지."

연방에는 바다가 없다.

제국 시절에는 딱 한곳 있었는데, 북쪽 국경이고 군항이다. 해수욕을 즐길 만한 해안은 인근에서는 이웃나라인 산마그놀리아 공화국의 남해안이나 맹약동맹을 넘어서 더 남쪽 나라에밖에 없고, 그 모두가 〈레기온〉에게 가로막혀서 지금은 갈 수 없다.

잠시 뒤에 크레나가 조용히 입을 열었다.

[바다는…… 그러고 보면 본 적 없네.]

[다들 살던 곳을 떠난 적도 없었어. 다들 수용소로 보내질 때가 처음이고. 전투구역 이동의 수송기에서 딱 한 번 보았다 싶지만,

지금 생각해 보면 아닐지도.]

[바다는 없지만, 근처에 커다란 호수가 있었으니까 곧잘 놀러갔어. ……뭐, 재미있었어. 다른 데서도 사람이 제법 왔고.]

"초등학교 몇 학년 때인가에 그런 행사가 있었던 것 같은데. 그 전에 전쟁이 시작되어서. ……그게 끝이야. 본 적은 없어."

지각동조에 가볍게 울린 어린애 같은 웃음은 누구의 것이었을까.

[바다라……. 정말 가고 싶네. 전쟁이 끝나거든, 다 함께.]

[이왕이면 남쪽 섬이 좋을까. 산호초나 야자나무 같은 게 있는 곳. 하얀 모래사장.]

[반대로 북쪽 얼음바다도 보고 싶어. 특히 기온이 낮을 때는 그 위를 걸을 수 있대. 건너가 보면 재미있겠어.]

[뭐, 아무튼 별바다를 보는 거지. 쿠죠 녀석은 달구경 하고 싶다고 그랬는데, 뭐가 다르다고. 다음에는 제대로 준비해.]

경계하면서 행군한다고 해도 지금으로선 주위 멀리에도 적의 모습은 없다. 순식간에 긴장감이 다소 흐려진, 별것 아닌 잡담은 퍼졌다.

그중에서 이야기에 끼지 않는 게 한 명 있다는 것을 모두가 알면서도, 그것을 언급하지 않고.

두 번째 숙영지로 고른 것은 원래 대도시였던 모양인 폐허의 구조가 복잡한 종합전시장이었다.

해가 저물기 전에 꼬박 하루 질주한 〈저거노트〉의 정비를 마쳤고, 완전히 해도 저문 무렵에는 이른 저녁 식사도 마쳤고, 그렇다면 이제 잠들 뿐이다.

최소한도로 필요한 생존장비만 가지고 다니는 것이 군의 야영이라고 해도, 지면이나 콘크리트 위에서 그대로 자는 것은 체온을 빼앗겨서 좋지 않다. 충분한 휴식을 얻지 못하면 다음 날 이후의 전투에도 영향이 온다.

그런고로 파이드의 컨테이너에 적재된 접이식 간이침대를 펼치고 몸에 모포를 두른 채로 일행은 순식간에 잠들었다.

빈말로도 편안한 물건이 아니지만, 에이티식스들은 그런 조악한 환경에 익숙해졌다. 애초에 86구의 야영에서는 정말로 얇은 모포 한 장으로 밤을 보낸 적도 드물지 않았으니까.

하지만 태어나서 여태까지 침대의 두꺼운 매트리스 위에서밖에 잔 적이 없는 프레데리카에게는 조금 힘들었다.

칠흑의 어둠 속, 눈을 감고 있어도 졸음이 찾아오지 않기에 그냥 포기하고, 프레데리카는 그 붉은 눈을 떴다.

모포에서 꾸물꾸물 기어나가서 도저히 침대라고 생각되지 않는 파이프와 캔버스지로 만들어진 물건에서 내려와 자그만 군화를 신었다.

낮은 침대는 지면의 냉기를 그대로 전달하는 모양이고, 바로 옆의 콘크리트에는 본 적도 없는 벌레가 자기 세상인 양 기어다니는 것이 마음에 거슬린다. 반년 동안 껴안고 잤던 곰 인형이 없는 것도 다소 불안하다.

최상층까지 뻥 뚫린 곳을 중심으로 폭 넓은 회랑과 거기서 이어지는 크고 작은 홀로 구성된 종합전시장은 현재 천장의 천이 찢어져서 하늘의 빛이 쏟아졌다. 주위에 인공의 빛이 전혀 없는 전쟁터 안쪽의 어둠은 프레데리카에게 미지의 어둠이었다. 회랑 안쪽의 어둠 속에서 팔다리를 착착 접은 〈저거노트〉와 그 옆에서 각각 숨소리를 내는 실루엣이 희미하게 보였다.

대조적으로 의외일 만큼 밝은 별하늘 밑, 오늘밤 최초의 불침번을 맡은 신이 고개를 들었다.

"——잠이 안 오나."

〈레기온〉이 아니라 야생동물에 대한 경계다.

특히 10년 이상 인류의 생존권을 떠나서, 태어난 이후로 인간을 본 적 없는 지배영역 안쪽의 동물들은 인간을 두려워하지 않는다. 인간과 동물의—— 일정 크기 이상의 항온동물을 구별하지 못하여 인간 이상으로 사정없이 살육하는 〈레기온〉을 꺼려서 금속과 초연 냄새에 접근하지 않는다고 해도 일단 준비는 필요하다. 이전에 지배영역을 횡단했을 때도 불을 피울 수 없는 상황에서는 그렇게 밤을 보냈던가.

교대로 몇 시간씩 서는 불침번 중에 제일 편한 최초의 당번을 맡게 된 것은 다른 이들의 배려겠지. 신은 잠을 자면서도 〈레기온〉들의 목소리에 귀를 막지 못하고, 그 역할은 누구도 대신해 줄 수 없다. 그렇다면 하다못해 조금이라도 오래 잘 수 있게 하려는 배려.

"음. 나는 불침번을 맡을 수도 없는데 미안하구나. 아무래도 불편하다…….”
인스턴트커피가 담긴 머그컵을 받으며, 의자 대용으로 삼은 간이침대 옆에 앉았다. 과립 인스턴트커피도 냄비에 물을 끓일 정도의 고형연료도 전투식량의 일부다. 이른 저녁을 먹을 때 끓인 물로 만든 커피는 미지근하고, 전투로 소비하는 막대한 칼로리를 보충하기 위해 설탕을 대량으로 넣어서 달다.
단 것을 그리 좋아하지 않는 신은 별로 내키지도 않는 듯이 자기 머그컵에 입을 대었다.
“라이플도 못 쏘는 녀석에게 불침번을 맡길 정도면 파이드에게 맡기는 편이 나을 뿐이야.”
“삐이.”
“……파이드. 기동하면 에너지팩 낭비니까, 내일 일어날 때까지 대기상태로 바꿔두라고 명령했잖아.”
“삐.”
“…………알았어. 멋대로 해.”
고개를 끄덕이듯이 광학 센서가 깜빡였지만, 파이드의 거구는 움직일 기색을 보이지 않았다. 불침번을 교대하여 신이 잠들 때까지 함께 깨어 있을 생각이겠지. 충실한, 그리고 완고한 종자처럼 계속 옆에 있는 모습과 답답하게 한숨을 쉬는 신의 모습에 프레데리카는 가볍게 웃음을 흘리고…… 그리고 문득 눈썹을 찌푸렸다.
전장이니까, 라는 이유일 뿐일지도 모르지만. 신을 포함하여 에이티식스들은 〈저거노트〉의 옆에 있을 때가 많은 듯했다.

각자의 〈저거노트〉에 바싹 달라붙듯이 잠든 네 사람의 모습. 쏟아지는 별빛 밑에서 〈언더테이커〉에 등을 기대고 방어용 어설트 라이플을 어깨에 기댄 채로 불침번을 서는 신. 좋아하는 인형을 껴안고 자는, 그게 없으면 어둠이 무서워서 잠들 수 없는, 조그마한 어린아이처럼.

〈레기온〉의 대군과 그들을 박해하고 추방한 조국 틈새에서. 내일도 모르는 전장을 고향 삼아서 눈앞의 죽음에게서 눈을 돌리지도 못하면서, 왜곡된 방식으로 성장할 수밖에 없었던 그들은.

사실은 눈에 보이는 것보다 훨씬. 정신 중 어느 부분은 어린 상태로 있을지도 모른다——…….

"……왜?"

"아무것도 아니다."

일그러진 것은 프레데리카도 마찬가지다. 같은 색깔을 띤 붉은 눈동자에게서 도망치듯이 밤하늘을 올려다보았다.

공기가 맑은 겨울 하늘의 날카로운 별빛과 달리, 가을 별들은 조용하게 속삭이듯이 빛난다. 하늘을 가득 메우는 수많은, 머나먼 곳의 항성들의 광채. 낮에 느껴지던 풀들의 엷은 훈김은 이제 완전히 사라지고, 꽃들의 달콤하고 짙은 향기가 별빛과 어둠 사이에 녹아들었다.

별이 쏟아지는 밤, 꽃향기 퍼지는 어둠.

하지만 프레데리카의 눈에는 아름답기만 할 뿐이지 무정한 풍경으로 비쳤다.

숨이 막힐 듯한 하늘의 별들도 꽃향기 풍기는 어둠도, 모두 이

땅에 사는 인간이 없기 때문이다. 사람이 살면 그 도시의 빛과 소리로 별빛이나 꽃향기는 덧없이 사라지겠지.

열사의 사막이나 불모의 황야. 어떠한 사고로 오염되어 인간이 살 수 없게 된 폐허와 눈앞의 이 절경은 본질적으로 같다.

황량함.

눈을 돌리면 넓은 공간 구석의 어둠 속에 버려져서 나뒹구는 토끼 인형이 쓸쓸하게 있는 게 흐릿하게 보였다.

"……이런 광경이."

처음부터 파괴와 살육의 화신으로 만들어진 살육기계들은 어쩔 수 없다고 해도.

죽어서 그 안에 갇힌, 원래 인간이었을 터인.

"〈레기온〉들이 바라는 것인가."

질문이라기보다는 혼잣말 같은 프레데리카의 말에 신은 잠시 생각하고 고개를 내저었다.

"글쎄."

〈레기온〉에 갇힌 죽은 이들이 마지막에 무슨 생각을 했는지는 신도 그 마지막 목소리에서 추측할 수밖에 없고.

그에게 닿는 기계망령들의 한탄은 모두 다 돌아가고 싶다고 한탄한다.

"……아무것도 안 바라는 걸지도 몰라."

원래 병기고——누군가의 바람을 위해 사역되는 도구인 이상.

"녀석들은 망령이야. 전사자를 흡수한 것도, 그렇지 않은 것도. 죽은 자는 본래…… 아무것도 바라지 않아."

"어떻게 알지?"

"……나도 똑같으니까."

목 졸려 죽을 뻔했지만 채 죽지 못했던 자신은── 분명 어딘가가 죽은 상태.

그날 밤부터 사실 아무것도 바라지 않는다.

형을 없애고, 이제 하나도 남지 않았다.

하고 싶은 것도, 가고 싶은 장소도.

그 뒤의 일 따윈 생각해 보지도 않았다.

올려다보는 붉은 눈동자에게서 시선을 돌렸다.

눈을 돌렸다고, 자각하지 않을 수 없었다.

"바다를."

공화국 수도 리베르테 에트 에갈리테에서 태어나 강제수용소에 보내질 때까지 멀리 나간 일이 없는 신 역시 본 적이 없는── 〈레기온〉들에게 빼앗긴 풍경을.

"보고 싶다는 생각은 안 해. 하고 싶은 일도, 가고 싶은 장소도 딱히 없어. 딱히 문제도 없지만…… 저녁때처럼 그 정도의 '하고 싶은 일' 도 전혀 없는 것이 이상하다는 건 이해됐어."

그렇게 사소한, 별것도 아닌 생각을 그대로 말할 뿐인, 정말 아무것도 아닌 바람조차도 정말 전혀 떠오르지 않는 것은.

작년 늦가을에 지배영역을 지금과 정반대 방향으로 나아갈 때는 즐거웠다. ……그래, 그것은 즐거웠다고 생각한다. 지금은 아

무도 모르는 자연의 절경을. 지나치는 도시나 마을의 모르는 풍속을. 그 무엇에 발을 멈추든 지나치든, 스스로 결정해서 한다는, 처음으로 손에 넣은 자유를—— 그때는 정말로 동료들과 마찬가지로 신은 그저 순수하게 즐거워했다.

언젠가 끝난다고 생각했으니까.

여로의 끝에 언젠가 반드시. 어디에도 도달하는 일 없이, 누구도 아는 일 없이, 되다 만 알루미늄 관짝을 그대로 마지막 침상으로 삼고 싸움터에서 스러진다. ——그렇게 생각했기 때문이다.

그랬을 텐데 형의 도움을 받고 연방에 거두어져서 뜻하지 않게 살아남은 결과, 눈앞에 제시된 것은 생각한 적도 없었던 아득히 먼 미래다. 그것은 머지않아 죽을 터였던 그에게 너무나도 길고, 그 앞길은 너무나도 멀다.

손에 넣은 '자유'가 뜻하지 않게 막막해서—— 기댈 혈연도 땅도 없고 목표로 할 곳도 없는 몸으로서는 너무나도 큰 공허가…… 무섭다.

그것은 동료들도 같을 텐데, 그들은 그런 가운데에서 사소한 소망이라도 발견할 수 있었다.

희망이 없는 것은 살아있지 않다는 뜻이다.

바라는 게 없다는 것은 살려고 생각하지 않는 것이다.

아무래도 나만이—— 아직 제대로 살아있지 못한 모양이다.

"——나는 네 기사가 아니야."

한 달 반 전, 작전 결정 후. 프레데리카에게 했던 말을 다시금 반복하고 살짝 숨을 내뱉었다.

"그건 알고 있었는데. ……미안해. 네 기사를 핑계로 삼았어."
목표로 할 곳도 없는 채로 전장에 돌아가기 위한.
"갈 수 있는 데까지 간다는 건 변함없지만, 그 앞에 형은 이미 없으니까. 당분간 대신할 목표를 갖고 싶었어."
프레데리카는 흥 소리를 내며 콧방귀를 뀌었다.
"그게 다는 아니라고 생각하는데."
"……?"
"그대는 거울을 조금 잘못 보고 있다고 자각해야 한다. 그대는 그대 자신이 생각하는 만큼 냉혹한 성격이 아니야. 관계없다고 내버리면 될 것을, 구원을 청한다면 그것이 망령이라도 버리지 못하는…… 착한 저승사자가."
여기가 아닌 먼 곳으로 시선을 주며 속삭이듯이 말했다.
"적어도 나는── 그대가 응해 주었으니까, 키리를 해방해 줄 수 있다."
어둠 너머에서 계속 소리치는, 그녀의 기사에게 눈을 주면서.
"전장 안에 갇혀서 통곡하는 모습이 가련했다. 해방해 주고 싶었다. ……그 한탄을 계속 지켜보는 운명에서 해방되고 싶었다. 그대는 어떤가?"
"……아니."
전쟁터 안쪽에서 계속 부르는 목소리를. 묻어주고 싶다고 생각은 하지만.
지워버리고 싶다고는── 한 번도.
"나도."

그때 프레데리카는 당장에라도 울음을 터뜨리기 직전의 얼굴로 웃었다.

"키리가 쓰러지는 건 무섭다."

잃는 것은.

두렵다고——.

"나도 연방에서는 필요 없는 아이다. 공화제가 된 이 나라에서 살아있기만 해도 쟁란의 불씨가 되는 귀찮은 아이지. ……없는 편이 모두에게 낫다."

독재에서 민주공화제로 이행한 연방이지만, 과거 권력을 독점했던 귀족들은 아직 조용히 권력을 가지고 있다. 연방에 온 지 1년도 안 되는, 거의 군밖에 경험하지 않은 신도 그것을 느낄 수 있다. 계급이 올라갈수록 각 민족의 귀종들로만 이루어지는 사관의 구성. 장성 태반을 차지하는 야흑종과 염홍종.

여제가 살아남았다고—— 국가 전복의 대의명분이 남아 있다고, 야심 있는 자가 알면.

"그래도 언젠가 나의 기사를 치기 위해서, 살아남아야만 한다고 생각했는데…… 키리를 없애면 그 명분도 없어진다. 그게——무섭다."

"……."

그래도.

묻어 주지 않으면—— 속죄하지 않으면, 나아갈 수 없으니까.

"……그대가 지금 전진하기 위해 싸우는 것은 그대가 똑바로 미래를 바라보려고 하기 때문이다. 길 없는 앞날을 똑바로 보려고 하기 때문이다. 그것은 부끄러워할 일이 아니고, 그동안 함께 걷는 이들과 서로 도와주면 된다. 동료란…… 사람과 사람이 함께 있으려 하는 것은 그걸 위해서다."

"……. 라이덴에게도 그런 말을 들었는데."

문득.

서늘한 생각이 뇌리에 꽂혔다.

설령 지금 이때는 그렇더라도.

우리의 저승사자.

그렇게 불렀던 그 녀석들도.

언젠가 반드시.

"먼저 가버렸는데…… 말인가."

"……?"

"……아니."

모호하게 흐린 말은 그대로 깊은 어둠 속으로 사라졌다.

†

제1박명시각(BMNT1)

태양이 아직 얼굴을 내밀지 않은 여명의, 주변을 희미하게 비칠 뿐인 빛을 탐지하고 키리야는 대기상태에서 각성했다. 검들이 묘비가 되어 꽂힌 옛 전장처럼, 일그러진 중포의 포신이 어둠 속에 줄줄이 선 풀밭. 모여서 날개를 쉬던 그의 부속기가 마찬가지로 눈을 떠서 날개를 흔드는 소리가 잔물결을 이루었다.

토벌작전 개시 시각이다. 어둠과 함께 그의 존재를 숨겼던 방전 교란형의 무리가 상공에서 물러나고, 그의 지휘하에 있는 〈레기온〉들이 수십 킬로미터나 떨어진 전장에서 움직이는 기척.

적 세력이 움직이는 기척은 아직 없다. 새벽녘의 공격은 레이더나 암시장치가 없었던 시대의 오래된 정석이지만, 그중 어느 것도 만족스럽게 갖추지 않은 적에게는 아직 유효하다.

척후형의 관측정보가 송신됐다. 거기에 맞추어 십여 킬로미터 전방, 광학 센서로는 지평선에 살짝 정상이 보일 뿐인 장갑판과 콘크리트의 건축물을 보았다.

〈페일 라이더가 노 페이스에. 지금부터 토벌작전을 개시한다.〉

잠들지 않는 자동기계에게서 대답은 즉각 돌아왔다.

〈노 페이스 라저. ──광역 네트워크에서 전달사항이 있다.〉

……음?

〈지배영역에 침입한 적성부대의 흔적을 발견했다. 상황을 종합하여 귀관을 추적하는 것으로 추정. ──따라서 지금부터 귀관 작전영역 인근에서 탐색활동을 실시한다.〉

소리도 없는 웃음소리가 뇌리에 흘렀다.

〈──라저.〉

역시 쫓아왔나, 나의 동포.

불꽃이 쏘아 올려질 거다. 그 전에── 여기에 와라.

†

"——갈까."

작전 사흘째. 어떤 결과가 되든지—— 오늘이 마지막이다.

새벽녘의 희뿌연 어둠 속에서 〈저거노트〉는 폐허가 된 도시를 빠져나갔다.

〈언더테이커〉를 선두로 한 화살 모양의 변칙적인 소대 대형. 갈가리 찢어지고 색도 바란 오색기가 나부끼는 메인스트리트를, 유리와 콘크리트 파편을 밟으면서, 쓰러진 여자 동상을 넘어서 질주한다.

순간 서쪽 하늘이 빛났다.

이어서 빠르게 착탄의 충격. 쏟아지는 집중포화에 지평선 너머에 흙먼지가 무겁게 피어올랐다.

[전자가속포형……은 아닌가. 장거리포병형이야.]

[꽤나 엇나갔네. ……하지만 연방군 본대가 있는 방향과도 다른데, 뭘 노리고…….]

그런 말을 꺼낸 앙쥬를 포함하여 전원이 순간 숨을 삼켰다.

피어오르는 흙먼지를 뒤쫓아서 착탄지점의 하늘을 붉게 물들이는 붉은 불꽃이 퍼졌기 때문이다.

[소이탄……?!]

증점제를 섞은 연료를 포탄 안에 채워서, 착탄과 동시에 산포하여 착화, 대상을 불태우는 것을 목표로 하는 포탄이다.

공화국과 연방은 연소성이 떨어지는 석조 건물이 주류이기 때문에 〈레기온〉이 사용하는 일은 드물지만, 다른 탄종보다 꺼려지는 포탄이다. 점도가 높은 네이팜은 대상에 달라붙어서 타는 성질이 있고, 게다가 기본적으로 물로는 꺼지지 않는다. 운 나쁘게도 사람이 뒤집어썼을 경우 기다리는 말로는 비참하기 짝이 없다.

다시금 하늘이 빛났다. 빌딩들이 끝나는 곳, 멀리 지평선에 보이는 숲의 나무들에 일제히 불이 붙었다.

[제길, 불로 끄집어낼 생각인가!]

침투한 이쪽의 존재를 알리는 흔적을 〈레기온〉에 들켰겠지.

아무리 최신예 〈레긴레이브〉라고 해도 타오르는 불길 한가운데를 행군하는 능력은 없다. 냉각계가 못 버티고, 대량의 산소를 소비하며 타오르는 네이팜의 불길 속에서는 파일럿이 질식한다.

세 번째 사격. 더 가까운 위치에 불길이 올랐다. 숨을 장소, 이동 경로가 될 지형을 낱낱이 없애려는 것이다.

[신!]

"나갈 수밖에 없군. 전원 전투 준비. 300초 후에 제1진과 접촉한다."

일대의 〈레기온〉의 위치를 확인, 평야로 나간 뒤에 가장 조우가 적을 루트를 택하여 폐허가 된 도시를 질주한다.

장거리포병형의 포효가 일었다. 포격이 온다고 탐지한 직후, 드디어 지금 있는 폐도시가 표적이 됐다.

지근거리에 착탄. 직격을 맞은 가로수가 순식간에 불덩어리가 됐다. 아무리 잘 안 타는 생나무라고 해도 연소온도가 1300도에 달하는 네이팜의 불길에 닿으면 버티지 못한다.

진흙 같은 연소제가 계속해서 쏟아지고, 기화한 표면을 불길이 핥아서 순식간에 주위가 불바다가 된다. 새벽의 어둠에 갇혔던 도시가 업화에 감싸여서 검붉은 그림자와 불길이 춤추었다.

옮겨 붙은 불길과 함께 오래된 빌딩이 무너지는 가운데, 아슬아슬하게 도시 밖으로 뛰쳐나갔다.

[드, 들켰다!]

멀리 지평선 근처에서 척후형의 실루엣이 이쪽에 센서를 들이댔다. 그 직후 〈건슬링어〉가 포격으로 격파. 그래도 88mm포의 포성이 울리는 것보다도 데이터링크를 통해 주변 부대에 정보가 전달되는 것이 더 빠르다.

다음 순간 몸을 숨기고 있던 지평선을 넘어서 구름처럼 우르르 쏟아진 대군에 라이덴이 숨을 삼켰다.

[이렇게 많나……?! 여전히 우글우글 쏟아지는군!!]

"그만큼 전자가속포형이 중요한 거겠지. ……좌익이 얇다. 최대전속으로 돌파한다."

[크……. 라저.]

불길끼리 뒤섞이며 바람을 부르는 열선풍의 상승기류는 타버린 것의 재를 하늘높이 날려버리고, 대량의 재가 상공의 물 입자가 합쳐져서 비로 변한다.

재 때문에 검은 색깔은 비가 퍼붓듯이 쏟아지는 가운데 〈저거노트〉는 평원을 넘어서 낮은 산지의 덤불길을 질주했다.

목적을 이룬 소이탄의 포격은 멎었지만, 유탄포의 강철의 비는 가을비에 섞여서 끊임없이 쏟아지고, 발소리도 없는 쇳빛 그림자가 나무 그림자 너머에서 힐끔힐끔 엿본다.

기복이 심한 나무뿌리와 가지가 뒤섞인 산야는 중량급인 전차형의 침입을 방해하지만, 기체 중량이 비슷한 척후형은 〈저거노트〉가 간 길을 그대로 추적한다. 데이터링크로 연락을 주고받으면서 이쪽의 위치를 파악한 듯 비교적 평탄한 강바닥을 따라오는 전차형의 편대가 덤불과 가지 틈새를 통해 아래쪽으로 간간이 보였다.

[——신 군, 남은 거리는?]

"직선으로 1만 5천. 조금 이동한 뒤에 또 멈췄다. ……의도를 모르겠지만, 이 틈에 거리를 좁힌다."

프레데리카가 말했다.

[뭔가를 겨누고 있는 모양이로군. ……하지만 대체 이건 뭐지. 고정포만 주르륵 있고, 이래선 전선 원호가 불가능할 텐데…….]

그렇게 말하고 프레데리카는 숨을 삼켰다. 혹시나……라고 말하려다가 입을 다물었지만, 묻고 있을 여유가 없다.

[아래! 쏘기 시작한다!]

아래쪽의 전차형 한 대가 포탑을 선회. 120mm포의 포구가 이쪽을 향한다. 전방 한 쌍의 다리를 쳐들어서, 취하기 힘든 앙각을 억지로 취한 전차포가 포효한다.

"크……!"

절벽 경사면, 쐐기 대형 중앙의 〈래핑폭스〉와 후열의 〈스노윗치〉 사이의 지면 아래에 착탄. 땅이 파이고 충격파와 함께 진흙이 뿜어져 나온 직후에 닥치는 대로 쏘았다는 듯한 장거리포병형의 포격. 견고하게 만든 참호도 일격에 흙더미로 만드는 155mm고폭탄의 작렬에 무너졌던 대지가 나무뿌리와 함께 절단, 날아가면서 무너졌다.

[앗……?!]

그 붕괴에 휘말리는 형태로 〈스노윗치〉가 미끄러졌다.

[앙쥬?!]

[큭…… 괜찮아. 기체에 손상은 없어. ……하지만.]

10미터 정도 미끄러진 곳의 다시금 평탄한 장소에서 흙더미에 묻힌 다리를 빼면서 〈스노윗치〉가 머리를 돌렸다.

붉은 광학 센서가 무너진 경사면을 쓱 훑어보고 좌우로 흔들었다. 〈저거노트〉의 광학 센서의 조작은 시선추적식이다. 안에 탄 앙쥬가 살짝 고개를 흔든 것이리라.

[미안하지만 못 올라가겠어. 이대로 여기서 발을 묶을게. ……파이드, 미사일포드 스페어, 있는 대로 두고 가!]

넘어지듯이 급정지한 파이드가 등의 컨테이너를 전개, 격납되어 있던 미사일 포드를 무너진 경사면으로 떨어뜨렸다.

그것을 뒤로 하고 네 대의 〈저거노트〉는 무사한 지면을 따라서 계속 달렸다. 쫓아오던 척후형은 포격을 피해서 산개하고, 다른 길을 따라서 계속 쫓아왔다. 여기서 발을 멈추지 않는다.

굽이치는 길을 파이드가 쫓아오는 것과 때를 함께 해서, 후방의 강바닥 근처에 연잇는 작렬음. 목표 상공에 뿌려져서 신관을 작동한 대장갑유탄이 전차형의 약점인 상판 장갑에 박히는 소리다. 이어서 두 번, 세 번, 다른 방향에서 같은 음향이 울리고, 산속의 험한 길에서도 시속 100킬로미터 이상의 순항속도를 내는 〈저거노트〉는 순식간에 그 대음향조차도 뒤로했다.

그것은 순항속도에서 뒤지는 척후형도 마찬가지일 테지만, 데이터링크로 연결된 그들은 힘들다고 판단하자 다른 부대에 추적속행을 요청한 모양이다. 지금도 전방 몇 킬로미터 지점을 순회하던 〈레기온〉 집단이 방향을 전환, 이쪽의 예측 진로를 막으려고 움직이는 게 그 이능력으로 감지됐다.

지각동조를 통해 같은 소리를 들은 세오가 코웃음을 쳤다.

[아직도 오나. 끈질기네. ……앞으로 1만. 이대로 어울리다간 전자가속포형과 붙을 때 방해돼.]

검은색의 비가 내리는 구름 아래를 빠져나가, 완만한 경사를 내달리며 산을 빠져나갔다. 산기슭에는 곰팡이가 증식하듯이 파고들고, 거기에 펼쳐진 아름답고 멋진 작은 석조 도시의 폐허에 침입하여 달려갔다.

대로로 나간 순간, 최후미에 있던 〈래핑폭스〉가 반전. 반회전 동작을 이용하여 와이어앵커를 근처 빌딩에 박고, 그대로 기체를 회전해 공격했다. 9년의 세월로 열화가 진행된 데다가 정확하게 기둥이 파괴된 빌딩이 굉음을 내며 대로에 쓰러졌다.

최후미에 있던 〈래핑폭스〉와 선행하는 다른 〈저거노트〉를 분단하는 형태로.

빌딩이 쓰러지는 진동과 대음향을 감지한 〈레기온〉이 그 진원으로 이동을 개시한다. 그걸 들은 세오가 예리하게 웃었다.

[여기부터는 또 평지잖아? 이런 곳이 아니면 난 도움이 안 되니까 여기서 미끼를 맡지! ……최대한 끌어들일 테니까 뒷일은 부탁해!]

†

침투한 소부대는 두 개로 분파.

쌍방 모두 주변 부대가 붙잡았다. 현재 교전 중.

〈——라저.〉

광역 네트워크에서 들어온 보고에 키리야는 탄식하고 싶은 마음을 억눌렀다. 물론 숨을 내뱉을 입도 폐도 없기에 하려고 해도 할 수 없지만.

고작 잡병 따위에게 들켰나. 노우젠의 혈족이 참 한심하다.

그렇다고는 해도 동료를 최후미로, 미끼로 쓰면서도 적기를 쫓는 냉철함은 평가해 줘도 좋겠지.

보고와는 달리 대공방어를 위해 광범위, 고정밀도 탐사성능을 자랑하는 그 레이더가 지금도 접근하는 적기들을 포착하고 있다. 산지에서 전차형과 붙는 기체와도, 폐허에서 도망쳐 다니는 기체와도 다른, 광역 네트워크에 인식되지 않는 세 번째 집단. 기체 숫자는 넷, 반응으로 보면 그중 셋이 연방의 신형 펠드레스인가.

〈——페일 라이더가 광역 네트워크에.〉

생각도 하지 않았던 동포와의 해후다.

고작 잡병 따위에게 방해받을 순 없다.

〈소정의 포격 스케줄을 실시한다. 앞으로 스케줄 완료까지 통신을 봉쇄한다.〉

일부러 취득 정보는 네트워크에 보내지 않고, 그렇게만 말하고 접속을 끊었다.

그렇긴 해도―― 훼방꾼을 데려오는 것은 저쪽도 마찬가지다.

일단은 그 녀석들부터 털어내 줄까.

†

[――피해라! 쏜다!]

지각동조 너머에서 프레데리카의 비명이 울린 것과 전자가속포형의 원념이 높아지는 것은 거의 동시.

반사적으로 조종간을 당긴 다음 순간, 크게 뛰어서 물러난 〈언더테이커〉의 옆에 착탄. 초음속의 포탄이 띤 충격파가 기체를 튕겨버리고, 날아온 흙더미가 산탄처럼 장갑을 두들겼다.

"큭……!"

계속해서 포격. 폭풍우 속의 파도치는 바다처럼 구릉지가 이어지는 여명의 초원에 기관총의 탄막처럼―― 아니, 그 정도의 연속 포격이 연속해서 날아와서 세 대의 〈저거노트〉는 구르듯이 산개.

연사도 가능한가. ――아니.

"근접방어무기인가."

공화국 제1전투구역의 전장에서 연방 지배영역에 도달하기 직전의 전투에서. 그리고 서방방면군의 전진기지를 날려버린 집중포화에서 목격한 레일건의 위력과 비교해서 현저하게 약하다.
지원 컴퓨터가 내놓은 발사 속도는 레일건과 동등한 초속 8000m/s. 주포보다도 탄도의 질량을── 구경을 줄이고 그 대신 연사력을 획득한 기관포 종류겠지. 미사일을 격추한 대공근접방어무기까지 전자가속포형은 레일건으로 구성한 모양이다.
프레데리카가 따라온 것은 결과적으로 옳았다고 다소 씁쓸하게 생각했다.
그녀의 기사인 이 전자가속포형이 상대라면 자기보다도 프레데리카 쪽이 공격의 징조를 더 빨리 감지한다. 현재의 상대거리는 대략 7000, 격발하고 1초도 안 되어 착탄하는 레일건을 상대로 한 이 전투에서는 귀중한 어드밴티지다.
초고속이 가져오는 치명적인 운동 에너지를 담은 텅스텐탄의 비가 순식간에 전야를 날려버린다.
도약하고, 물러나고, 땅을 구르고── 계속해서 덮치는 맹포격을 세 대의 〈저거노트〉는 가진 기술과 감을 모두 구사하여 회피했다. 이 탄속의 철갑탄을 맞으면 알루미늄 합금인 〈저거노트〉의 장갑은 물론 〈바나르간드〉라도 버틸 수 없다. 계속 피하는 수밖에 없다.
[이게……!]
포신의 과열을 막기 위한 몇 초의 틈, 허를 찬 크레나가 〈건슬링어〉의 저격총을 전개.
그녀 이외의 누구에게도 불가능한 정밀함으로 언덕 너머의 적기를 노려서 포격. 이어질 터였던 포격의 비가 움츠러든 것처럼 멎었다.

[붙들고 있을 테니까 이틈에 가! 산탄이니까 큰 대미지는 안 돼!]

또 몇 발의 견제사를 날리고, 마지막 한 발을 쏘는 동시에 옆으로——〈언더테이커〉와 〈베어볼프〉와 떨어진 방향으로 몇 차례 도약하여 크게 거리를 벌렸다. 날아드는 탄막이 〈건슬링어〉가 원래 있던 위치를 훑고, 응사한 〈건슬링어〉를 쫓는 형태로 더욱 화선이 멀어졌다.

[얼른!]

"——부탁해."

그때 크레나는 어딘가 자랑스럽게 웃었다.

[맡겨 줘.]

†

구릉지 너머, 적기의 포격은 멎지 않는다.

포격 간격으로 볼 때 적기는 한 기. 구릉지 뒤에 들어가서 레이더상으로는 놓쳤지만, 마지막으로 확인한 시점에서 적기는 아직 네 대 모두 남아있었다.

이대로 가다간 초대하지 않은 자까지 여기에 온다. 이 저격수와 동시에 상대하는 것도 귀찮다. 서둘러 제거해야만 한다.

상체를 쳐들었다. 몸을 구부려서 후방으로 광학 센서를 돌린다.

반짝 하고. 장대한 포신기지에 푸르스름한 전류의 뱀이 달렸다.

†

지직, 하고 강렬한 노이즈가 한순간 광학 스크린의 표시를 뒤흔들었다.

[뭐지……?]

"전자방해 같은 건 아니야. 단순한 전자파 같은데."

말하려다가 깨달았다.

레일건은 막대한 전력으로 탄체를 가속하는 투사병기다.

포격시에는 당연히――주변 일대에 강렬한 전자파를 뿌린다.

전자가속포형의 절규가 커졌다.

"――크레나! 이제 됐어, 거기서 도망쳐!"

구릉지 너머에 섬광. 통과한 후방, 하늘에서 굉음.

[크레나!]

[꺄아아아악?!]

무언가가――예를 들어 공중에서 자폭한 거대한 포탄의 파편이 고속으로 떨어지는 듯이 바람을 가르는 소리와 충격음. 〈건슬링어〉의 마크가 사라지는 것과 동시에 크레나와의 지각동조가 끊겼다.

두 사람의 의식이 순간 흐트러졌다.

그 틈을 찔러서 전자가속포형의 근접방어무기가 포효했다. 부채꼴 화선이 하늘을 훑었다.

초음속의 금속의 화살이 남색의 하늘을 강철로 물들이고 가을비가 되어서 비스듬히 쏟아졌다.

회피할 여유가 없다. 순간적으로 기체를 엎드리게 해서 포탄을 맞는 면적을 최소화했다. 그래도 포격이 스친 왼쪽 앞다리의 장갑이 날아갔다.

[크……!]

[라이덴!]

억누른 신음과 프레데리카의 비명에 〈언더테이커〉를 일으켜 세우던 손을 멈췄다. 바라본 곳, 마찬가지로 지면에 엎드린 채로 일어나지 못하는 〈베어볼프〉의 모습.

"……부상인가?"

질문이 아니라 확인이었다. 지각동조는 연결되어 있다. 하지만 기체의 손상이 심하다. 기체 오른쪽 다리는 양쪽 다 날아갔고, 찢어진 장갑 균열은 명백히 콕핏까지 미쳤다.

저러면 내부도 멀쩡하지 않다.

[나……나를 감쌌다.]

[죽을 정도는 아니야. 하지만…… 미안. 나도 여기서 탈락이야.]

다소 다리에 손상을 입었어도 움직일 수 있다는 것이 캐터필러형과 비교할 때의 이점이지만, 아무래도 오른쪽 다리가 둘 다 날아갔으면 움직일 수 없다.

……전투능력이 제대로 남지 않은 〈베어볼프〉에 남기고 가는 것보다는 나은가.

"파이드. 프레데리카를 태워."

파이드가 절걱절걱 걸어갔다. 거리를 두고 따라왔기 때문에 직격탄을 맞지 않은 모양이다. 그래도 다리의 움직임이 다소 안 좋다. 포탄 파편이나 그 충격파, 어찌 됐든 대미지를 받았다.

그런 상태인 비무장 수집기에게는 심한 명령이라고 알면서 말했다.

"혹시 내가 당하거든 프레데리카를 데리고 물러나. 다른 녀석들의 회수는 생각하지 않아도 돼. 반드시 그 녀석을 연방으로 데리고 돌아가."

"삐."

[신에이!]

조용히 끄덕이듯이 파이드가 전자음을 보내고, 프레데리카가 항의했다. 개의치 않고 신은 말을 이었다.

"잃는 건 두렵고, 그래도 구해주고 싶잖아. 그렇다면 끝까지 살아남아."

[…….]

입술을 깨문 프레데리카가 끄덕이는 기척. 〈베어볼프〉의 캐노피가 열리고, 작은 그림자가 뛰어내렸다. 컨테이너를 전개한 파이드가 달려가서 웅크렸다.

콕핏 안, 한 손을 든 장신의 그림자에게 보이지 않을 것을 알면서도 끄덕였다.

[죽지 마라.]

"……그래."

입안에서 중얼거리는 소리만 남기고, 마지막으로 남은 〈언더테이커〉를 몰았다.

남은 거리는 3000.

마지막 구릉을 돌파한다.

그 앞에 펼쳐진 것은 시야를 가득 메우는 청색이었다.

제9장 오래토록 기다려 왔던(Veni, Veni, Emmanuel)

푸른 색채의 정체는 나비의 날개다.

금속 같은 파란 날개를 펼친 엄청난 숫자의 나비가 초원 전체를 푸르게 덧칠했다. 방전교란형과 비슷한, 그리고 발전공장형이 거느린 것과 같은 태양광 발전 패널 날개의 〈레기온〉, 부속발전형(에델팔터).

얼어붙은 푸른 하늘이 깨져서 쌓인 듯한 기계나비의 무리가 지금 해가 솟지 않은 새벽녘의 푸른 어둠 속에서 일제히 푸른 날개를 펄럭였다.

다가오는 하얀 강철 거미에게 겁먹은 듯이 날아올랐다. 옛 전투의 흔적일까, 무수한 중포의 포신이 묘비처럼 꽂히고, 푸른빛의 난반사가 꽃처럼 나부끼는 그 너머로.

신화의 거룡 같은 장대한 거구에 30미터 이상 되는 포신을 짊어지고, 여덟 개의 복선 궤도에 선 〈레기온〉이 있었다.

과거에 마지막으로 인류들끼리 싸웠던 대전 말기에 운용된 사상 최대의 화포―― 열차포의 이름에 부끄럽지 않은 위용이다. 용의 비늘 같은 검은 장갑 모듈. 포신을 구성하는, 하늘을 향해 솟은 한 쌍의 창처럼 예리한 레일. 머리에 해당되는 위치에 푸른 광학 센서를 도깨비불처럼 번쩍거리며, 포격의 고열로 아지랑이가 피어오르는 여섯 개의 근접방어무기── 40mm 6연장 회전식 기관포.

양산형 〈레기온〉 중에서 최대인 중전차형까지도 존재감이 흐려지는 전고 11미터, 전장 40미터를 넘는 거구를 새벽하늘에 세우고, 아마도 배열용 부품인 듯한 은색 실을 복잡하게 얽은 듯한 날개 네 장이 엷은 별빛을 투과하여 하늘에 퍼뜨렸다.

전자가속포형.

구릉 그늘에서 튀어나온 〈언더테이커〉에게 광학 센서와 발칸포를 즉각 향했다. 구릉 그늘에 숨은 이쪽을 아마도 놓쳤으면서도 방심 없이 기다렸던 듯한 빈틈없는 동작. 하지만.

어설프군.

두 번째 도약. 착지와 동시에 급제동. 고기동전을 상정하여 경량이면서도 튼튼하게 만들어진 액추에이터가 삐걱대고, 이동을 예측하여 〈언더테이커〉의 진행방향 앞으로 조준을 맞추던 발칸포는 예상하지 않았던 그 동작에 대응할 수 없다.

광학 센서의 초점만이 허무하게 이쪽을 향했다.

시선이 마주쳤다고 느낀 순간── 신은 이미 조준을 맞추고 있었다. 88mm포의 방아쇠를 당겼다.

†

저런 움직임을──!

그의 부속기인 부속발전형의 푸른 광채 너머, 사냥감을 노리는 야수의 민첩함으로 튀어나온 적기의 기동에 키리야는 내심 혀를 내둘렀다.

비스듬히 앞쪽으로 낮고 날카롭게 도약하다가 공중에서 기체 방향을 바꾸면서 착지, 동시에 급제동. 일찍이 제국 최강의 전사 일족으로 전용 펠드레스를 몰던 키리야에게 그 안의 파일럿의 존재를 의심하게 하는 살인적인 기동이다. 그러면서 88mm포의 조준은 흐트러짐 없이 이쪽을 향해 맞춘다.

번쩍이는 순백의 악몽처럼, 없어진 자기 머리를 찾아 기어다니는 백골 사체 같은 이형의 펠드레스. 캐노피 밑에 그려진, 야삽을 짊어진 목 없는 해골의 퍼스널마크.

아아.

흘러나온 생각은 냉철하면서도 광희에 젖었고, 왜인지 조금 안도와 비슷했다.

역시 너인가.

역시 너만이 내 앞에 도달했나.

그래야지.

방아쇠를 당기는 것을 지각했다.

너무나도 예리하게 갈린 듯한, 하지만 숨쉬듯이 대수롭지 않은 살의를, 서로의 장갑과 3000미터의 상대거리를 두고도 키리야는 확실히 인식했다.

안 그러면 재미가 없지.

†

"……아직 얕나."

장갑 모듈 한 장에서 검은 연기를 피워 올리면서도 서 있는 전자가속포형의 모습에 신은 중얼거렸다. 내부까지 관통하지 못했다. 착탄시의 폭염도 과도했다.

폭발반응장갑. 성형작약탄의 기폭에 반응하여 장갑 표면의 폭약이 작렬, 성형작약탄이 생성하는 메탈제트를 폭풍으로 날려버림으로써 관통을 막는 특수장갑의 일종이다.

〈레기온〉 비장의 기술이다. 기껏해야 유탄 파편을 막는 정도의 얇은 장갑이면 되는 중포의 정석을 일부러 무시하고, 만일에도 파괴되지 않도록 상당히 견고한 장갑을 두른 모양이다.

성형작약탄은 먹히지 않는다. 이러면 고속철갑탄도, 상식적인 유효사거리에서 쏴선 관통할 정도가 되지 않는다.

그렇다고 해도 그건.

저 알루미늄 합금의 걸어다니는 관짝으로 전차형이나 중전차형과 대치했을 때와 같다.

시선과 살의가 이쪽을 향한다. 중량이 과도하여 궤도에서 내려올 수 없는 거구의 방향은 그대로고, 여섯 개의 기관포만이 다른 생물처럼 선회한다.

쏜다. 이미 생각도 아니라 반사적인 판단이 기체를 왼쪽으로 틀게 했다. 직후에 머즐플래시. 〈언더테이커〉의 오른편 지면이 기총탄에 튀었다. 그 광경을 시야 한쪽에 담으며 날카롭게 파고들어서 다음 사격을 회피. 쫓아오는 사격을 피하여 도망쳤다.

6연장 총신과 고속 발사로 농밀한 탄막을 전개하는 발칸포는 그렇기 때문에 소비하는 탄이 많고 과열되기 쉽다. 즉, 그리 오랫동안 연속으로 사격할 수 없다. 교대로 탄막을 전개하는 여섯 문의 기관포 사선 틈새를 자잘한 도약과 급제동을 거듭하여 눈이 돌 정도의 고속기동으로 〈언더테이커〉는 전진한다.

배 속에 울리는 포격의 무거운 포효도, 바람을 가르는 초고속탄의 새된 소리의 절규도, 냉철함을 더한 핏빛 눈동자를 흔들지 못한다. 광학 스크린과 홀로윈도우의 희미한 빛을 반사하는, 딱딱하고 무기질적인, 얼어붙은 붉은 눈동자.

열악하기 짝이 없는 공화국 86구에서의 몇 년에 걸친 전투 경험은 거기서 살아남은 에이티식스들의 의식을, 어느 정도 차이가 있을지언정 투사로 최적화시켰다. 즉, 전투 중에는 소년들 모두가 인간성이랄 것을 잃고, 아이러니하게도 상대하는 〈레기온〉과 마찬가지로 두려움도 없고 물러나지도 않는 일개 전투기계로 만든다.

그것은 근접백병전을 특기로 하며 최전선에서 수많은 적과 상대한 신에게 특히나 현저하다.

총칼의 숲속을 달리고, 총탄의 비를 누비기 때문에 극도의 집중이 필요한 신은 이미 인간성을 모두 잃었다. 갈등도, 고뇌도, 슬픔도, 비탄도, 전투행동에 불필요한 모든 생각과 감정을 의식 밑바닥에 동결시키고 잊는다.

그게 편하다고, 얼어붙은 마음 한구석이 조용히 생각한다.

싸울 동안은 괜한 생각을 하지 않아도 된다.

모든 것을 잊을 수 있다.

그것은 너무나도 편하다고.

눈앞에 버티고 선 얼굴도 모르는 기사의—— 투쟁과 살육에 미친 망령의 그 광기의 이유를 조금은 안 것 같다.

그렇게 되면…… 편해질 수 있으니까.

탄막 틈새, 사선이 열린다.

기관 냉각을 위해 일시적으로 사격을 정지한 왼쪽 뒷부분의 기관포. 시선을 따라 시스템이 자동으로 록온, 타겟 마크가 붉게 반전하는 동시에 방아쇠를 당겼다. 아무리 견고한 장갑으로 몸을 지키는 전자가속포형이라도 기관포에 장갑을 씌우진 않는다.

기관부에 성형작약탄의 직격을 맞은 발칸포가 폭발. 검붉은 업화와 흘러나오는 벼락이 동 트기 시작한 하늘을 찔렀다. 부속발전형들이 허둥대듯 날아오르고, 푸른 군무와 스스로 만들어낸 발사염을 가르며 〈언더테이커〉는 달렸다.

거리, 2000.

직접 조준을 주로 하는 전차포의—— 88mm포의 사거리.

여기까지 접근하면 전차형이나 중전차형 상대의 전투와 전혀 다를 게 없다. 조준되면 끝장, 피할 수 없는 이유는 이 거리에서 초속 1600m/s 전차포도, 초속 8000m/s인 레일건도 똑같기 때문이다. 거리가 너무 가까워 발칸포의 탄막도 펼 수 없다. 발은 빨라도 전차형 정도의 괴물 같은 운동성은 없고, 거포와 그 발사 장치 때문에 덩치가 무식하게 큰 만큼 표적으로 노리기 쉬울 정도다.

집요하게 쏟아지는 총탄의 비를 피하면서, 좌측면에서 접근. 좌우 세 문씩인 발칸포는 측면에서 접근하면 전자가속포형 자신의 거구가 방해되어서 반대쪽 세 문을 전혀 쏠 수 없어진다.

기관포 중 절반이 봉쇄되고서도 같은 밀도의 사격을 계속하려면 발사 사이클을 올릴 수밖에 없다. 이윽고 탄이 떨어졌는지 기관포 한 문이 침묵. 기관 냉각의 시간을 얻지 못하여 오버히트한 한 문이 폭발하여 연기를 피웠다.

상대거리, 1000.

†

마녀의 피가 섞였다고 해도 역시나 노우젠의 직계 혈통── 그 마지막 한 명이라고 해야 할까.

1초에 100발이라는 말 그대로 탄막을 펼치는 발칸포의 파상공격, 그동안 있는지도 알 수 없는 틈새를 놓치지 않고 찌르며 질주하는 하얀 펠드레스에 키리야는 경탄의 마음을 금할 수 없었다.

면도날보다도 가느다란 사선을 간파하여 달리는 냉철함. 그러면서 이쪽의 무기를 봉하고 줄이는 교활함. 그리고 그 모든 것을 추호도 두려워하지 않는, 무시무시한 과감함.

제국에 있었으면── 함께 그의 주군 옆에 있었으면. 제국은 지금도 조상들 땅에 찬란히 존재했을지도 몰랐다.

노획하여 그 성능을 흡수하면.

〈레기온〉 지휘관기의 전략적 판단이 사고에 스며들고, 키리야는 코웃음을 치며 그것을 쫓아냈다. 생포는 단순히 이기는 것보다도 고생스럽다. 적이 강하면 더더욱.

상대거리는 1012미터. 더 접근한다. 그 판단은 분명 옳다. 튼튼하게 만들어진 키리야의 장갑은 현재 주류인 120mm 전차포와 비교하여 구경이 작은 88포로는 그 거리에서도 뚫을 수 없다.

그렇다고 해도 저렇게 마구잡이로 접근하는 것은.

마치 죽고 싶어서 발악하는 것 같은 그 무모함은.

아무리 그래도 너무 만용이 아닌가.

†

구릉지에 숨은 파이드의 컨테이너 안, 프레데리카는 그 이능력으로 두 사람의 전투를 지켜보았다.

제국 최후의 요새에 있을 무렵, 근위기사들의 전투를 '본' 적도 몇 번 있었다.

근위기사 중에는 키리야 외에도 노우젠의 이름을 가진 자들이 있었다.

과거 제국 최강을 자랑했던 전사 일족, 전용 펠드레스를 몰며 벌이는 대단한 전투는 여러 번 보았지만 그런 그들과 비교해도 신은 각별하다.

혈통으로 이어진 소양과 타고난 재능. 그것을 5년 이상에 걸친 사투로 갈고닦으며 태어난, 당대는 물론이고 역대 노우젠 일족 중에서도 아마 손꼽힐 정도.

그 자신이 그렇게 되기를 바랐는지는── 이미 아무도 알 수 없지만.

생전의, 아직 인간이었을 적의 키리야가 상대였다면 4년이라는 나이 차이를 감안해도 신이 이기겠지.

하지만 지금 키리야는 인간이 아니다.

사거리가 400킬로미터에 달하는 구경 800mm 고화력 주포를 가지고, 〈저거노트〉보다도 강인한 장갑과 발칸포로 몸을 지키는 전략병기다.

근접전투에 특화된 〈언더테이커〉로는 본래 너무 불리하다.

접근을 시도했다가 탄막에 물러나고, 또 사선 틈새를 말그대로 누비듯이 〈언더테이커〉는 전진했다. 조금이라도 판단을, 기체 조작을 그르치면 그 순간 게임셋이다. 보고 있기만 해도 심장이 아팠다.

"……삐이."

컨테이너가 불규칙하게 흔들렸다. 파이드가 불안함에 발을 구르는 것이다. 강철의 거룡을 상대로 홀로, 무모한 돌격을 감행하는 주인의 모습에 충실한 〈스캐빈저〉는 어쩌면 뛰쳐나가고 싶은 걸지도 모른다. 적의 포에 모습을 드러내기 위해. 전자가속포형에게 빈틈을 만드는 미끼가 되기 위해.

그러지 않은 것은 프레데리카를 태우고 있기 때문이다.

만에 하나의 경우에는 무슨 일이 있어도 반드시 그녀를 연방으로 데리고 돌아가라. ──유일무이한 주인에게서 받은 명령이니까.

"……미안하구나."

"삐이."

마음 착한 사냥개 같은 반응에 무심코 쓴웃음이 나왔다. 하다못해 지켜보기는 해야 한다. 다시금 '눈'에 집중하고.

문득 깨달았다.

노우젠의 기사들은 〈바나르간드〉와는 다른 전용 펠드레스를, 또 개개인의 요구에 맞춘 튠업을 하여 운용했다.

경장갑, 고기동형 〈레긴레이브〉는 제국에서 연방으로 이어지는 펠드레스 개발사 중에서도 이색적인 존재다. 연방도, 그리고 제국도 중장갑과 고화력을 중시하여 중량급의 펠드레스를 주류로 삼았다.

키리야의 일족이 타는 전용 펠드레스 또한 그 점에서 벗어나지 않는다.

무거운 복합장갑과 무거운 120mm 전차포. 그것들을 지탱하는 튼튼하고 무거운 프레임과 구동계. 중량급의 그 기체를 대출력의 파워팩과 배양한 기량을 바탕으로 약동시키고, 최전선에서 적병을 유린하는 것이 키리야의 전투방식이었다.

되살아난다. 이미 옛날로 느껴지는, 서로 알게 된 당일에 죽었던, 신의 전우였던 소년의 말.

――그거 알아? 신의 전설의 0점.

――〈바나르간드〉로 점프한 거야. 위험조종으로 단방에 실격.

그 자체는 경이적인 조종 기량이었지만, 그때 프레데리카는 놀라지 않았다.

알고 있었으니까.

같은 짓을 할 수 있는 자를 이미——.

무심코 몸을 내밀었다. 현실의 눈에 비치는 광경이 아니라, 그녀의 이능력이 포착한 키리야의 모습을 주시했다.

88mm 포의 관통을 막는 중장갑. 800mm의 대구경포. 그것들을 지탱하는 장대하고 무거운 거룡의 체구. 복선—— 8개의 복선, 보통열차에서 사용되는 단선과 비교해서 네 배나 되는 궤도를 타지 않으면 버틸 수 없을 정도의 초중량급의 거구.

그래도.

이 키리야가 같은 짓을 할 수 없을까——……?!

"——시, 신에이, 안 된다!"

그렇다. 장사정병기의 약점은 접근당하는 것이다.

말만큼 쉬운 일이 아니라고 해도…… 대부분의 경우 장사정병기는 그 대가로 근거리에서 움직임이 아주 어렵다.

하지만 얄궂게도 초장거리포라는 정반대 특성을 가진 병기를 맡게 됐다고.

원래는 그러지 않았던 키리야가—— 그 약점을 그대로 찔릴 일이 있을까.

"함부로 접근하지 마라! ……키리는 애초에 그대와 마찬가지로 근접 특화 오퍼레이터다!"

거룡이 허공을 난다.

쇠말뚝 같은 무수한 절지동물의 다리가 궤도를 힘껏 박차고, 높게 고개를 쳐든 독사처럼 그 거구의 태반이 지상을 떠났다. 정점에 도달하는 동시에 몸을 비틀어서 반전, 강철의 파도가 무너지듯이 반대쪽 궤도에 쏟아졌다.

날카로운 발톱이 박히고 초중량에 부딪쳐서, 그 자체가 수백 킬로그램은 되는 궤도의 철골이 휘어지며 하늘을 날았다.

이동 수단을 스스로 파괴. 장갑 표면의 폭약 모듈이 몇 개 벗겨졌다. 중포가—— 본래 최전선에 나가지 않는 병종이 상정하지 않은 기동에 내부기구도 대미지를 받았겠지. 하지만 그 모든 것을 대가로.

멀쩡한 대공기총 세 문이 이쪽을 향했다.

"——큭."

극한으로 연장된 시간 속에서, 그 사선이 완전히 〈언더테이커〉를 포착한 것을 신은 지각했다. 십자포화의 초점. 전후좌우, 어떻게 움직여도 도망칠 곳이 없다.

마무리라는 듯이, 여태까지 미동도 하지 않았던 800mm 포가 선회했다. 에너지 충전 완료를 뜻하여 포신기부에 전기가 튀었다. 포신의 예리한 한 쌍의 칼날, 그 안쪽의 암흑에서 익숙한 원념의 목소리가 비웃듯이 높아지고——.

[——신! 물러나!]

그 직후, 전자가속포형의 포탑 측면에 착탄.

신관이 작동하고 작렬. 완벽한 기습에 아무리 거룡이라도 포신이 기우뚱 흔들리고, 이어서 기관포 사격이 쏟아졌다. 남은 왼쪽 다리와 와이어 앵커로 언덕을 기어오른 〈베어볼프〉의 풀오토 사격.

전자가속포형의 의식이 그쪽을 향했다.

——끼어들다니.

숨길 생각도 없는 짜증의 기척. 포화에 몸을 드러낸 채로, 더없는 중량을 구동시키는 굉음과 함께 주포가 선회.

그 직후 소리라기보다는 충격파 그 자체가 대기를 뒤흔드는 대음향으로 레일건이 포효했다.

직격을 받은 〈베어볼프〉가 서 있던 언덕 정상과 함께 날아갔다.

라이덴이 탈출했는지는—— 알 수 없었다.

주포의 조준과 의식이 벗어난 한순간의 틈에 〈언더테이커〉는 발칸포의 사선에서 몸을 피했다. 하지만 한발 늦게 세 문의 기총이 그 회피 궤도를 쫓았다. 18연 포구가 연이어서 아크 방전의 불을 뿜고, 옆으로 뿌려대는 화선에 〈언더테이커〉가 후퇴할 수밖에 없이 물러났다. ——화기관제계의 자동조준기능. 한 번 록온한 대상을 전자가속포형의 대공기총은 총좌의 가동범위가 허락하는 대로 자동으로 쫓으며 계속 사격했다.

상대거리는 다시금 1000. 제거했을 터인 기총 세 문과 주포도 건재.

이건.

훗 하고 차가운 웃음이 무심코 흘러나왔다.

외통수일지도 모르겠군.

언뜻 스친 생각과 달리 얼어붙은 채인 두 눈동자와 깨어난 투쟁

본능은 파고들 접근경로를 정신없이 찾았다. 눈앞, 기관냉각의 시간을 위해 침묵한 발칸포가 다시금 회전을 개시했다.

살얼음을 걷는 듯한 대치는 영원하면서도 한순간. 서로 총을 뽑아 쏘듯이, 칼을 뽑는 동시에 베듯이, 공격의 예비동작에 들어간 그 순간.

갑자기.

동조의 대상이 한 명 늘었다.

†

연방의 레이드 디바이스는 신 일행, 스피어헤드 전대원에게 임플란트 시술된 유사신경소자와 귀걸이 형태의 데이터태그를 기초로 개발됐다.

그것들에 등록된 접속 대상 설정은 공화국 군적 말소와 동시에 삭제됐지만, 단순히 삭제됐을 뿐이라면 데이터 수복은 사실 그리 어렵지 않다.

수복된 설정을 에이티식스들의 레이드 디바이스에 몰래 넣은 것은 연구원의 장난이다. 어차피 연결될 일도 없으니 아무도 눈치챌 리 없는 설정. 원래 개발처인 공화국에 경의를 표했을 뿐인 단순한 조크.

그래도 설정은 설정이다.

조건이 만족되면 그대로 움직인다.

예를 들어 그 설정의 상대가.

자신과 접속 가능한 전원을 대상으로 지각동조를 기동하면.

†

[——가, 요새벽 위에 있는 모든 〈저거노트〉에!]

같은 이론을 기반으로 했다고 해도 다른 기술로 만들어진 레이드 디바이스는 본래 선명할 터인 그 목소리를 노이즈가 낀 것처럼 갈라지게 만들었으니까.

[방위 120, 거리 8000, 탄종 대장갑유탄! ——발사!]

그 직후, 전자가속포형의 전신에 착탄의 작렬.

어지간한 장갑이라면 충격파로 꺾어버릴 만한 155mm나 203mm 중포의 파괴적인 굉음이 아니다. 보다 사소한, 소구경 포탄의 폭염이다. 다만 화선의 수가 보통이 아니었다. 몇 문의 포가 쏴대는 것인지—— 그야말로 가을비 같은 집중포화다. 인간의 동체시력으로는 볼 수도 없는 초고속과 지면과 거의 평행으로 달리는 저신탄도, 아마도 전차포의 연속포격.

스스로 궤도를 파괴해서 움직일 수 없는 둔중한 야수는 정통으로 그 맹화를 뒤집어썼다.

대경장갑용 유탄으로는 전자가속포형의 견고한 장갑을 관통할 수 없다. 하지만 연속해서 쏟아지는 폭음과 충격파, 파편을 맞고 작동한 자신의 반응장갑의 폭염에 거룡은 눈이 돈 것처럼 굳어버렸다.

[사격 속행, 반격을 받았을 경우는 각자의 판단으로 후퇴!——소속 불명기!]

지극히 모호하면서 일방적인 호칭이었지만, 그것이 〈언더테이커〉를 가리키는 것이라고는 왜인지 알 수 있었다.

[접근을 시도하고 있지요? 움직임을 막을 테니, 그 틈에 공격을!]

포격. 그 충격파와 굉음. 반응장갑의 폭염.

집요하게 쏟아지는 강렬한 섬광과 충격은 전자가속포형의 유체 마이크로머신의 중추처리계를 일시적으로 마비시키고, 강력한 대지, 대공 레이더를 순간 새하얗게 덧칠했다.

그 순간을 노려서 단거리 미사일이 전자가속포형 상공에 도달.

외부의 신관이 작동하여 파열. 폭발성형관통탄이 공중에 뿌려지고 창들이 쏟아지듯이 전자가속포형에게 쇄도, 장갑에, 남은 발칸포의 포신과 기관부에, 무수한 절지동물의 다리에 박혀서 관통했다.

거룡이 처음으로 다리를 굽혔다. 장대한 강철의 거구가 신음하듯이 몸을 젖힌 뒤에 무너지고, 다리 관절의 완충계로 흡수하지도 못하여 밀려드는 초중량이 쿵……하고 대지가 무겁게 요동했다.

[사격 대기! ——이 틈에!]

그런 말은 필요 없다.

미사일이 작렬하는 동시에 신은 〈언더테이커〉를 최대전속으로 질주시켰다.

피아의 최단거리를 10여 초 만에 주파, 마지막 발버둥으로 휘두른 레일건의 사선을 돌파하는 순간적인 도약으로 피하고, 드디어 그의 독무대인 백병전의 거리로,

찌릿 하고 전류 같은 오한이 목 뒤를 훑었다.

반사적으로 조종간을 당겨서 기체에 급제동을 걸었다. 미리 읽었거나 예측이 아니라, 그저 적기에게 아직 무슨 수가 남았다고 이해하여 몸이 움직인 결과.

그 이상의 기동을 취할 여유는 아무리 신이라도 없었다. 허무하게 쳐든 시선 끝, 메인스크린에 비친 영상에.

은색 균열이 생겼다.

†

——얕보지 마라!

전신이 불타고, 작열의 비에 찢어지고, 그래도 키리야는 전투를 멈추지 않는다. 몸을 흔들어서 장갑에 박힌 유탄 파편과 폭발성 형관통탄을 떨어내고, 그 실행 커맨드를 입력한다. 아직 나는 싸울 수 있다. 설령 같이 죽게 되더라도, 아직——이 녀석들을 모조리 죽일 수 있다!

——왜?

기묘하게 냉정한 목소리가 뇌리에 울렸다.

나의 목소리다.

4년 전 나의 목소리. 아직 몸이 있었을 무렵의, 아직 키가 계속

자라던 무렵의.

변성기는 이미 지났지만, 아직 어른이 되지 않은 목소리는 4년 전과 하나도 변하지 않았다.

왜 그렇게까지 하지? 왜 그렇게까지 하면서 싸우지? 왜── 그렇게까지 모든 것을 살육하려고 하지?

이름도 모른다. 얼굴도 모른다. 하지만 같은 피를 이은── 유일한 동포마저도.

이미 일그러뜨릴 입술도 목소리를 낼 목도 없는 채로 키리야는 웃었다.

울음 섞인 웃음이란 사실은 그 웃음을 띨 얼굴이 없기 때문에 키리야 자신도 모른다.

뻔하지 않나. 이제 이것밖에 없으니까.

싸움밖에.

이 몸을 던지고 이 몸을 태우는 전장밖에. 이미 내게는 남아 있지 않으니까.

가슴속, 영혼이라고 불러야 할 것을 태우고, 그 허무함에 담겨서 화톳불처럼 계속 타는── 끝없는 투쟁의 불길밖에.

광학 센서로 접근하는 적기를 비추고, 콕핏을 향해 그것을 떨어뜨렸다. 제정신이라면 모두가 몸을 움츠릴 포탄의 빗속에서, 아까워할 목숨 따윈 없다는 듯이 이쪽을 향해 돌진하는 동포를 향해.

너도.

증발하는 사고 너머. 자각도 하지 않은 말이 갑자기 흘러나왔다.

나와 마찬가지로, 아무것도 없는 너도.

나처럼, 되어버릴 거라면 차라리.

†

균열의 정체는 무수한 와이어였다.

네 장의 날개를 좌라락 흔들자, 은색의 물결이 되어 벼락같은 속도로 떨어졌다. 고룡과 비교하면 머리카락 정도인, 하지만 실제로는 어린애 팔뚝만큼 굵은 와이어다. 쏟아지는 그것은 대지를 깊이 가르고, 혹은 끝으로 꿰뚫어서 꽂혔다.

그중 하나가 급제동을 건 〈언더테이커〉의 코앞을 스쳐서 착탄했다. 튀어오른 진흙이 오른쪽 파일드라이버에 철썩 달라붙었다.

그 순간.

"크……!"

보라색 섬광이 일었다고 본 직후에 충격이 덮쳤다.

모든 광학 스크린과 계기, 홀로윈도우가 화이트아웃. 지표를 타고 퍼진 전기에 튕겨져 날아간 〈언더테이커〉가 비틀거리고, 쓰러지려는 것을 기체 제어로 간신히 버티게 했다.

메인스크린이 순식간에 회복. 이어서 계기류도 마찬가지. 하지만 홀로윈도우가 돌아오지 않는다. 말도 안 되는 수치에서 회복된 계기들도 절반 이상이 경고 램프의 붉은 빛을 깜빡였다.

무슨 부품이 타는 냄새가 폐쇄됐을 터인 콕핏에 스며드는 가운데—— 올려다본 전자가속포형은 그 몸에서 무수하게 만든 와이어를 주위 일대에 펴고 그 안에 본체를 숨기고 있었다.

근접전투용 와이어. ……〈레기온〉들은 무슨 일이 있어도 전자가속포형을 잃지 않도록 모든 대책을 쓴 모양이다.

대전차전투에 특화된—— 파괴력을 일점에 집중해 적기의 두꺼운 장갑에 구멍을 내는 것을 주안에 두고 개발된 전차포탄은 광범위하게 쳐진 무수한 선을 단번에 날려버리는 용도에 맞지 않다. 무질서하게 지면에 꽂힌 것처럼 보이는 불규칙한 쇠창살은 사실 〈저거노트〉가 빠져나갈 수 있는 틈이 전혀 없고, 억지로 비집고 들어갔다간 찢어내기는커녕 붙들릴 게 명백했다.

[커패시터의 가동을 확인. ……전기 와이어라니 이런 수를.]

무전 상대의 목소리도 긴박을 띠었다. 이런 사태를 상정하지 않은 모양이다.

[와이어와의 접촉은 피해 주세요. 저 덩치와 레일건을 움직이게 하는 에너지입니다. 무기나 구동계가 못 버팁니다. ……근접전 사양인 당신의 무기로 제거할 수 있는 장애물이 아닙니다.]

어쩌란 소린가.

소리 내어 말하지 않았을 테니 들릴 리 없는데, 목소리의 주인은 살짝 끄덕인 듯했다.

[예. 그러니까 그것은.]

그때 무전 너머에서 목소리의 주인은 차갑게 눈을 가늘게 뜬 듯했다.

목소리에 담긴 칼날처럼 예리하게 갈아낸, 씩씩한 전의의 울림.

[이쪽에서 어떻게든 하겠습니다.]

그때 다시금 미사일이 날아왔다.

수많은 와이어가 채찍처럼 휘어서 날아드는 포탄의 옆에 부딪쳤다. 좌우에서의 공격에 그대로 속절없이 잘려나갔다.

안에서 흘러나온 것은── 고형 고성능 폭약도 로켓 연료도 아니라, 찐득하니 점성이 강해서 진흙 같은 대량의 액체였다.

공중에 뿌려진 그것은 중력에 따라 그대로 전자가속포형에게 쏟아졌다. 흘러내리지도 않고 달라붙는 바람에 칠흑의 장갑과 은색 와이어가 진흙색으로 더러워졌다.

그리고.

[──5초. 2, 1…… 점화.]

시한신관이 작동.

뿌려진 네이팜이 인화하여 순식간에 불타올랐다.

────────────────────────?!

소리 없는 절규가 대기를, 그 몸을 태우는 화염을 흔들었다.

기이하게도, 〈레기온〉들이 신 일행을 끄집어내려고 했던 짓에 대한 보복과도 같은── 소이탄 포격이었다.

궤도가 파괴되고 다리를 빼앗겨서 움직일 수 없는 전자가속포형이 몸을 뒤틀었다. 남은 절지동물의 다리가 궤도를 벗어나서 대지를 내딛고, 천 톤을 넘는 무기를 발밑의 진흙이 감당할 수 없어서 빠지는 바람에 쓰러졌다.

고작 수백 도 정도로 죽는 인간과 달리 금속으로 온몸이 구성된 〈레기온〉은 1300도의 업화에 휩싸여도 망가지지 않는다. 너무나도 두꺼운 장갑은 기체 내부까지 열을 전달하지 않고, 주변의 산소가 다 타도 질식할 탑승자도 없다.

그래도 몸을 태우는 불길에 두려움을 품는 인간의 본능이 강철의 거룡을 떨게 했다.

달라붙은 네이팜의 화염 속, 와이어를 통해 달리던 전기가 튀어서 사라졌다. 온도 상한을 넘은 회로가 급거 정지했을지도 모르고, 금속은 고온에 드러나면 전도율이 급격히 떨어진다. 전격을 다루는 능력을 잃고 단순히 두꺼운 끈으로 전락했을지도 몰랐다.

거룡이 몸을 뒤틀며 포효하는 바람에 와이어가 차례로 지면에서 뽑혀서 하늘을 춤추었다. 여명의 푸르스름한 하늘에 화염의 투명하고 빨간 곡선을 그리며, 전혀 제어되지 않는 무질서처럼 흔들렸다.

동시에 신은 조종간을 전진 위치로 밀었다.

반사적으로 튀어나간 〈언더테이커〉 쪽으로 화염 너머, 전자가속포형의 푸른 광학 센서가 움직였다. 초점이 맞고, 모든 와이어를 일제히 휘둘렀다.

호의 정점에서 갈퀴 달린 와이어 끝이 고개를 쳐들었다. 하늘을 올려다보듯이 일단 정지했다가, 다시금 내리쳐졌다.

조금 전에 유도포탄을 버터처럼 가른 와이어다. 무전 너머의 누군가가 안색을 바꾸는 기색.

[아직도 움직여?! ……안 됩니다, 물러나세요!]

아니다.

조금씩 각도와 시간 차를 두고 떨어지는 참격의 폭풍을 핏빛 눈동자는 모두 파악했다. 극한의 집중, 정지한 것처럼 보이는 순간,

전자가속포형에게 이르는 진로를 예측한 칼날의 궤적이 보이고, 그중 어느 것을 어떻게 베어내야 할지 그에게 알려주었다.

아직도 불길을 두른 와이어는 도전능력이 제대로 남아있지 않다. 그런 이상.

이것은 그저 조금 움직임이 빠르기만 한 표적이다.

낮고 예리한 도약으로 튀어나갔다. 최초의 참격이 은색 기체에 떨어졌다.

교차. 직전에 휘두른 블레이드는 가로베기로 와이어를 베어냈다. 착지의 기세를 살려서 옆으로 점프, 허공을 가르며 대지에 박힌 와이어의 제2격을 이동하면서 베었다. 제3, 제4의 좌우 대각선에서 오는 시간차 공격을 각각 반대 궤도로 요격하고, 연이어서 날아오는 갈고리의 창들을 베어내며 질주한다.

포물선을 그리며 저편에서 날아온 소구경 유탄이 계속해서 떨어지는 와이어의 옆을 차례로 빠져나가서 시한신관으로 공중기폭. 참격 밑에 발생한 몇 개의 충격파가 보이지 않는 방패가 되어서 와이어들을 튕겨냈다. 그 밑을 〈언더테이커〉가 내달렸다.

옆에서 후려치는 와이어의 참격을 묘비처럼 지면에 꽂힌 중포를 발판 삼은 도약으로 회피―― 몸을 가눌 수 없는 공중으로 도망치는 우행에, 전자가속포형은 비장의 일격으로 마지막 와이어를 머리 위에서 내리쳤다.

아아.

역시나 껄끄러운 타입이다. ――언젠가 프레데리카와 나누었던 대화가 되살아났다.

이렇게 성격이 비뚤어지지 않은, 올곧은 녀석은 껄끄럽다.

같은 장소의 뭔가가 결여되어 뒤틀린—— 자신의 일그러짐을 본 듯한 기분이 들어서 마음이 안 좋다.

와이어앵커 사출. 앵커가 타버린 장갑에 박히는 동시에 와이어를 감아서, 자유낙하와 비교도 되지 않는, 추락에 가까운 속도로 하강. 내리쳐진 참격이 오른쪽 블레이드의 고정쇠를 스쳐서 칼날과 함께 날아간 것을 유일한 희생으로 삼고 거룡의 등에 달라붙었다.

"프레데리카. ——네 기사는 어디에 있지?"

물을 것도 없는 것을 일부러 물었다. 프레데리카의 기사를 치는 것은 그녀의 바람이자 의지다. 실제로 방아쇠를 당기는 것은 그라도, 당기는 각오는 프레데리카가 스스로 결정해야 한다.

지각동조 너머, 프레데리카가 몸을 떠는 기척.

[…………키리, 는.]

한순간, 프레데리카는 환각을 보았다.

그녀 자신은 그립다고 생각하지도 않는 옛 황제들의 처소, 아들러호르스트. 오만하게 좌우로 펼친 날개 같은 별관이 품은 앞뜰. 제국군의 검정과 적색 군복을 입은 키리야가 평소처럼 고지식하게 누군가를 꾸짖고 있다.

그 상대는 키리야와 체격이 비슷한, 하지만 다소 연하인 혼혈, 붉은 눈동자를 가진 소년으로, 쏟아지는 잔소리를 무관심하게,

다소 귀찮은 듯이 흘려 넘겼다. 그 모습에 키리야는 더욱 소리를 지르고, 소년의 형인 듯한 안경을 낀 이지적인 청년이 두 사람을 부드럽게 달랬다.

현실에서는 없었던 광경이다.

프레데리카의 이능력은 실제로 일어난 과거와 현재밖에 비치지 않는다. 그러니까 이것은 그녀의 바람이 만들어낸 환영이다.

하지만 이 전쟁이 없었으면.

노우젠 본가의 적남은 염홍종 영애와 혼인하고── 다른 민족과 피가 섞이는 것에 반대를 받아 공화국으로 도망쳤다고 한다. 그런 인습이 없었으면.

제국이 조금만 더. 자국 백성에게, 다른 나라에게, 같은 나라의 동포에게, 너그러웠으면.

가능했을지도 모르는 광경이었다.

그렇게 할 수 있었을지도 모르는 일족의 마지막 한 명이 나다.

어린 여제는 핑크색 입술을 꾹 다물었다.

그렇다면 하다못해, 지금부터라도.

"키리야가 있는 곳은."

고민은 한순간.

그 망령에 불과할지도 모르지만 친한 자를 죽이는 각오를 하라는 말에 프레데리카는 도망치지 않았다.

[주포 뒤. ──첫 번째 날개 사이다.]

둘러보니 광대한 〈레기온〉의 등 부분 중 지시한 위치에 살짝 튀어나온 메인터넌스 해치가 눈에 들어왔다.

아직도 따라오려는 와이어를 날개 뿌리부터 잘라버리고, 타오르는 네이팜의 불길 속을 내달렸다.

쿠웅, 하고 전자가속포형이 포효를 질렀다. 산을 뒤집어쓴 지네가 남은 다리를 쳐들고 격하게 몸을 뒤흔들었다. 중량 천 톤을 넘는 대질량의 꿈틀거림에 기체 중량이 가벼운 〈저거노트〉가 날아갈 뻔했다.

"칫……!"

네 다리를 펼쳐서 파일드라이버를 모두 작동. 발사된 파일이 전자가속포형의 장갑에 박히고, 고기동전투에 익숙한 신이 이를 악물 정도의 격진에 몸을 드러내는 것을 대가로 〈언더테이커〉의 기체가 고정되고 그 사선을 안정시켰다.

동시에 전자가속포형이 몸을 뒤틀고, 하늘에 도전하는 야수처럼 포를 머리 위로 돌렸다.

본 적 없이 강한, 폭주 직전의 전류가 레일건에 흘러들었다. 공기를 찢는 충격음을 연주하며 벼락이 포신을 휘감았다.

의도를 깨닫고 신은 눈을 치떴다.

자폭.

같이 죽을 생각인가——……!

한순간 끓어오른 것은—— 어찌 된 까닭인지. 공포도 안타까움도 아니라, 끝없는 안도였다.

이걸로.

끝인가.

탕, 하고. 너무나도 작은 소리가 한순간 전투를 정지시켰다.

소리의 정체는 권총의 총성이다. 유효사거리보다 더 멀리서, 애초에 맞을지도 의심쩍은, 〈레기온〉의 장갑에는 너무나도 무력한——그저 자기 머리를 날리기 위한 마지막 무기.

적성존재를 모조리 살상하는 〈레기온〉의 본능이, 금이 간 광학 센서를 그쪽으로 돌리게 했다. 정의되지 않은 무장존재라고 인식한 〈레기온〉의 시스템이 자동적으로 대상을 확대했다.

푸른 나비가 춤추는 초원에서 두 손으로 권총을 들고 서 있는 것은 프레데리카였다.

그 입술이 움직였다.

"키리."

그때 강철의 거룡은 그의 주인인 여제를 똑똑히 보았다.

[폐하.]

깊은 안도의 목소리였다.

그 앞에서 프레데리카는 들고 있던 권총을 일단 내렸다.

그 총구를 자기 관자놀이에 들이댔다.

왜지. 왜 막으러 오지 않는 거냐, 나의 기사.

내가 죽는다.

틀림없이 자폭포격에 휘말릴 장소에서. 몸을 던져서 그걸 막기 위해서——…….

[폐하!]

전자가속포형의 살기가 한순간 완전히 흩어졌다. 포신에 둘렀던 벼락이 사라졌다.

그때 신은 방아쇠를 당겼다.

시야 구석에서 달려온 파이드가 크레인암으로 재주 좋게 프레데리카를 집어드는 것이 비쳤다. 컨테이너에 집어넣을 시간도 아까운 듯이 반전하여 전속력으로 멀어졌다.

격발. 직후에 착탄. 막대한 운동 에너지를 숨긴 고속철갑탄이 장갑만이 아니라 내부기구를 관통. 중추처리계에 박혔을 때 열화우라늄 탄심 특유의 소진 작용을 발현시켰다.

전자가속포형이 안에서부터 불타올랐다.

[————————————————————————————————!!]

유체 마이크로머신의 뇌수가 타서 전자가속포형이 포효했다. 귀를 찌르는 그 절규에 신은 얼굴을 찌푸렸다.

검붉게 불을 뿜는 강철의 거수. 울리는 그 절규. 불길에 찢기고 불타면서 흩날리는 유체 마이크로머신의 은색 재.

그것들은 아무래도 뻗은 손끝부터 덧없이 녹아버린 형의 최후를 떠올리게 했다.

진짜 마지막 말은 사라지는 끝까지 닿지 않고.
뒤쫓은 손도, 전하고 싶었던 말도 전하지 않았던 형의 최후.
전자가속포형의 내부, 거기에 갇힌 프레데리카의 기사도 통곡한다.
생전의 마지막 말, 모든 것에 대한 원념에 담아서—— 정말로 찾던 상대를 불렀다.
폐하.
폐하.
폐하.
겨우 다시 만났는데——……!
"……이제 됐어."
닿지 않을 걸 알면서도 중얼거렸다.
뻗은 손은 불타버린 형에게 닿지 않았다.
부르는 목소리는 사라져 돌아간 형에게 닿지 않았다.
죽은 자는 과거다.
돌이킬 수 없고, 어쩔 수 없이 미래를 향해 흘러가는 자가—— 살아있는 자가 만날 일은 결코 없다.
그러니까.
"남아 있어도, 아무것도 할 수 없어. 어디도 갈 수 없어. 그러니까—— 이제 사라져도 돼."
그때 갑자기 검은 눈동자가 바라보았다.
어딘가 슬픈 시선이었다.
그것은.

너도 그랬겠지.

나와 마찬가지로, 아무것도 없는 너도.

아니—— 너야말로.

지금—— 나를 죽이고, 함께, 죽을 생각 아니었나.

어느 틈에 눈앞에 그것이 있었다.

신은 전율을 느꼈다.

똑같은 얼굴이었다.

신은 먼 친척이라는 청년의 얼굴을 모르니까 자기 얼굴로 보았을지도 모르고, 정말로 그렇게 닮았을지도 모른다. 프레데리카가 몇 번이나 겹쳐 보았을 정도로.

어쩌면 그것은 이미 프레데리카의 기사가 아니라——…….

신과 색채가 다른, 그저 그것만이 다른 칠흑의 눈동자가 냉혹하게 웃었다.

겨울의 초승달 같은 어둠의 색깔로.

언젠가 밤에 보았던 형의 눈동자와—— 똑같은 색깔.

그래.

네게는 아무것도 없다.

지켜야 할 것도.

돌아갈 장소도.

바라는 것도 목표도, 마지막에 불러야 할 상대조차도.

살아있기 위한 이유가—— 하나도.

뻗어온 손이 목을 붙잡았다.

형의 손이 아니다. 하지만 필시 프레데리카의 기사도 아니다.

총과 기갑병기의 취급에 익숙해서 딱딱한.

나의——.

움켜쥔 손이 스카프 위에서 손톱을 세웠다.

과거에 형이 새겼던 상처.

지금에 와선 그것밖에 남지 않은…… 유일하게 남은 형의 확실한 존재 증거.

그저 신과 색채만 다른, 어둠색 눈동자가 냉혹하게 웃었다.

이걸 없애기 위해서, 채 죽지 못했던 게 아닐까.

그것만을 위해서, 목숨이 붙어 있었던 게 아닐까.

그렇다면 이제. 여기서 스러지겠지.

필요 없는 네가.

이 세상의 누구에게도 필요 없는 네가.

살아있어도 될 이유는 이미 하나도 없지 않은가.

그런데.

왜—— 아직 살아있지?

웃는다.

이것을 없애고, 끝낼 작정이었겠지

끝나리라고 생각했겠지.

그런데.

또 너 혼자만이.

남겨지고 말았다.

"큭……!"

되살아나는 것은.
떠나가는 형의 야전복 차림의 뒷모습이고,
옆에서 날아가는 〈저거노트〉이고,
살릴 수 없기에 쏴버렸던 전우들의 무참하게 죽은 얼굴이었다.

왜.
모두가.
나 혼자 남기고.
먼저 죽어서.

†

〈레기온〉은 노획됐을 때의 기밀누출을 꺼려서 편집적인 암호화 처리나 블로우오프 패널 등, 여러 대책을 강구했다.
하물며 그들에게 비장의 카드인 전자가속포형쯤 되면 더더욱.
중추처리계가 치명적인 대미지를 입은 것을 전용 센서가 감지.
독립회로로 제어되는 자폭장치가 작동.

주위를 끌어들인 자폭을 노린 게 아니라고 해도, 중량이 천 톤이 넘는 기체와 길이 30미터의 특수합금제 포신을 남김없이 파괴할 만한 고성능 폭약의 폭발이다.

그것은 근처에 있던 나비들을 불사르고, 프레데리카를 감싸며 엎드린 파이드의 컨테이너 뒷부분을 태우고, 그리고 기체 바로 위에 있던 〈언더테이커〉를 먼지처럼 날려버렸다.

†

실신했던 것은 아무래도 정말 잠깐이었던 모양이다.

눈을 뜨니 금이 간 광학 스크린 때문에 맑게 갠 하늘이 삐딱하게 비치고 있었다.

올려다보니 이상하게 답답해져서 캐노피의 개방 레버를 당겼다. 아무것도 없다는 건 알고, 가령 있다고 해도 아무래도 좋았다.

프레임이 일그러진 걸까, 조금 걸리는 느낌을 준 뒤에 캐노피가 열렸다. 하지만 컴퓨터 보정을 받지 않은 진짜 하늘이라도 짓누르는 듯한 푸른 무게감은 변하지 않았다. 그대로 떨어질 것만 같은, 떨어져서 모든 것을 짓눌러버릴 듯한 눈부신 청색.

한 차례 숨을 내쉬고 헤드레스트에 머리를 맡기며 눈을 감았다.

왠지 너무나도── 지쳤다.

계속 전진하는 것이 긍지라고. 힘이 다해 전사하는 그때까지 계속 싸우는 것이 우리 에이티식스라고, 스스로에게 규정하여 여태까지 걸어왔다.

그럴 생각이었다.

하지만 사실은 형을 없애고, 머지않아 죽을 터였던 그 제1구의 전장에서 죽을 곳을 찾아 방황했을 뿐이었던 모양이다.

앞서 간 형을 대신해서, 기계망령들이…… 똑같이 죽다 만 망령에 불과한 나를 없애줄 것을 바라며.

너만, 없었으면.

과거에 형에게 들었던 말이다. 그 뒤로 여러 번, 여러 명에게 들은 말이다.

그래도 형의 망령을 없앤다는 목적이 있으니까 살아올 수 있었다. 형을 매장해 주어야만 하니까 자신이 살아있는 것을 허락했다.

목적이 없다면── 살아야 할 이유가 어디에도 없다.

──네게는 앞으로 긴 시간이 있으니까.

마지막에, 정말로 마지막에 들었던 형의 말이다. 본래 들을 리 없었던, 죽은 뒤에 받은 전별의, 그리고 작별의 말.

형은 그저 순수하게 이별을 아쉬워하며 앞날의 행복을 빌어주었을 뿐이겠지.

하지만 신에게 그것은 저주다.

긴 시간. ──살아남은 미래.

그런 것을 바란 적은 한 번도 없다.

제1구의 전장에서 형을 없애고, 동시에 자기도 죽어서 끝나는 때를── 사실은 계속 고대하고 있었다.

그런데.

형.

왜, 또, 두고 간 거야.

왜 이번에도, 데려가 주지 않았어——……?!

그랬으면.

이런 생각을 하지 않아도 되는데…….

"크……."

야수의 신음 같은, 오열 같은, 소리가 흘러나왔다. 감고 있는 눈 안쪽이 뜨거워져서 한 손으로 가렸지만, 흐르는 것이라곤 하나도 없었다.

저승사자.

그 별명을 꺼린 적은 한 번도 없다.

함께 싸우다 먼저 스러진 전우를, 그 기억을 품고, 끝까지 데려간다고 한 약속에 후회는 없다.

다만.

왜, 다들.

나만 홀로, 남겨두고.

멋대로—— 먼저.

두고 가지 말라고 울었던, 누군가의 목소리가 들린 듯했다.

그렇게 말할 수 있었으면—— 누군가가 내 곁에 남아 주었을까.

조금 떨어진 곳, 아직 불길이 다소 남아서 타고 있는 거룡의 잔해가 눈에 들어왔다.

나와 같으면서 같지 않은, 얼굴도 모르는 기사의 마지막 침상.

핏줄도 몸을 기댈 땅도 없는, 전장 이외에 있을 곳이 없는 망령의 최후. 하지만 동시에 〈레기온〉으로 변했어도 마음에 품은 상대가 있던 망령의 말로.

혹시 내가 〈레기온〉이 되어도, 그 누구의 이름도 부르지 않는다.

부를 이름은 없다.

그것이 너무나도── 허무했다.

뚜벅뚜벅 가벼운 발소리가 다가오기에, 제대로 뜨고 있기도 힘든 시선을 돌렸다.

푸른 나비들의 틈새를 밟으며 다가온 프레데리카가 콧픽 가장자리에 손을 대고 들여다보았다.

"마치 장례식장의 망자 같구나. 불길하다."

그 말에 힘없이 코웃음을 쳤다.

비좁은 콕핏은 망자의 관. 흩뿌려진 푸른 나비는 장송의 꽃.

"……그래."

"뭐가 그렇단 말이냐. ……언제나 무리나 해대고."

붉어진 눈시울과 하얀 뺨에 남은 눈물 자국을 숨기지도 않으면 눈쌀을 곤두세워도 전혀 박력이 없다.

화내던 것도 잠시, 탄식과 함께 프레데리카는 어깨를 늘어뜨렸다.

"──미안하다. 맡았던 권총이……."

조심조심 작은 두 손으로 내미는 것을 보니, 무슨 파편이라도 맞았는지 탄피 배출구부터 그 앞의 프레임까지 크게 균열이 가 있었다. 약실 안에서 총신에 이를 정도겠지. 권총으로서 치명적인 손상이다.

"……. 그래."

연방에 도착한 뒤로도 이것만큼은 손에서 떼어놓지 않았다. 먼저 죽은 동료들의 생명을 거둔 권총이다.

하지만 신기하게도 아무런 감정도 들지 않았다.

한 손으로 그것을 들어서 그대로 밖으로 내버렸다. 회전하며 날아간 금속과 강화수지 덩어리가 푸른 나비들 사이에 떨어져서 가벼운 소리를 냈다.

프레데리카가 그 궤적을 놀라서 바라보았다.

"으…… 굳이 버리지 않아도……."

"기관부와 총신이 갈라졌어. 연방군의 제식 모델이 아니니까 고칠 수도 없어."

옛 공화국군이 제식 채용했을 뿐이지, 원래는 맹약동맹의 총기 메이커가 만든 것이다. 찾으면 대체할 부품도 있겠지만, 그렇게까지 하면서 수중에 남기고 싶은 마음도 없었다.

프레데리카는 조심조심 신과 권총이 떨어진 곳을 번갈아 보았다.

"무슨…… 저건 채 죽지 못했던 그대의 동료들의 생명을 거두어준 것이다. 말하자면 동료들과의 인연을 증명하는 것일 텐데. 망가졌다고 해서 버릴 게 아니지 않나……?!"

공허한 말에 무심코 웃었다. 유대?

"아무래도 좋아. ……녀석들도 결국 전장에 돌아가는 핑계로 삼았을 뿐이었어."

데리고 간다고 약속했으면서…… 그저 죽을 장소를 찾아 방황하기 위해서.

그런 말도 안 되는 여로에 끌려다니고 싶지 않을 텐데.

"그건!"

거센 어조로 말하려다가 프레데리카는 얼굴을 찌푸렸다.

"그건, 아니다……. 그대가 짊어졌던 것은, 그런 이유 때문이 아니다……."

"……."

"그대가 지금 놓으려는 것은 뭔가. 죽은 동료들과의 약속이, 그때 나눈 마음이 아픈 것은…… 왜라고 생각하나."

주르륵.

하얀 뺨에 투명한 눈물이 흐르는 것이 여명의 빛 속에서 보였다.

"아무리 마음이 차가워졌다고 해도, 동료들과 나눈 정이 뜨겁고 아프다. 품고 있을 수 없을 만큼 괴로우면, 잠시 맡아줄 테니 조금은 주위에게 부탁하거라. ……부탁도 할 수 없을 만큼 그대가 고독했던 것은, 이미 오래전 이야기인데……."

말한 기억도 없는데 알고 있는 듯한 말에 눈을 가늘게 떴다.

그것이 그녀의 이능력인 이상 보이는 것은 어느 정도 어쩔 수 없겠지만——애초에 신 자신은 자기 능력을 제대로 제어할 수 없다——다 안다는 듯이 그렇게 말하는 건 불쾌했다.

"……또 엿보았나."

"멍청아. 그대가 죽은 자들을 생각하니까…… 다 놓아버린 척하면서 지금도 품고 있으니까 보이는 것이다. 그만큼 많이, 한 명도 버리지 않고 보고 있으면서…… 무슨 핑계냐, 멍청한 것."

움켜쥔 주먹으로 난폭하게 눈물을 닦고, 조금 떨어진 장소에서 대기하는 파이드를 돌아보았다.

"파이드, 지금 이 멍청이가 버린 권총을 찾아오도록 해라. 나도 거들 테니까, 꼭 찾아야 한다."

"파이드, 움직이지 마. 그런 데 쓸 시간은 없어."

모순되는 명령을 동시에 받은 파이드가 눈을 껌뻑이듯이 광학 센서를 껌뻑거렸다. ……삐이 소리를 내며 파이드가 바라본 것은 왜인지 프레데리카 쪽이고, 그녀가 괜한 지시를 내리기 전에 고양이 새끼를 다루듯이 옷깃을 붙잡아서 콕핏에 집어넣었다.

"무, 무슨 짓이냐."

"당연히 돌아가는 거지. 이 손상으로 새 적이 나타나면 힘들어."

여기서는 멀지만, 이변을 깨달은 모양인 〈레기온〉이 움직이는 기척이 있다.

파일드라이버는 4기 모두 손상, 블레이드는 하나가 부러졌고, 무리한 부하를 계속 준 구동계도 경고 표시가 멎지 않는다. 도무지 이 이상의 전투를 버틸 수 있는 상태가 아니었다.

자기 자신은 이대로 죽어도 상관없지만, 프레데리카는 돌려보내야만 한다. 확인해 봐야 알겠지만, 연방군 본대도 전진했겠지. 전투를 피하면서 어떻게든 합류하여…… 그 뒤는 어쩔까.

어쩌고 뭐고 없다. 한 박자 늦게 그 바보스러움을 깨달았다.

무의미한 자문이다. 〈레기온〉과의 전쟁은 아직 끝나지 않았다. 앞으로도 계속되겠지. 힘이 닿는 데까지 싸워서…… 언젠가는 패해서 죽을 뿐이다.

왜 싸우는가. ……무엇을 위해 싸우는가.

계속 답할 수 없었던 질문이다.

무의식중에 답을 내놓는 것을 피했던 질문이다.

죽기 위해서라고 답하면, 그때 그것을 물었던 유진은 어떤 얼굴을 할까.

죽기 위해서였다면…… 그때 죽어야 했던 것은 그가 아니고 내가 아니었을까.

뱅뱅 돌던 생각은 갑자기 안겨든 프레데리카에게 막혔다.

"……이번엔 뭐야."

"뭐고 자시고 없다, 멍청하긴. ……우군과 합류하거든 휴가라도 얻어서 잠시 쉬도록 해라. 안 그러면 그대는 곧……."

북쪽의 새벽 공기에 싸늘해진 몸에 아이 특유의 높은 체온이 뜨거워서, 그저 답답할 뿐이었다.

그러면서도 왠지 떼어낼 마음도 들지 않아서 그냥 놔두고 하늘을 보았다.

숨이 막히도록 푸르른 하늘.

하늘이 떨어지면 좋겠다고 속으로 생각했다.

해가 솟았다.

비쳐드는 아침 해에 쫓기듯이, 푸른 나비 떼가 일제히 금속 날개를 나부꼈다.

푸른 바람이 한차례 소용돌이쳤다. 나선의 광채가 시야를 메우고, 하늘로 빨려들 듯이 높게 날아갔다.

나비는.

문화, 지역, 시대를 불문하고.

죽어서 하늘로 돌아가는 영혼의 상징으로 여겨진다고 한다――.

무의식중에 뻗은 손은 당연히 허공을 갈랐다.

순식간에 하늘에 녹아버린 푸른 광채를 허무하게 올려다보며…… 한 차례 한숨을 내쉬고 콕핏 폐쇄를 시스템에 지시했다.

캐노피 폐쇄. 공화국과 달리 생물, 화학병기 방어를 위해 밀폐되는 콕핏에 밀폐 완료의 표시가 켜졌다.

대기 상태로 전환했던 시스템이 재기동. 각종 정보 표시용 홀로윈도우가 간신히 수복되어 열리고, 암전됐던 광학 스크린에 빛이 들어왔다.

깜빡이며 빛난 광학 스크린에 갑자기 붉은 색채가 스쳤다.

바람에 흩날리는 붉고 긴 꽃잎이다. 푸른 나비 떼에 짓밟혔던 리코리스가 가느다란 꽃잎과 긴 꽃술을 부채꼴로 펼친 특징적인 진홍색 꽃머리를 일세히 쳐든 것이다.

일대가 모두 군생지였다. 꽃 필 시기에는 이파리 하나 없는, 혼잡스럽게 모여 핀 리코리스 특유의 진홍색 꽃의 바다.

바람이 불면 소리도 없는 마물들처럼 흔들린다. 금속 날개에 찢긴 붉은 꽃잎이 흩날려서 아련하게 춤추는, 시야 전체를 메운 진홍색 속에서.

어느 틈에 나타난 걸까. 백은색 머리와 눈동자, 군청색 군복 차림의 소녀가 살짝 숨을 내뱉으면서 서 있었다.

†

여명의 어둠을 가르는 순백의 섬광을 그랑 뮬의 요격포 관제실의 스크린에서 보았다.

리코리스의 진홍색 융단에 다리 끝을 묻고 서있는 소속 불명의 펠드레스를 앞에 두고 레나는 다가가던 발을 멈췄다.

공화국의 펠드레스와는 아마도 설계 사상부터 다른 기종이다. 절지동물을 본뜬 민첩한 네 개의 다리, 갈아낸 뼈의 색깔을 띤 유선형 장갑. 건마운트암의 88mm 포와 한쪽이 부러진 고주파 블레이드. 고성능 병기 특유의 기능미다. 살상력을 갈고닦은 끝에 실전을 위해 갈아낸 명창이나 명검의 차갑고도 사나운 아름다움.

그런데 대체 왜일까. 〈저거노트〉와 비슷하다고 느꼈다. 잃어버린 머리를 찾아서 전장을 헤매는 백골의 불길함.

적인지 아군인지 모른다. 어쩌면 이쪽도 신형 〈레기온〉일지도 몰랐다.

다만.

적어도 저 초장거리포형의── 그랑 뮬을 깨뜨린 레일건의 적이었다.

그러니까 원호사격을 제안했다. 일절 대답이 없었지만, 공통의 적을 상대로 함께 싸우고, 마지막에 초장거리포형의 자폭에 휘말려드는 것을 보았으니까 이렇게 날아왔다. 조종사──정말로 그런 존재가 안에 있다면 말이지만──가 다쳤을지도 모른다. 그러지 않아도 도움에 대한 감사의 말 한마디 정도는 해야겠지.

그랑 뮬 앞의 지뢰밭은 길을 뚫었다고 해도 군의 안전기준인 8할 제거도 의심쩍을 지경이다. 입에 거품을 물며 달려와 준 호위 〈저거노트〉——〈키클롭스〉에게 안겨서 여기까지.

침묵을 지키는 소속불명기를 광학 센서로 지켜보는 〈저거노트〉의 안, 〈키클롭스〉의 프로세서, 시덴 이다 대위가 입을 열었다.

[무슨 일이 있거든 얼른 도망치라고, 여왕 폐하. 맨몸으로 전장에 있어도 방해될 뿐이니까.]

"아니요. 게다가 무슨 일이 있다고만 할 순 없으니까요."

다가가 보니 소속불명기는 마침 기체를 일으키는 중이었다. 탑승자가, 혹은 기체가 움직일 수 없을 정도의 대미지를 입은 건 아무래도 아닌 모양이다.

측면 장갑에 그려진, 야삽을 짊어진 목 없는 해골의 퍼스널마크에 시선이 멈췄다.

시덴이 어쩐 일로 얼떨떨하게 앗 소리를 흘렸다.

[설마……?! 아니, 하지만…….]

"이다 대위?"

[넌 몰랐나……. 그런가. 그걸 봤을 리가 없나…….]

"……?"

시덴은 그대로 입을 다물었다.

소속불명기의 붉은 광학 센서가 이쪽을 향했다.

붉은 꽃의 바다에 서 있는 은발 소녀.

옷자락이 불타고 찢어진, 군청색 옷깃의 군복. 가느다란 어깨에 걸친 대형 어설트 라이플. 그을고 더러워진 백은색 머리칼과 같은 색의 눈동자.

과거에 한 달에 한 번 있는 공수 보급으로. 다음 임지로 가는 이송으로. 보고 싶지도 않은데 보았다.

산마그놀리아 공화국의 군복.

그들 에이티식스를 전장으로 내쫓고, 오래 살아있으면 귀찮다는 이유로 격전지로 옮겨 다니게 하고, 마지막에는 반드시 죽으라고—— 그들에게 명령했다.

미풍에 나부끼는 은발에—— 그 백은색 모습에. 얼굴도 흐릿하고 어린 소녀가 쇳빛 군복의 동년대 소년의 모습이 겹친 듯해서 숨을 삼켰다.

네가 대신 죽으면

재빨리 눈을 돌린 곳, 검은 장갑의 〈저거노트〉에—— 86구의 전장에서 자신도 썼던 한심한 알루미늄 합금의 관짝에 숨을 삼켰다. 그 너머, 지평선에 윤곽이 희미한 콘크리트의 무기질적인 잿빛 건조물들은…… 그럼 저것이 그랑 뮬인가.

희미하게 웃음이 흘러나왔다.

정말로 앞으로 나아간다고 갔건만—— 같은 곳을 뱅뱅 맴돌았을 뿐이었던 모양이다.

올려다보는 프레데리카가 몸을 움츠리고 아픔을 참는 표정을 하는 것을 모르는 척하면서, 신은 외부 스피커의 스위치를 켰다.

†

[——산마그놀리아 공화국군, 지휘관이라고 판단했습니다.]

아까 초장거리포형과의 전투에서 대미지를 받은 탓인지, 외부 스피커의 음성은 심하게 갈라져서 알아듣기 힘들었다.

쌀쌀맞게 내던지는 메마른 어조.

"그렇습니다. 당신은……?"

[이쪽은 기아데 연방 서방방면군, 제177기갑사단 소속입니다.]

정중한 어조와 달리, 목소리는 아주 쌀쌀맞았다.

지금 말한 소속이 맞다면 그——목소리가 심하게 갈라졌지만, 아마 남자겠지——는 10년 전 적국인 기아데의 군인이다. 국호가 다른 걸 보면 무슨 정변이 일어나고 〈레기온〉이 공통의 적이 된 모양인데, 그렇다고 해서 공화국 군인을 아군으로 간주할지는 다른 이야기다.

이름을 말하지 않는 것은 그런 거리감 때문일까, 아니면 연방군이라는 곳의 기밀 보호 때문일까. ……에이티식스들은 이쪽이 묻지 않는 한 공화국 시민에게 이름을 가르쳐 주지 않으니까 이름을 대지 않는 것을 무례라고 생각하지 않았지만.

[연방의 방어선 유지를 위해 전자가속포형—— 레일건 탑재형 〈레기온〉의 배제를 실시했습니다. 작전을 지원해 주셔서 감사합니다.]

"아니요. ……하지만 당신 혼자입니까? 〈레기온〉 지배영역을 단독 돌파? 어떻게 그런 말도 안 되는 작전을……."

[——.]

돌아온 침묵은 어딘가 차가웠다.

지각동조 너머에서 시덴이 코웃음 치는 것을 레나도 깨닫고 혀를 찼다.

단독, 혹은 소부대로 〈레기온〉 지배영역을 돌파. ……공화국이 각 전장의 제1전투구역 제1전대에게 마지막 임무로 내려서, 살아남은 그들을 전멸시켜 온 특별정찰과 완전히 똑같다.

말도 안 된다는 소리를 무슨 낯짝으로 한단 말인가.

[……걱정해 주셔서 감사합니다만, 서방방면군 본대는 후방에 접근하고 있습니다. 충분히 합류 가능합니다.]

"그렇습니까, 다행……."

[함께 가겠습니까?]

"예?"

[몇 명 정도의 인원이라면 본대도 보호할 수 있으리라고 생각합니다만.]

내용과 달리 지극히 무관심한 어조였다.

두 달 동안 계속 방어선이 밀려서 세력권이고 전력이고 계속 줄어드는 공화국의 궁지를 다 아는 듯한 말이다. 그리고 너희만이라도 도망치겠냐고 묻는 것이다. 하지만 모욕의 의도도 야유도 전혀 느껴지지 않는, 그저 공허한 목소리였다.

길을 잃고 걷다 지쳐서 허탈하게 서 있기만 한 끝에 어느 길을 걸어왔는지도 모르게 된 어린 미아 같은——.

거기에 조금 화가 났다.

너희는 어차피 싸우지도 않을 거잖아, 라고 단정하는 듯한 말이었다.

얕보지 마.

"아니요. 나는 이 나라를── 내 밑에서 싸우는 부하들을 버려선 안 됩니다. 설령 힘이 부족하여 패배하더라도…… 나는 여기서 싸우겠습니다."

그렇게 말하는 레나에게.

연방의 사관은 희미하게 웃었다.

심하다면 심한 말에 신은 무심코 실소를 흘렸다.

싸워?

조국이 멸망할 때까지 벽 안에 틀어박혀서 눈을 감고 있었던 공화국 군인이?

아니── 그 이전에.

"뭘 위해서?"

생존자가 있는 것은 의외였지만, 공화국이 멸망한 것은 틀림없겠지.

초장거리 전략병기를 요격하는 데 약간의 요격포 외에 사거리가 짧은 〈저거노트〉밖에 가져오지 않았고, 지휘관이라는 소녀도 약장을 보면 고작 대위. 영관급도 아닌 현장 지휘관급의 하급사관이다. 애초에 부족했던 전력과 인재가 두 달 동안 완전히 바닥을 드러낸 것이리라.

……혹시 소령이 살아남았다면.

여기에 있는 것은 그녀일 거라고 한순간 생각했다가 덧없는 짓이다 싶어서 고개를 내저었다.

싸울 이유도 필요도, 그럴 힘도 없다.

그런데——싸워?

뭘 위해서?

"그렇게 빨리 죽고 싶습니까? ……그렇다면 아예 싸우지 않아도 될 텐데."

말하면서도 소리 없는 웃음이 계속해서 흘러나왔다.

정말로 대체——누구에게 하는 말일까, 싶었다.

[그렇다면 아예 싸우지 않아도 될 텐데.]

비웃음으로도, 자조로도 들리는 차가운 목소리에 레나는 두 손을 움켜쥐었다.

"설령 힘이 부족했다고 해도……."

무력하니까 싸우면 안 된단 말인가.

의미가 없으니까——살아남으면 안 된단 말인가?

그런 게 말이나 되나?

말없이 서 있는 〈키클롭스〉가, 눈앞의 연방군기에 비교하면 너무나도 빈약한 〈저거노트〉가 눈에 들어왔다.

그 빈약한 기체를 유일한 벗으로, 최후의 침상으로 삼고, 살아남을 수 없다는 것을 알면서도 계속 싸운 자들이 있다.

그런 그들을 모욕하는 듯한 그 말에── 어떻게 입 다물고 있을 수 있을까!

"포기하고 무릎을 꿇는 짓은 않는다. 목숨이 다하는 그 마지막 순간까지, 포기하지 않고 싸운다. 그렇게 말하며 살아남은 이들이 있고, 나도 그럴 것이라고 그들은 나를 믿어 주었습니다. 그러니까 우리는── 나는."

──언젠가 우리가 도달한 장소에 오거든.

그 말에 부응하기 위해서. 넘겨받은 마음에 부응하기 위해서.

──먼저 가겠습니다. 소령님.

신.

당신이 그렇게 말해 주었으니까, 나는. 언젠가 반드시 당신에게.

"끝까지 살았던 그들을 쫓아가기 위해서── 그들과 함께 그 너머까지 전진하기 위해 싸웁니다! ……나는 공화국 방어부대 지휘관이었던 블라디레나 밀리제 대위. 나는 이 싸움에서 결코 도망치지 않습니다!"

그 순간.

연방군기가 어딘가 경악하여 레나를 돌아보았다.

[……?! 소령님……?!]

소리가 갈라지는 스피커의 음성 너머, 멍하니 흘린 목소리는 왜인지 아까 말한 것과 다른 계급이었다.

연방과 공화국은 거의 같은 말을 사용하지만, 사소한 단어의 의미가 다른 일은 있다. 특히나 군사용어는 나라에 따라 차이가 현저하다. 같은 말이라도 같은 계급이라고만 할 순 없겠지.

잠시 뭐라고 말하려다가 입을 다무는 침묵이 흐른 뒤에, 연방의 사관은 말했다.

[——이미 죽은 인간이겠죠. 죽은 자를 상대로 무슨 의리가 있습니까?]

얼버무리듯이, 부자연스러울 정도로 차가운 목소리였다.

동시에 조금…… 애원하는 듯한 목소리였다.

미아가 된 아이가 말을 걸어온 상대에게 조심스럽게 손을 내밀 듯이.

왜인지 응해야만 한다고 생각한 것은 그 인상 때문이겠지.

"잊지 말아달라는 부탁을 받았으니까요."

같은 하늘 아래, 다른 불꽃을 올려다보면서—— 언젠가 같은 불꽃을 보자며 이룰 수 없는 약속을 하면서 받은 부탁.

거기에 응하는 것 말고는 할 수 있는 게 없으니까…… 아니, 아니다. 그것만이 아니다.

잊고 싶지 않으니까.

무관심한 척하면서도 수많은 것을 남겨 준 그를, 아직 이 세계에서 완전히 지워버리고 싶지 않으니까——.

기억하는 한 분명 그는 앞에서 기다리고 있어준다.

"그 사람이 이 파국을—— 〈레기온〉의 대공세를 가르쳐 주었으니까, 나는 살아남을 수 있었습니다. 살아남아 달라고 바라주었으니까, 언젠가 만나길 바라는 말을 남겨 주었으니까, 아직 싸울 수 있습니다. 그 사람이 있어 주었으니까…… 나는 이렇게 살아 있을 수 있습니다."

[…….]

"그러니까 응하고 싶습니다. 이미 그들은 없지만, 하다못해 그들이 간 곳에 도달하고 싶습니다. 열심히 산 그들을 쫓아서, 이번에야말로 그들과 함께."

살고 싶다는 소원은 이미 이룰 수 없지만.

"싸우고 싶으니까── 그들을 이 전장 너머로 데려가고 싶으니까."

그 대답에 신은 조용히 숨을 내쉬었다.

지금의 자신을 향한 말이 아니다.

1년 전, 아직 정말로 뭘 원했는지도, 그 소망의 끝에 무엇이 있는지도 자각하지 않았던 자신이 내뱉었던, 차마 들어줄 수 없는 말에 아무것도 모르는 그녀가 응하는 것뿐이다.

그래도.

──있어 주었으니까.

──함께 싸우고 싶으니까.

그 말이── 기뻤다.

하지만 이제 와서는 이름을 댈 수도 없겠다고, 살짝 쓴웃음을 지었다.

자신들을 쫓아서, 1년 동안 홀로 싸운 그녀가 봐야 할 풍경은.

자기가 멈춰서 무릎을 꿇은, 이런 전장이 아닐 테니까──.

[──당신도.]

"……예?"

[당신도, 그렇겠죠. 계속 싸웠으니까—— 살아남았으니까, 지금, 거기에 있습니다.]

해가 솟는다.

갓 태어난 깨끗한 햇살이 정면에서 그녀를 비추었다.

[그 사실을 더 자랑스럽게 여겨도 좋으리라 생각합니다.]

금이 간 메인스크린 안에서 처음 보는 그녀가 포근하게 웃었다——.

연방군기의 붉은 광학 센서는 조용히 레나를 바라보았다.

그 무기질한 광채를 보면서, 허물이 떨어져 나간 것 같다고 레나는 생각했다.

전장의 먼지로 더러워진 장갑 너머, 피로나 풀리지 않는 저주처럼 무겁게 얹힌 그림자의 기운이—— 지금은 사라졌다.

[……소령님.]

무슨 말을 해야 할지 아직 모르는 채로, 그래도 뭔가 전하고 싶어서 입을 연—— 그렇게 왠지 불안한 어조였다.

외부 스피커의 음성은 소리가 깨지고 잡음이 심해서, 나이도 성별도 정확하게는 알 수 없다. 하지만 왠인지 동년대 소년 정도가 아닐까 싶은 목소리였다.

[소령님, 나는…….]

그 순간.

찌릿, 하고 장갑 너머의 기척이 갑자기 긴박함을 띠었다. 반사적으로 광학 센서를 돌린 곳, 아득한 북쪽 하늘에 희미하게 전개하는 방전교란형의 은색 구름.

잠시 뒤에 옆의 〈키클롭스〉 안에서 시덴이 신음했다.

[여왕 폐하, 상황이 안 좋아. 그랑 뮬의 〈밀란〉에게서 연락이 왔다. ……이쪽으로 향하는 〈레기온〉이 있어!]

“큰일입니다!——연방에서 오신 분, 당신도 함께 철수를…….”

[——아니.]

치직, 하고 귀를 찌르는 잡음과 함께 끼어든 목소리는 시덴도, 연방 사관도 아니었다.

공대공 미사일들이 소리보다 앞서서 아침 하늘을 동쪽에서 북쪽으로 질주, 은색 구름에 돌입하여 화염의 꽃을 뿌렸다. 그 틈새를 누비고 제2진이 호를 그리며 방전교란형 아래의 대지로——거기에 무리지은 〈레기온〉 부대에 꽂혔다.

강렬한 로터 소리와 함께 전투 헬기의 예각적인 실루엣이 능선 너머에서 주르륵 날아왔다. 이어서 땅을 기는 초저공비행으로 날아온 다목적 헬기와 수송 헬기의 편대가.

다소 소리가 깨진 외부 스피커가 아침의 맑은 대기에 전투 헬기 파일럿의 목소리를 울렸다.

[수고했다, 중위. 뒷일은 우리에게 맡겨라.]

장갑보병의 분대를 태운 다목적 헬기와 더 대형의 수송 헬기가 진홍색 전쟁터에 내려왔다. 강렬한 다운버스트에 찢긴 붉은 꽃잎이 푸르른 하늘에 붉은 반점을 그렸다.

중돌격총을 든 장갑보병들이 줄줄이 뛰어내려서 주위에 전개하고, 그중 한 분대가 레나와 〈저거노트〉에게 달려가는 것을 금이 간 메인스크린 너머로 신은 보았다.

쇳빛 장갑으로 온몸을 무장한 장갑보병의 모습에 레나는 처음에는 크게 당황한 기색이었지만, 그중 한 명이 호면을 벗고 얼굴을 보이자 안도한 기색을 했다.

그대로 시키는 대로 어설트 라이플을 건네는 모습은 불안해 보인달까, 그런 점은 변함없는 모양이지만.

연이어서 급변하는 상황에 묘하게 마음이 풀어져서, 이런저런 대화 후에 떨떠름하게 캐노피를 연 검은색 〈저거노트〉를 잠시 멍하게 바라보는데, 갑자기 레이드 디바이스가 기동했다.

[……무사한가, 신.]

들려오는 남자의 목소리는 참모장이라는 양반도, 상관인 사단장도 아니었다.

[기병대는 도착했나. 작전 변경에 따라 급히 다른 전선에서 뽑아왔는데.]

미묘하게 자랑스러워하는 그 사람에게 신은 힘껏 한숨을 쉬어주었다.

솔직히 고맙다. 고맙긴 한데.

"에른스트. 돌아가거든 뭐 좀 던져도 됩니까."

일단 페인트통이라도. 물론 뚜껑은 열고.

[엇? 왜 그러나, 갑자기?! 귀여운 자식을 걱정했을 뿐인데 그런 대접은 뭐지?!]

신은 말없이 지각동조를 끊었다. 잠시 뒤에 프레데리카가 그녀의 레이드 디바이스를 누르며 얼굴을 찌푸렸다.

"마음은 알겠지만 응답해 줘라, 신에이. 말단 공무원 녀석, 우는 흉내를 내서 짜증난다."

연결을 끊고 내던진 레이드 디아비스를 내미는 채로 꿈쩍도 하지 않기에 떨떠름하게 받아서 다시 연결했다.

"아직 전선에 있었습니까, 에른스트."

[아니, 그러니까 나는 일단 연방군의 최고사령관이거든? 이럴 때야말로 전선에 있지 않으면 어쩌겠나.]

"아무리 그래도 대통령이 이런 전선에 나와서 빗나간 탄에 죽으면 웃기지도 않는 이야기겠죠."

[가령 그렇더라도. ……아니, 설령 그렇게 되더라도 부통령이 인계하면 될 뿐이야. 뭘 위해 부통령이라는 직위가 있다고 생각하나.]

앞뒤는 맞는 말이지만 도저히 제정신이 아닌 소리를 잠정 대통령 각하는 태연하게 지껄였다.

[선발대의 보고에 따르면 이미 접촉한 모양이지만. ……연방군은 이 작전이 끝난 뒤에 산마그놀리아 공화국 구원 작전을 실시한다. 침투한 연합왕국의 무인기가 어젯밤에 무전을 방수해서 삼국의 합의로 결정했다. 생존자가 있다고 인식했으면서 저버리는 것은 인도에 어긋나고, 가령 제2의 전자가속포형이 건조됐을 경우

방어시설로 주위를 에워싼 공화국 내부에 진을 친다면 주변국에 심각한 위협이 될 수 있으니까.]

"……."

[연방으로서는 동포…… 너희와 같은 에이티식스의 구출작전도 되니까 반가운 소리지. 하지만 네게는 돌아가고 싶은 조국이 아니겠지? 박해자를 위해서 싸우고 싶지 않다면, 본대 진출을 기다려서 후퇴시키겠는데…….]

"아니요."

살짝 고개를 내저었다.

"이대로 남겠습니다. 공화국을 돕고 싶다는 생각은 하지 않지만…… 죽이고 싶지 않은 인간도 있으니까요."

[……그래.]

지각동조의 통신 너머, 서류상의 양아버지는 희미하게 웃은 듯했다.

[아, 그리고…… 작전 목표를 완수했으면 보고는 똑바로 하도록, 노우젠 중위. 이번에는 다른 애가 보고해 주었으니까 괜찮지만.]

신은 고개를 들었다.

"살아남은 녀석이?"

[……너 말이지. 그런 건 제일 먼저 확인해라.]

끼어든 목소리에 들키지 않을 정도로 고개를 쳐들었다.

라이덴.

[중령 등도 포함해서 설마 싶은 전대 전원 생존이다. 오히려 너

야말로 날아가고 움직이지 않으니까 죽은 줄 알았잖아. ……뭐, 조금은 걱정했어.]

[또 크레나가 엉엉 울어서 큰일이었어. 공격을 맞았을 때 레이드 디바이스가 망가졌는지, 하필이면 신하고만 연락이 안 된다면서.]

[안 울었어!]

[이번에는 신 군의 탓만은 아니지만, 크레나를 울린 게 이걸로 두 번째거든? 슬슬 무리하는 건 그만둬.]

연이어서 합류한 듯한 동료들의 목소리가,

천국이나 지옥에 미움받는 건 다들 똑같은 모양이다. 눈을 돌린 곳, 아직 공중에 있는 다목적 헬기에서 몸을 내밀고 손을 흔드는 기갑탑승복 차림의 무리와 3킬로미터 떨어진 언덕이었던 장소에서 터덜터덜 걸어오는 장신의 그림자.

적어도 이번에는 아무도.

먼저 죽는 일이── 없었던 모양이다.

숨을 내쉬는 동시에 힘이 쭉 빠졌다. 며칠 동안의 피로와 아까 전투에서 극한대로 집중한 반작용으로 가벼운 현기증을 느끼며 눈을 감은 신에게 에른스트가 다 읽은 것처럼 말했다.

[수고했어, 신. 교두보를 확보할 때까지는 선발대에게 맡기고 조금 쉬어라.]

"──라저."

[그리고 프레데리카. 돌아오거든 야단칠 테니까 각오해라.]

프레데리카가 꿀꺽 침을 삼켰다.

도움을 청하듯 쳐다보기에 지각동조 너머로 담담하게 말했다.

"컨테이너에 넣어서 돌려보내겠습니다."

"시, 신에이?! 그대, 나를 배신하는가?!"

[아하하, 잘 부탁하마, 오빠.]

마지막에 웃음의 기척을 남기고 동조가 끊어졌다.

프레데리카는 잔뜩 토라져서 고개를 돌렸다.

"……본대와 합류해도 안 돌아갈 거니까. 내가 돌아가는 건 그대들이 연방으로 돌아갈 때다."

"이제 인질은 필요 없으니까."

"그런 모양이구나."

흥 소리를 낸 프레데리카는 고개를 돌려 이쪽을 올려다보았다. 좁은 콕핏 안에서 프레데리카는 무릎 위에 있으니까. 그러면 가슴께에 기대는 형태가 된다.

"말단 공무원의 손길이 마치 짠 것처럼 눈치 없는 타이밍에 방해했구나. 이름을 대지 않아도 되겠느냐. 저자가 공화국에서 그대의 지휘관이었겠지."

"……소령님 이야기는 하지 않았을 텐데."

그렇게 말하려다가 신은 깨달았다. 그러고 보면.

"나의 힘을 잊었느냐? 아는 자의 현재와 과거를 보는 것이 내가 물려받은 피의 힘이다."

……그랬다.

붉은 눈동자는 눈앞에 생쥐를 둔 새끼고양이처럼, 정말이지 재미있다는 듯이 빛나고 있었다. 구체적으로 뭘 보았는지는 묻지 않는 편이 좋을 것 같았다.

"내게 보이는 기억은 '보았을 때' 에 그자가 무의식중에 떠올리던 기억이다. 저자가 이름을 댔을 때, 그대는 어울리지 않게도 놀랐지. 아무래도 관련 있는 자인가 싶어서 '보았는데' ——."

최악이다.

"먼저 간다, 라고 했나? ……따라와 주어서 다행이구나. 기특하게도 그대를 생각하며 여기까지 온 상대에게, 그대는 이름을 대지 않아도 되겠느냐?"

히죽대는 프레데리카에게 신은 살짝 탄식했다.

정말로 즐거워하는 듯한, 놀리려는 기색이 묘하게 짜증나기도 하고…… 이 나이 또래의 티 없는 표정을 처음 본 것 같기도 했다.

"……아직은 이름을 댈 수 없어."

죽을 장소를 찾아서 방황하기만 했던, 아무 데로도 전진하지 않아던 86구의 전장에서는.

"쫓아오겠다고 했으니까. 쫓아와 봤더니 이런 꼴이면 안 되지. 전진해서 그녀가 봐야 할 풍경은."

무릎을 꿇고 쓰러진 지면 같은 게 아니다.

"이런 전장이 아니야."

프레데리카는 한심하다는 듯이 한숨을 내쉬었다.

"뭐라고 할까…… 그대도 남자구나."

"?"

"꼭 이런 데에서 묘한 허영을 부리려 하는 종류의 생물이라고 말하는 것이다."

한심하다는 듯이 내뱉었다. 프레데리카는 곁눈질로 올려다보며 한쪽 눈썹을 쳐들었다.

"그런데 알아차렸느냐? 그대는 지금 답을 내놓았다."

허를 찔려서 바라보자, 프레데리카는 왜인지 자신만만하게 눈을 반짝였다.

"저자가 나아갈 곳에는 그에 어울리는 풍경이 있다. 저자의 앞길은 그대가 앞서 도달한 길이다. ……그럼 그대가 목표로 해야 할 곳은 어디지?"

그 대답을 지금 그대가 스스로 내놓았다……라고.

돌아본 곳에서, 같은 색채를 띤 진홍색 두 눈이 부드럽게 미소를 지었다.

종장 We' ll meet again

〈노 페이스가 제1광역 네트워크에.〉

〈작전의 모든 페이즈를 완료.〉

〈작전 종료. 해당 네트워크 소속의 모든 〈레기온〉은 전투행동을 정지.〉

〈지배영역으로 철수하라.〉

†

〈레기온〉과의 전쟁 발발 이후로 처음 있었던 여러 나라의 합동작전은 결론부터 말하자면 성공했다.

그렇다고 해도 〈레기온〉 지배영역의 탈환까지는 가지 않고, 가도회랑부터 서쪽으로는 확보한 옛 고속철도의 노선을 중심으로 한 선의 지배지만, 여기서부터 영역을 넓혀 나갈 수 있다는 것이 삼국 공통의 견해였다. 몇 년 들여서 전력을 정비하여 행한 대공세에 실패하고 철수할 수밖에 없었던 〈레기온〉에게 즉각 다시 침공할 여력은 없을 것이다.

힘을 합치면 인류는 〈레기온〉에 대항할 수 있다.

그것은 사소하지만 커다란 희망이었다.

†

"—— 그렇긴 해도 낙관할 수 있는 상황은 아닙니다."

연방 수도 장크트 예데르, 창밖에 싸락눈이 흩날리는 아침.

대통령 집무실의 커다란 책상 앞에 선 서방방면군 참모장과 제 177기갑사단 사단장은 말했다.

"서방방면군은 사실상 6할 소모. 정규 보충으로는 도저히 부족하기 때문에, 모든 사관학교, 특별사관학교, 신병훈련기지의 교육기간을 당겨서 보충병을 대고 있습니다. 하지만 훈련 부족은 부정할 수 없습니다. 훈련시설에도 같은 숫자의 후보생을 보충해야만 하는 이상, 그만큼 연방의 국력은 떨어집니다."

자기는 아무것도 낳지 않고, 그러면서 물자도 인명도 탐욕스럽게 소비하는 것이 전시의 군대다. 눈앞의 국방을 위해 생산 활동과 인구의 재생산에 임해야 할 연령층이 군에 투입되는 것은 그대로 장래의 국력을 깎아먹는 것으로 직결된다.

연합왕국, 맹약동맹도 상황은 비슷하겠지. 총인구가 적은 만큼 사태는 보다 심각할지도 모른다.

"반대로 〈레기온〉은 전투부대가 소모됐지만, 생산을 맡은 자동공장형과 발전공장형은 멀쩡합니다. 그리고 재생산력은 양산 가능한 병기인 놈들 쪽이 압도적으로 높습니다. ……전황은 앞으로 확실히 악화되리라고 생각됩니다."

"말을 꾸미지 않아도 돼, 소장. 즉 여태까지와 같은 축차전진 전략으로는 대륙 전체를 탈환하기 전에 인류 측이 마모되어 패배한다. ……그렇지?"

"예. 따라서 전략을 재고할 필요가 있습니다만……."

그렇지 않더라도 만약에 같은 규모의 공세가 오면 다음에는 버틸 수 없을 것이다.

그것이 대공세 요격과 전자가속포형 토벌, 양쪽의 작전 목표를 다 달성하면서도 시종일관 〈레기온〉에게 주도권을 잡혀서 끌려다니며 막대한 희생을 지불한 연방군의 견해다.

"축차전진에서 한정적 공세 전략으로의 이행. 방어선은 여태까지처럼 유지하면서 〈레기온〉의 중점을 집중적으로 배제하는 독립기동부대를 설립하고 운용한다. 서방방면군에서도 그들을 제일가는 후보로 생각하고 있었습니다만, 설마 각하께서 같은 제안을 하실 줄은."

그들—— 전신이 군사대국인 연방에서도 정예라고 해도 과언이 아니다.

"에이티식스. 공화국의 방어선에서 구출한 그들 소년병들로 기동타격부대를 편성한다. ……실례입니다만, 그들 같은 소년소녀를 국가안녕의 제물로 삼는 것을 꺼리는 각하답지 않은 생각입니다만?"

"그렇다고 해도 그들이 종군을—— 그것도 전선부대를 희망했으니까 어쩔 수 없지."

에른스트는 창밖, 눈이 쌓이는 장크드 예데르을 바라보면서 조용히 대답했다. 겨울의 이른 아침, 성탄절 전야제 준비를 하기 시작한 수도의 북적거림.

"그들에게는 그들 나름의 가치관이 있는데, 별로라며 거절할 권리는 내게 없어. 지금은 아직 전장을 택하겠다면 동료들이 모여 있게 해 주고 싶고, 게다가 신…… 노우젠 대위는 조금이라도 덜 위험한 곳에 두고 싶었으니까."

옆의 허공에 전개시킨 홀로그램 전자서적을 내려다보면서 덧붙였다.

연방군에 속한 이능력자 인사 파일에는 전용 도장이 찍힌다. 그 도장이 선명한, 일련의 작전으로 특기사항란이 가득 채워진 인사 파일.

"기동부대는 〈레기온〉의 중점 격파 외에 구원부대로서 이웃 나라에도 파견될 예정이다. 각국을 전전하면서 다른 나라의 객원사관을 전투부대의 지휘관으로 앉힌 부대라면 다소나마 외부의 눈도 닿지. ……유의미한 경보장치라고 해도 연구재료로 만들게 할 순 없어."

곁눈질로 시선을 주니, 소장이 표정을 굳히는 한편으로 참모장이 흥 소리를 내었다.

"우리 군이 부덕할 따름이군요. 각하께서 그러한 의심을 하게 만들다니."

말과 달리 희미한 웃음을 드러낸 채로 고개를 갸웃거렸다.

"바로 그 노우젠 대위 말입니다만, 말씀하신 객원사관에 대해서 납득하겠습니까. 그 사관의 사실상 직속이 되는 그는 과거의 박해자 밑에 들어가기보다는 지금 사단을 택하지 않겠습니까?

“이미 말했어. 어제부터 휴가라서 돌아왔으니까.”

한쪽 눈썹을 찡그리는 참모장에게 어깨를 으쓱여 주었다.

신을 포함하여 노르트리히트 전대는 산마그놀리아 공화국 행정구의 탈환 작전에 참가했고, 제1구까지를 탈환하여 교착 상태에 들어갔기에 본대와 함께 후임 부대와 교대하고 귀환했다.

일정 기간 이상 전투에 종사한 병력은 전투효율이 극단적으로 떨어진다. 과거 군사국가로서 전쟁으로 날을 지새운 전신을 가진 연방은 정기적인 교대와 휴양의 중요성을 정확히 이해한다. 잠시라고 해도 소년들에게 휴식을 줄 수 있겠지.

“나도 걱정했는데, 그 필요는 없었던 모양이야. 애초에——.”

†

그것이 군인의 정식 복장이기 때문이라며 군복을, 그것도 군용 검은 트렌치코트를 걸친 신은 구름 낀 연방 수도를 걸었다.

장크트 예데르 교외의 광대한 면적을 차지한 국립묘지에 휘날리는 싸락눈. 하얀 눈에 가려서 희끄무레한 하늘과 잎이 완전히 지고 검은 나무껍질만을 찬바람에 드러낸 채로 묘지를 둘러싼 라일락 나무. 눈안개가 낀 하얀 색채에 검은 묘비들이 말없이 늘어선 사이에는 같은 시기에 귀환한 서방방면군의 장병들인 듯이 나이도 성별도 제각각인 군복의 그림자가 드문드문 서 있었다.

겨울에는 눈꽃이, 봄에는 만개한 라일락이, 여름에는 그 나무 그늘에 흐드러지게 피는 장미, 가을에는 사루비아가, 찾아오는 이 없는 영령의 침소에서도 마찬가지로 꽃을 피운다고 한다. 그러고 보면 신은 겨울 말고 다른 계절의 국립묘지를 아직 본 적이 없다.

모르는 것투성이다.

새로운 묘지가 늘어선 곳, 특이할 것 하나 없는 묘비 앞에서 발을 멈췄다.

"——오래간만이야, 유진."

유진 란츠.

그 이름과 17년의 차이밖에 없는 생몰년도가 새겨진 돌기둥은 아침의 광대한 묘지의 정적 속에서 밤부터 계속 내린 싸락눈이 희미하게 쌓인 채로 역시나 말이 없었다.

"미안해. 늦게 왔군."

거기에 유진은 없다.

유해가 절반이나 있더라도, 그의 생각이나 기억은 이미 거기에 남아 있지 않다.

죽어도 남는 망령의—— 기억과 생각의 파편의 목소리를 듣는 신에게 그것은 가치관이나 믿는 신의 차이가 아니라 순수한 사실이다.

천국도 없고 지옥도 없다.

죽은 이는 평등하게 세계 밑바닥의 어둠으로 돌아간다.

그러니까 말하는 상대는 다름 아닌 기억 속 유진에 불과하고, 그럼에도 불구하고 그런 그와 마주 보려면 이름이 새겨졌을 뿐인 이 무개성한 석비가 필요하다는 게 조금 신기하다.

이름과 생몰년도밖에 새기지 않은 묘비는 그를 아는 사람이 아무도 없으면 단순한 기록으로 전락한다.

죽은 뒤에, 자기가 무로 돌아간 뒤에도 묘비를 남기고 싶다고 생각하는 연방의 군인들도, 과거 86구의 전장에서 하찮은 알루미늄 합금 파편에 구원을 맡기고 죽은 576명의 전우들도, 정말로 바란 것은 묘비가 아니라 자기를 기억해 주는 누군가였겠지.

"서부전선은 네가 있던 때와 똑같아. 전선을 간신히 유지하고 있어."

묘지 입구에서 산 꽃다발을 묘 앞에 두었다. 연방의 혹독한 겨울 속, 온실에서 키운 하얀 백합. 잘 갈아낸 검은 화강암 묘비에 부드러운 하얀 색채가 눈에 띄었다.

꽃을 파는 노파는 이쪽이 군인이라고 알았는지――뭐, 군복이니까 한눈에 알겠지만――자기가 선물하는 거라고 한 다발을 쥐여 주었다. 이런 눈 속에서 이렇게 이런 아침부터 전사자가 잠든 국립묘지 앞에서 꽃을 늘어놓고 있는 노파. 그것이 그녀의 사명인 것처럼 입술을 꾹 다물고, 등을 쭉 펴고.

"공화국에 살아남은 에이티식스는 전원 연방이 보호했고, 그 녀석들을 중핵으로 한 부대가 신설되게 됐어. 〈저거노트〉를 전문으로 운용하는 기동부대야. 휴가가 끝나면 나도 그쪽으로 배속돼."

총 병력, 1만 미만. 대규모의 1개 여단 정도의 병력이다.

살아남은 프로세서 대부분이 연방군에 종군을 지원했다.

1년 전, 신이나 동료들이 내린 결단과 마찬가지로.

"——왜 싸우냐고 전에 물었지."

정확하게는 유진이 그렇게 물으려던 때 중단됐고, 그걸로 끝이었다.

그게 끝이 되리라고는 신도, 유진 자신도, 모두가 생각도 하지 않았다.

죽음만큼은 언제나 모두에게 평등하고 갑작스럽다.

그러니까 그 순간에 하다못해 후회 없이 가자고. 그렇게 생각할 수 있도록 살려고, 그 긍지만 품고 싸워온 것이 에이티식스의 마음가짐이고.

그 이외에는 아직 아무것도 없는 상태.

"솔직히 아직 잘 모르겠어. 우리에게는—— 내게는 네 말처럼 싸울 이유가 전혀 없으니까. 돌아갈 장소도, 가고 싶은 곳도. ……지킬 것도."

가족은 죽고, 이어야 할 문화는 모르고, 나고 자란 고향은 덧칠된 기억의 어둠 저편.

게다가 무수한 망령의 한탄을 표식으로 삼아서, 죽은 전우들의 기억과 마음을 품고 형을 없애는 것만을 목표로 삼아서 여태까지 살아온 신으로서는 형이 없는 앞날을 보기란 아직 어렵다.

정말로 있는지도 모를 아득한 미래도, 바로 옆에 있을 터인 내일도, 죄다 애매모호해서 보이질 않는다.

바라는 것도, 원하는 것도, 아직 하나도 없다.

다만.

"하지만 녀석들에게…… 끝까지 데려가겠다고 약속한 녀석들에게, 보여주고 싶은 게 전장이 아니라는 것만큼은 알았어."

그리고 1년 전. 그녀에게 먼저 가겠다고 말했다.

그 뒤로 홀로 공화국의 전장에서 살아남고, 쫓아가려고 전진한 그녀가 그렇게 도달한 곳에서 본 것이 힘이 다하여 쓰러진 전쟁터의 지면이라면 너무나도 무참하다.

특별정찰 전에 마지막으로 말을 나눈 밤. 도움의 손길이 올 가능성이라곤 거의 없다고 생각하면서도 그래도 살아남아달라고 바란 것은―― 그런 것을 알아주었으면 했기 때문이 아니다.

"……바다를."

언제였더라. 눈앞의 그가 그걸 모르는 여동생에게 보여주고 싶다고 말한 풍경을.

아직 본 적 없는, 모르는 것을.

"보고 싶다는 생각은 안 해. 하지만 바다를 보여주고 싶다고는 생각해. 모르는 것을, 본 적 없는 것을, 보여줄 수 있으면 좋겠다고. 내가 싸우는 이유는, 아직은 그거면 족하다고 생각해."

그 바람은 〈레기온〉에 가로막힌 지금 이 세계에서 이룰 수 없다.

당연하지만, 묘비는 아무런 대답도 하지 않는다. 거기에 유진의 망령 따윈 남아있지 않다.

그래도 사람 좋고 싹싹한 동기생은―― 괜찮지 않아? 라며 웃어주는 것 같았다.

"또 올게. ……다음에는 네가 본 적 없는 것을 전하러."

묘비는 대답하지 않는다.

그 대신이라는 듯이 기계망령들의 한탄이 그 정적에 파고들었다. 전장에 붙들린 전우들의 생각의 파편이 마지막 말로 한탄하면서 해방을 찾아 방황한다.

알고 있다. 너희도 잊은 건 아니야.

소리도 없이 발길을 돌렸다. 발을 내디딘 순간, 시야 구석에서 한 손을 흔드는 그림자가 보인 듯했다. 그것이 유진 같기도 하고, 이미 사라졌을 터인 형 같기도 하고, 앞으로 눈을 돌린 순간 새하얀 비단 너머로 고개 돌리던 장발 소녀의 실루엣은 카이에 같기도 하고 어느 틈에 따라온 그녀로도 보였다.

돌아가야 할 장소로 돌아간 죽은 이를 뒤로 하고. 전장을 방황하는 돌아갈 수 없는 망령과 어느 틈에 나란히 있는, 아직 여기에 없는 전우를 쫓아서.

걸어가는 저승사자를── 영원한 잠에 빠져든 영웅들의 넋은 쏟아지는 싸락눈 속에서 말없이 지켜보았다.

'국립묘지' 의 입구 앞에는 언제나처럼 꽃을 파는 할머니가 있고, '오빠한테 주는 거구나.' 라면서 항상 꽃을 한 다발 얹어준다.

작은 몸에는 커다란 백합 꽃다발을 품고, 니나는 이젠 완전히 외운 오빠의 묘로 가는 길을 걷는다.

죽었다는 말이, 오빠가 더 이상 돌아오지 않는다는, 두 번 다시

만날 수 없다는 뜻임을, 요 반년 동안 니나도 간신히 깨달았다.

오빠는 살해됐다고 한다. 누구 때문에 돌아올 수 없게 됐다는 뜻이다.

그게 슬프고 괴롭고, 도저히 혼자 껴안고 있을 수 없으니까, 어째서냐고 그 사람에게 편지를 보내보았는데, 아직 답장은 오지 않는다. 못된 사람이니까 답장을 써 주지 않는 걸지도 모르고, 어쩌면 편지가 안 간 걸지도 모른다.

'전쟁'은 정말로 고생이라서 많은 사람이 오빠와 마찬가지로 죽는다니까, 어쩌면 그 사람도 죽었을지도.

혹시 천국에서 오빠와 만난다면 미안하다고 말해 주면 좋겠다고 니나는 생각했다. 오빠는 착하니까 분명 용서해 준다. 그리고 천국에서 친하게 지내 주었으면.

누군가를 미워하는 것은——마음이 답답하고 아팠다. 분명 좋지 않은 일이니까.

그때 오빠의 묘 앞에 차가운 눈의 흰색과 다른, 부드러운 유백색이 보였다.

니나는 뛰어가서 그걸 안아 들었다. ……백합 꽃다발. 아직 싸락눈이 쌓이지 않은, 방금 막 바쳐진 것이다.

돌아본 눈에는 묘비 틈새로 이미 멀어진 그림자가 보였다. 오빠보다 조금 키가 큰, 오빠와 동갑인 소년이다.

마지막에 본 오빠와 마찬가지로 쇳빛 군복.

어딘가에서 본 적이 있는 것 같았다.

어딘가에서 오빠와——함께 웃었던 것 같다.

"……저기요."

무심코 꺼낸 가느다란 목소리는 눈의 비단 너머에 닿지 않았다.

와 주어서?

기억해 주어서?

아니면── 오빠처럼 죽지 않고 살아와 주어서?

그것은 어린 니나로서는 몰랐다. 그래도 전해야만 한다고 생각했다.

"저기…… 고맙습니다……!"

소리를 흡수하는 눈 속에서, 제대로 큰 소리를 낼 줄도 모르는 어린 소녀의 목소리는 닿지 않았다.

그래도 싸락눈 너머, 흐려지는 그 사람이 살짝 돌아본 것 같았다.

†

〈저거노트〉와 그 충실한 종자가 잠드는, 여로 끝 봄의 화원에서. 연방군의 쇳빛 군복 차림의 비슷한 또래일 사관 소년이 부드럽게 웃었다.

"처음이 아닙니다. 물론 직접 만나는 것은 이게 처음입니다만."

그 말에 깃든 만감의 이유를 레나는 아직 알 리도 없다.

"오래간만입니다, 핸들러 원. 기아데 연방군 대위── 스피어헤드 전대 전대장이었던 신에이 노우젠입니다."

정말로 정신이 멍해졌다.

레나는 멍하니 커다란 백은색 눈을 치뜨고, 그렇게 말한 소년을 올려다보았다.

비슷한 또래── 사관학교를 갓 나왔을 나이인데 이미 두 번이나 승진을 거친 대위 계급장. 야흑종의 칠흑색 머리칼과 염홍종의 핏빛 눈동자, 차갑게 보일 정도로 단정한 외모.

그의 얼굴을 레나는 모른다.

보내준 사진은 해상도가 나쁘고 멀리서 찍은 것이라서, 결국 누구의 얼굴도 확실하게 알 수 없었다.

하지만 목소리는.

조용하고, 부드러운. 조금 쌀쌀맞으면서도 귀에 기분 좋게 들리는 그 목소리는──.

"……신……?"

소년은 살짝 쓴웃음처럼 웃었다.

"그렇게 불리는 건 처음이로군요. 네, 내가 맞습니다. 밀리제 소령님."

"살, 아서……."

"예. 아직 죽지 못했습니다."

어딘가 쌀쌀맞은 그 목소리도. 서먹서먹한 말씨도.

갑자기 눈물이 넘쳐날 것 같아서 다급히 참았다.

눈물 때문에 못 보게 되는 건 싫다. 눈을 깜빡이면—— 없어질 것만 같으니까.

대신 열심히 웃었다.

얼굴이 아주 이상하겠지만, 그런 건 상관없었다.

2년 동안.

공화국이 정체된 끝에 멸망한 2년—— 그들에게는 무슨 일이 있었을까.

〈레기온〉이 득실대는 지배영역을 넘어서 이방의 땅에 도달하여, 태어난 나라와 다른 군복을 입고.

다만 그들이 2년 동안 계속 싸웠다는 것만큼은 듣지 않아도 안다.

계속 싸우는 것이 긍지라고, 웃으며 여행을 떠난 그들이라면.

"……계속, 쫓아왔습니다."

붉은 눈동자의 웃음이 깊어졌다.

"알고 있습니다."

"드디어 따라잡았어요."

"예."

조용한 그 목소리는—— 왠지 오래간만에 듣는 것 같지 않지만.

내미는 손을 두 손으로 잡았다. 참을 수 없어진 눈물이 드디어 흘러넘쳤지만, 자연스럽게 웃음이 떠올랐다.

할 수 없었을 터였던 말이었다.

하지만—— 드디어 말할 수 있다.

"앞으로는—— 나도 함께 싸우겠습니다."

(계속)

작가 후기

장거리 병기에 사랑의 손길을! 안녕하세요, 아사토 아사토입니다.

흔히 전투 로봇물에서 냉대받기 일쑤인, 아니 이미 존재하지 않는 것으로 치부되기 일쑤인 중포나 미사일입니다만, 더 활약시켜도 좋으리라 생각합니다. 면 제압에 죄다 날아가버리는 에이스 기체를 가끔은 보고 싶어, 엄청 보고 싶어.

그런고로 이번 적은,

Railgun

on

Railway artillery

입니다! 현대의 초장거리포 레일건과 제2차대전의 초장거리포, 열차포의 꿈의 합작!

……예, 죄송합니다. 하고 싶었을 뿐입니다. 리얼리티 같은 건 알 바 없습니다.

그리고 오래 기다리셨습니다.

『86—에이티식스—』 제3권, 「—Run through the battlefront—

(하)」를 보내드립니다.

이 [런 스루 더 배틀프론트], 플롯 단계에서는 더 가벼운 이야기일 터였습니다.

아무래도 1권이 묵직했으니까, 이 이야기는 타이틀 그대로 에이티식스들이 새로운 전장을 달리는 호쾌한 배틀 엔터테인먼트로 하자! 라고 생각했습니다.

묵직한 뚜껑을 열고 보니, 그런 즐거운 이야기가 아니었습니다.

어디가 어떻게 즐거운 이야기가 아닌지는 본편을 읽어 주시고, 작가 개인적으로는 무엇보다도 신의 플롯 크래셔 모습이 난감해서. 전개도 결말까지도 달라진 결과, 초기 플롯에서 남은 요소가 '적은 레일건' 뿐이라니 이게 어떻게 된 거지……?!

이번에도 주석을.

· 나흐체러르

카스피해의 괴물+세계 최대의 수송기 An225 므니아의 스펙+스텔스 폭격기 B2 스피릿의 외모라는 악마합체의 산물. 참고로 이 카테고리의 병기는 실존하지 않습니다만, 스펙도 사용법도 다 거짓말입니다.

예, 하고 싶었습니다. 리얼리티 같은 건 알 바(이하 생략)

· 기뻐해라, 지옥이다.

7장 마지막 즈음의 이 대사, 코미컬라이즈 기획이 결정됐을 때

담당 편집자 키요세 씨가 한 말에서 따왔습니다(뭔가 안 좋은 상황이었던 게 아니라 이제부터 바빠집니다 정도의 농담입니다, 만일을 위해서 말합니다). 들었을 때부터 꼭 부사관에게 이 대사를 시켜야지! 라고 생각하고 여태까지 아껴놨습니다.

・파이드

키요세 씨만 말하면 밸런스가 안 좋으니 마찬가지로 담당 편집자인 츠치야 씨에 대해서도.

1권 마지막에 격파된 파이드가 2권에서 부활한 것은 Ⅰ－Ⅳ님의 디자인이 너무나도 귀여웠던 것이 절반, 나머지 절반은 츠치야 씨의 파이드 사랑 때문입니다.

회의 때마다 파이드 부활 유무를 묻는단 말이죠, 츠치야 씨…….

마지막으로 감사 인사를.

담당 편집자 키요세 님, 츠치야 님. 이번에도 폭주하는 저와 길을 잃고 헤매는 신을 돌보며 적절한 지적들, 감사합니다.

시라비 님. 거의 전편이 전투 씬! 이라서 멋진 일러스트가 가득하네요. 이것저것 죄다 내던져서 죄송합니다.

Ⅰ－Ⅳ님. 이번에는 큰 놈이 둘이라서 보는 맛이 있네요……! 초장거리포는 메카 디자인을 받았을 때부터 언젠가 내보내자고 생각했기에 감개무량합니다.

코미컬라이즈 담당 요시하라 님. 치밀한 캐릭터 러프나 박력 있는 콘티를 받을 때마다 '얼른 읽고 싶다!' 라는 마음이 됩니다. 연재 시작이 기대됩니다. 얼른 보고 싶다……!

그리고 이 책을 집어 주신 당신. 항상 감사합니다. 3권에 들어가면서 간신히 내면에 스포트라이트가 비친 신입니다만, 앞으로도 귀여워해 주시면 기쁘겠습니다. 다음 권, 4권이야말로 가벼운 이야기를! 간신히 대면한 그와 그녀와 에이티식스들이 왁자지껄하는 느낌의 가벼운 이야기를! 또 만나죠!

그럼 지는 해를 쫓아가는 길에. 새빨간 황혼과 남색의 어둠이 떠도는 그의 전장에. 잠시나마 당신을 데려갈 수 있기를.

후기 집필 중 BGM : 청람혈풍록(ALI PROJECT)

86 -에이티식스- Ep.3
-Run through the battlefront (하)-

2018년 11월 22일 제1판 인쇄
2024년 02월 20일 제8쇄 발행

지음 아사토 아사토 | **일러스트** 시라비

옮김 한신남

발행 영상출판미디어(주)
등록번호 제 2002-000003호
주소 07551 서울특별시 강서구 양천로 570 NH서울타워 19층
대표전화 02-2013-5665

ISBN 979-11-319-9227-2
ISBN 979-11-319-8539-7 (세트)

구매 시 파손된 도서는 구매처에서 교환하실 수 있습니다.
기타 불편사항, 문의사항이 있으신 독자님께서는 노블엔진 홈페이지
[http://novelengine.com] 에서 Q&A 게시판을 이용해 주시기 바랍니다.

노블엔진(NOVEL ENGINE)은 영상출판미디어(주)의 라이트노벨 및 관련서적 브랜드입니다.

이것은, 자각 없이 무적을 체현하는 소년이
『진짜 강함』을 깨달아 가는 용기와 만남의 이야기——.

예를 들어 라스트 던전 앞 마을의 소년이 초반 마을에서 사는 듯한 이야기

1

"저, 도시에 가보고 싶어요!"

마을 사람 모두가 반대하는 가운데, 군인이 된다는 꿈을 버리지 못하고 왕도로 여행을 떠난 소년 로이드. 그러나 마을에서 제일 약한 남자라 불리는 그를 포함하여, 마을 사람들은 아무도 알지 못했다.

자신들의 마을이 고 레벨 모험가들도 두려워하는 『라스트 던전 바로 앞의 인외마경』이라고 불리는 진실을…….

그곳에서 자란 로이드는 신체능력 발군, 고대 마법도 완비, 덤으로 가사 스킬까지 퍼펙트!!

라스트던전급 소년의 무자각 파워 라이프!
화제의 소설이 지금 스타트!

사토토시오 지음 | 와타누키 나오 일러스트 | 2018년 12월 출간

청춘의 상상, 시동을 걸어라!